垣谷美雨

Miu Kakiya

Mandala Chart

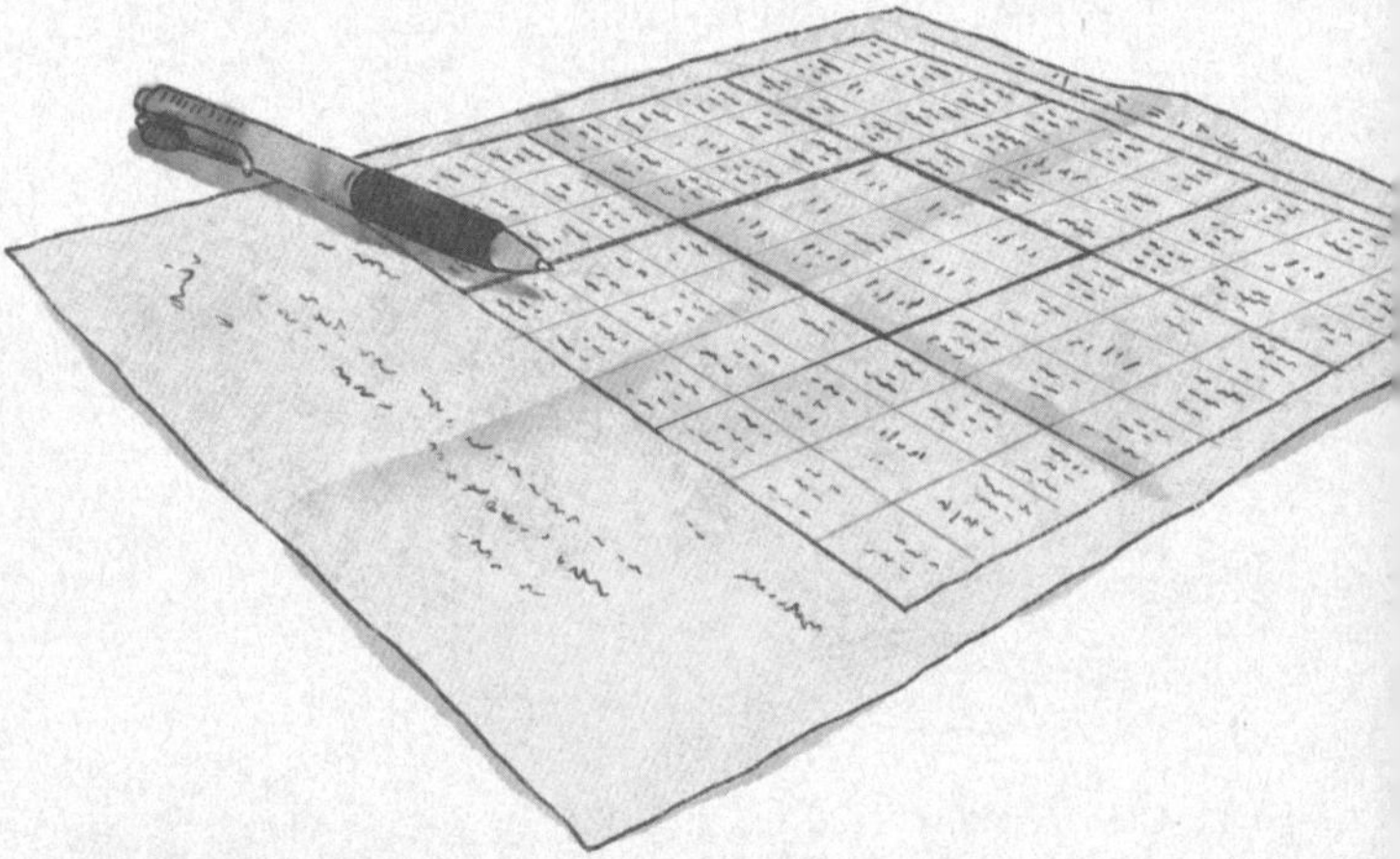

マンダラチャート

中央公論新社

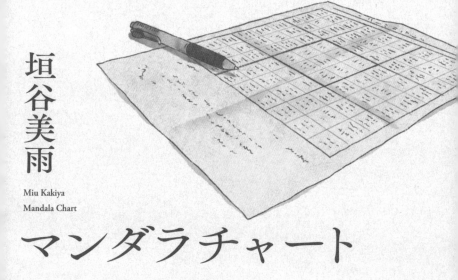

装画　高杉千明
装幀　鈴木久美

マンダラチャート

1　大谷翔平選手

――大谷選手はね、高校生のときから人生の目標を決めていたんですよ。

アナウンサーは、まるで自分のことのように誇らしげに語った。

テレビ画面には、九×九の八十一のマス目が大写しになった。エンゼルスの大谷翔平選手が高校一年生のときに書いたものだという。

――これはね、目標達成のためのマンダラチャートなんですよ。

中心のマス目には、「ドラ1、8球団」と書かれている。プロ野球のことはよく知らないが、ドラフトで八球団から一斉に一位指名されるのが目標、ということなのだろう。それを取り囲む周りのマス目には、目標を達成するための技術的なことや、体力をつける方法や、精神面を強くするアイデアが書き込まれている。「あいさつ」や「部屋そうじ」は、運を呼び込むためのものらしい。

――高三のときには、「人生設計シート」も作っているんです。すごいですねえ。

アナウンサーは、惚《ほ》れ込んで感心しっぱなしといった表情で言った。

人生設計シートと呼ばれる紙の真ん中あたりには、「人生が夢をつくるんじゃない！

夢が人生をつくるんだ‼」と大きく書かれている。そして左側の余白いっぱいに、「悔いのない人生に」「俺がやらなくて誰がやる⁉」と、勢いのある字で記されている。

時系列に沿った目標を見ていくと――

18歳　メジャー入団
20歳　メジャー昇格　十五億円
22歳　サイヤング賞
26歳　ワールドシリーズ優勝　結婚
28歳　男の子誕生
30歳　日本人最多勝利
31歳　女の子誕生
32歳　ワールドシリーズ二度目の制覇
33歳　次男誕生
37歳　長男野球をはじめる

眺《なが》めているうちに胸が苦しくなってきた。知らない間に息を止めていたらしい。

大谷選手は子供の頃から将来の目標を定め、それに向かって一直線に突き進んで生きてきたという。彼の設計した人生の途上には、結婚があり、そして子供が次々に三人も生まれるといった大イベントの予定があるが、それらに野球人生が邪魔されることなどあり得ない。彼の人生は真っ直ぐな一本道であり、家庭生活のために人生の目標を断念することなど考えたこともないだろう。それどころか家庭というものは、自分を応援してくれるものだと信じて疑わず、妻子の存在が野球人生の足を引っ張るどころか、励みになると思っているに違いない。

マスコミの報道だと、妻は彼の人生の準主役か脇役でもあるかのようだ。彼が落ち込んでいるときは励まし、美味しい料理を出してくれて、いつも優しい微笑みを浮かべる女性だ。そのうえ、彼のために栄養学の学位を取ることだって厭《いと》わない「献身的な妻」のイメージを押しつけている。つまり妻は、自分自身が何者かになりたいと願う野心家ではなく、男を支えて生きていきたいと考える女であるかのように報道している。

いいなあ、男は。目標に向かってまっしぐらじゃないの。

それに比べて、女の人生は結婚や出産で否応なく中断させられてしまう。そしてあっという間に、六十歳だ。

は？　今さら何を言ってるの。

そんなことは誰に教えられずとも幼いときからわかっていた。母や親戚の叔母さんたちや近所の小母《おば》さんたちの、無償の家政婦みたいな生活を見て育ってきたのだし、テレビで見る総理大臣を始めとするエライ人たちのほぼ全員が男だった。それなのに、将来はきっと何者かになってやると思っていた時期が私にはあった。あの時代の封建的な空気にめげなかったのは、何歳くらいまでだったろうか。

自分の価値観が徐々に変わり始めたのは、中学に入学した頃からだ。顔の可愛い女子だけが、かっこいい先輩男子から声をかけられるといった現実を目の当たりにした。男子中学生だけならともかく、男性教師の中にもそういった傾向が垣間《かいま》見られたのは衝撃だった。

それまでの価値基準――勉強ができる、走るのが速い、努力家だ、親切だ――が崩れ去り、可愛い女子の方が世間的にはずっと価値が高いことを思い知らされた。

可愛い顔をした女子の中には、小学校時代は引っ込み思案だった子もいた。だが中学に入って、男子にちやほやされ始めた途端、それまでとは打って変わって堂々とした態度を取るようになった。中には、他の女子たちを見下すようになった子もいた。

そんな下剋上《げこくじょう》を遠巻きに眺める日々が、私の考え方に影響を及ぼさないはずはなかったが、それでも私の軸は思ったほどはブレなかった。というのも、幼い頃から都会に強い憧れを抱いていて、広い世界をひたすら夢見ていたからだ。だから、あんなド田舎の中学校で繰り広げられる恋愛ごっこには、さほど興味を引かれなかった。

だって、自分の未来は開けているし、可能性は努力次第で無限大だ――あの頃の自分は、本気でそう信じていた。輝かしい将来を夢見て、勉強や部活に精を出したのだった。

自分たちの世代は、母や叔母たちとは異なる時代を生きることになるに違いないと思っていた。それは願望ではなくて確率の高い予測のはずだった。自分が大人になる頃には、古臭い封建主義的な社会の風潮など跡形もなく消え去り、男女平等の世の中になっていると心底信じていた。子供時代の時間の流れの感覚は、ひどくゆったりしたものだったから、十年先、十五年先の未来を果てしないほど遠いものに感じていた。だが、あっという間に時間は流れた。

明るい未来を信じていた中学生の私が、六十代になった今の私を見たらどう思うだろう。

――がっかりだよ。なんだかんだ言ってパート主婦じゃないの。お母さんや叔母さんたちとどこが違うの？

おっしゃる通りです、と答えるしかないのが無念だった。それどころか母や叔母たちは、電化製品が十分に普及していない時代に、身を粉《こ》にして長時間の家事労働に励んできた。それに比べれば自分は甘いのかもしれない。だが言い訳させてもらえるならば、怠けた覚えは一切ないのだ。一生懸命に生きてきたつもりだ。母たちの時代と違って家電は揃《そろ》っていたが、パート仕事に家事に育児に子供の受験にと気を抜けない毎日だった。そういうのをひっくるめて労働時間に換算したら、きっと夫より多くの時間を費やしてきたと思う。

もしも、もう一度人生をやり直せるならば、自分の人生を邪魔するものは一切合切排除してみたい。

そのためには、もう結婚はしない。もちろん子供も産まない。

自分自身の人生を生きてみたい。だって人生は一度きりなのだ。

女の人生だって男の人生と同様に、かけがえのない大切なもののはずだ。私も本当なら、大谷選手のように一本の道を真っ直ぐに進んでみたかった。

――大谷選手は次々に夢を叶えていますね。人生設計シートに書いた通りの人生ですよ。ほんと、すごいです。

アナウンサーが自分のことのように嬉《うれ》しそうに言う。

もうこれ以上、聞きたくなかった。

WBCの試合を見ることが、ここ数日の楽しみだった。侍《さむらい》ジャパンが快進撃を続けるのを見ると、気分がスカッとした。それなのに、見たくなくなっていた。

思わずチャンネルを変えた。

――本日の料理はブリ大根です。デザートには牛乳プリンを作ります。

エプロンをつけた中年女性が画面に映っている。

料理番組も嫌いだった。見るたび悔しくてたまらなくなる。だって、この程度の料理なら誰だって作れるではないか。

私の友人知人には料理上手の女が多い。ブリ大根など朝飯前だ。その証拠に、今やネット上にはプロではない人々が様々なレシピを上げているし、動画も膨大な数にのぼる。同じ料理上手でも、「料理研究家」と呼ばれる女と、「料理がうまいパート主婦」では、稼ぎにも地位にも雲泥の差がある。いったいどう努力すればテレビに出る側の人間になれるのか。どうすればレシピ本を出版できるのか。

人生というのは、思った以上に運に大きく左右される。実力よりも人脈がものを言う。そんな当たり前のことに気づいたときには、既に六十代に突入していた。

あーあ。

そのときＬＩＮＥの着信音が鳴った。夫からだった。

――今日は早めに会社を出られそうだ。夕飯に間に合うよう、ダッシュで帰るからね。

この文章は、いったいどういう意味なのか。まさか、夫に一刻も早く家に帰ってきてほしいなどと、妻がいまだに願っていると考えているのか。そんなのは、もうかれこれ三十年以上も前の話で、慣れない子育てで睡眠不足が続き、一度でいいから三時間ぶっ通しで眠りたいと切望していた日々でのことだ。夫には一秒でも早く帰ってきてもらい、育児や家事をほんの少しでもいいから手伝ってほしいと願っていた。それを何度も懇願《こんがん》したが、当時の夫は「忙しいから無理」の一点張りだった。そしてそのうち私はあきらめ、夫には一切何も期待しなくなった。

今では子供たちも独立し、夫婦二人暮らしだ。今や夫に一刻も早く帰ってきてほしいなんて、これっぽっちも思っていない。それどころか、「今日は遅くなるから夕飯は要《い》らない」と言われたら、一気に解放感に包まれる。だって自分一人なら、余った野菜と肉で適当にお好み焼きもどきを作ればいいから簡単に済む。

ふうっと大きく息を吐きながら、よっこらしょとソファから立ち上がり、夕飯の準備に取りかかった。若かった頃とは違い、料理は熟練の域に達し、あっという間に煮物と清《すまし》汁が出来上がった。

野菜サラダにゆで卵を盛りつけていると、玄関ドアが開く音が聞こえた。

「今日も日本が勝ったらしいね。ダルビッシュってすごいよな」

そう言いながら夫がリビングに入ってきた。

「へえ、そうだったの」

「あれ？　家にいたのに試合を見なかったのか？」

夫はネクタイを緩《ゆる》めながらキッチンに入ってくると、冷蔵庫から缶ビールを取り出して続けた。「今日のパートは五時までじゃなかったっけ？」

「そうだけど、なんとなく見る気がしなくてね」

熱したフライパンにバターを入れた。バターが八割がた溶けたとき、塩胡椒しておいた鱒《ます》をフライパンの縁から滑らせるようにして入れた。

「なんで見なかったんだ？　ＷＢＣを見るのが最近の生き甲斐だなんて大袈裟《おおげさ》なこと言ってたくせに」

「そんなこと言ったっけ？　そうね、言ったかも。それより大谷選手のマンダラチャートって知ってる？」

「もちろん知ってるさ。碁盤《ごばん》目のやつだろ？　目標に向かって着実にクリアしていくなんて、ヤツは本当に意志が強いよ」

「実は私……大谷選手がすごすぎて、自分の人生って何だったんだろうって、落ち込んじゃったんだよね。だから今日の試合が見られなかったの」

正直にそう言うと、夫はいきなり声を上げて笑い出した。

「本気で言ってんのか？　自分と大谷選手を比べるなんて、お前のその自惚《うぬぼ》れって、いったいどこから来てんの？　信じられない」

「そういう言い方しなくても……」

「そんなこと絶対に他人《ひと》に言うなよ。頭がおかしいと思われるぞ。大谷選手と自分を比べて落ち込む主婦なんて滑稽《こっけい》だよ。こっちまで恥かくよ」

「もう、いい。この話はやめましょう」

それでも夫はにやにや笑いをやめず、ビールのプルタブを引いてごくりと飲んだ。

「もしかして、またフェミニストかぶれみたいなことを言い出すつもりか？　女は家庭の犠牲になって自分の夢を実現できなかったとかなんとか」

「そんなことひと言も言ってないでしょ」

「野球少年だった俺だって大谷選手と自分を比べたりしないのにさ」

「はいはい、すみませんでした。もういいってば」

いつからこうも夫と話がかみ合わなくなったのだろう。

夫はどんな話題であっても妻を見下そうとするようになった。友人たちが「いいわねえ、お宅は友だち夫婦で」と言って羨《うらや》ましがったのが、今では遠い昔の幻のようだ。

若い頃に考えていたこと――いつか夫が定年退職したら、仲良く旅行をしたり、同じ趣味を楽しんだりして、穏やかな老後を慈《いつく》しみ合いながら過ごそう――は、虚構の夢だったらしい。今となっては、必要不可欠の連絡事項についてしか話したくない。それどころか、金輪際関わり合いたくないと思ってしまう日もある。

ただ今日だけは、大谷選手のあまりの立派さに気持ちが塞《ふさ》いだから、それを乗り越えるために誰かに共感してもらいたかった。だからついつい正直な気持ちを吐露《とろ》してしまったのだ。だが、これほどバカにされるのならば、もう二度と夫には気を許すまいと心に誓った。いったいこれで何度目の誓いだろうか。あきらめの悪い自分にほとほと呆れてしまう。

互いに平均寿命まで生きるとしたら、あと二十年も三十年も一緒に暮らさなければならない。同じ屋根の下に夫がいるというのに、結婚当初から常に孤独感に苛《さいな》まれてきた。今後も夫殺しの殺人犯にならず、精神を病むこともなく生きていく自信がない。

「大谷なんて雲の上の人間だぜ。ああいった超人と自分をいちいち比べて落ち込んでたら身が保《も》たないだろ」

しつこいっ。

大声で叫びそうになったので、流しに立ったまま急いでグラスに水道水を入れてごくりと飲んだ。そして、気づけば振り返って夫を睨《にら》みつけていた。

「あなただってこの前、郷ひろみと自分を比べてたじゃないの。俺の方が歳下なのに老けて見えるって」

「アハハ、そうだった。だけど、これとそれとは違うだろ。そもそもお前って野球のルールをちゃんと知ってるのか？」

もういい加減にしてっ。

妻を言い負かすことでストレスを発散しようとしていることに、夫は気づいているだろうか。たぶん一生気づかないのだろう。

「お前がそれほど大谷のファンだったとは知らなかったよ」と、夫は言った。

顔に悔しさが滲《にじ》み出ているように見えた。

まさか、夫は大谷に嫉妬《しっと》しているのか？　だとしたら、夫もかなりの身の程知らずだ。

「ヤツは体格に恵まれてるんだよ。それに親にも恵まれてる」

私が返事をしないのが気に入らないのか、ムッとした表情でこちらを見た。機嫌を損《そこ》ねると面倒なので「そうね」と相槌《あいづち》を打っておいた。

――夫の人柄に失望。もっといい人だと思っていたのに。

ブログをあちこち見ていくと、そういった言葉がたくさん出てくる。

――友だち夫婦だったのに、いつのまにか親世代と同じような関係になってしまいました。

――そんな古い考えの夫は、団塊世代までだと思っていたのに。

ブログを読んで自分たち夫婦だけではないことを知るたび、少しは慰められる。だが、何の解決にもならない。

交際期間中は、男の方が偉いだとか、女は男に従うべきなどという雰囲気は一切なかった。そもそも私がそんな男尊女卑野郎に惚れるわけがない。当時の夫は、常に私の意見に耳を傾け、私を尊重してくれた。

それなのに、どうしてこうなってしまったのか。いつからこうなってしまったのか。それとも最初からこうだったのに、私が気づかなかっただけなのか。

夫に察知されない程度に小さく頭を左右に振り、頭の中からモヤモヤを追い出した。

「さあ、できたわ。食べましょう」

「えっ、今日の晩メシ、これだけ？」

「これだけって？　煮物と焼き魚とサラダと清汁とご飯、これで十分じゃない？」

「今日のパートは五時までだろ？　そのあと時間がたっぷりあったんじゃないのか？　野球も見なかったんだし」

「私だってもう若くないのよ。立ちっぱなしの仕事だから疲れが溜《た》まるの。それとも黒毛和牛のステーキでもあれば満足だった？」

「黒毛和牛かあ、いいね」

「それは誕生日の楽しみに取っておいてちょうだい。普段から贅沢《ぜいたく》してたら、老後の生活が心配よ」

夫は家電メーカーの営業職だが、定年延長を申し出て、あと三年は頑張って嘱託《しょくたく》として働くと言っていた。だが給料は激減するし、年下の女性上司の物言いに腹が立つとかで、「いつまでも会社に縛《しば》られたくない」と、最近になってしきりに言い出した。まさかとは思うが、ある日突然「会社、辞めてきたよ」などと言うのではないかとひやひやしている。

だから私はますますパートをやめられなくなった。還暦を迎えたのを区切りに週四日に減らし、先月の六十三歳の誕生日から週三日に減らしたのだが、四日に増やした方がいいのかもしれない。でもさすがに週五日に戻すのは、もうしんどい。

「わかったよ。そんなことよりカップラーメン、ある？」と、夫が尋ねた。

「あると思ったけど？　確か戸棚の中に」

「ポテチは？」

「あなたが買ったのがあったはずだけど」

そう答えると、夫は途端に機嫌のいい表情になった。要はジャンクフードが食べたいだけなのだ。夫は栄養の知識がないだけでなく、健康に気をつける男性を健康オタクだと言ってバカにすることもある。

数年後に夫が完全に仕事から引退したあとも、私は夫の食事作りからは逃れられない運命だ。今となっては思い出すたびに腹が立つが、自分の世代は女子だけが家庭科の授業を受けたのだった。男子はその時間には椅子を作ったり、ソフトボールをしたりしていた。

何だったんだろう、あの時代って。

家事は女の仕事であって、男には関係ないと学校が教えていたも同然ではないか。

個人の力では抗《あらが》いようもない国の方針に、人生を牛耳《ぎゅうじ》られていた。国の方針と聞けば、巨大な組織だと錯覚しそうになるが、実は文部省の上層部の数人のおじさんに決定権があったのではないか。会ったこともない古い考えのおじさんたちに翻弄《ほんろう》されて生きてきたと思うと、あまりに自分が可哀想で、涙が出そうだ。

そのとき、いきなり夫が噴き出した。

「何がおかしいの？」

「だって傑作だろ？　大谷と自分を比べる主婦なんてさ」

そう言って、さもおかしそうに夫は思い出し笑いをした。

「本当にしつこいわね。あなたって、もともとそんな性格だったっけ？」

思わぬ憎々しげな低い声が出たからか。夫はハッとした顔で黙った。

夫はこんなに執拗な人間ではなかったはずだ。明るくあっさりした男だった。その爽やかさに惚れたのだった。だが夫も会社の人間関係などで苦労を重ねるうちに、性格が屈折していったのだろうか。

「ごちそうさま」と私は言って立ち上がった。

仲の良い夫婦ならば、夫の食事が終わるまで妻は会話を楽しみながらつき合うのかもしれない。だが、晩酌《ばんしゃく》しながらのだらだらと長い夕食は、自分にとっては時間の無駄以外の何物でもなくなっていた。

「自分の食器は自分で洗っといてね。私、腰痛がひどいのよ」

「俺だって流しが低すぎて腰が痛くなるんだよ」

「あっ、そう」

「そんなに怒ることないだろ。誰が見たって流し台の高さは日本人女性の平均身長に合わせて作ってあるじゃないか」

「えっ？」

言われてみれば……そうかもしれない。

どう考えても、一五八センチくらいの女性に合わせて設計されている。最新のシステムキッチンならもう少し高いが、それでもせいぜい一六三センチくらいの女性に合わせてあるように見える。

企業がそういう姿勢なのだ。台所仕事は女がするものだと決めつけている。

ああ、もう、どいつもこいつも……。

だけど、私一人が騒いだところで、この世はどうにもならない。

「もういいわ。流しに置いといてちょうだい。あとで私が洗うから」

「サンキュー」

もう金輪際、夫にはどんな頼みごともしない。今までも、何度そう誓ったことか。

この気持ちを口にしたら、皿洗いぐらいでなんて大袈裟なと、夫は鼻で嗤《わら》うだろう。頼みごとというほど大層なことかよと。だから口を閉ざす。言えばその分、落胆が大きくて悲しくなるし、夫のズルさを垣間見た思いで軽蔑してしまいそうになるからだ。私は夫を尊敬していたかった。そして、夫にも尊重されたかった。

それとも、こんなつまらないことでいちいち腹を立てる私は、人間が小さいのか。

いや、そんなことはない。決してつまらないことなんかじゃない。こんな日々を重ねるうち、結婚した女の心には常に屈辱感が居座り、そして心身を蝕《むしば》んでいくのだ。

2　タイムスリップ

ああ、よく眠れた。

朝目覚めた瞬間にそう感じられる日は、一日中気分がいい。

そのうえ夫が早朝からゴルフに出かけたとなれば、心に解放感が広がる。

ベッドに寝ころんだままテレビを点《つ》けると、『キング大門《だいもん》の情報モーニング』が始まっていた。画面には、頬のたるんだ中年男たちと、容姿の整った若い女たちが映っている。

どんな娯楽番組でも、雛壇《ひなだん》には様々な年齢層の男性が座っているが、女性たちは二十歳前後からせいぜい三十代までだ。四十代以上の女性が登場するときは、実年齢より驚くほど若く見えるか、それとも極限まで贅肉《ぜいにく》を削《そ》ぎ落とした女だけだ。つまり、男は中身で勝負だが、女は結局のところ若さと美しさが最も重要だってことだ。男性目線がすべての価値基準になっている。

こんな光景は見慣れていたはずだった。けれども今朝に限っては、なぜだか猛然と腹が立ってきた。日本のマスコミは、この先もずっとこんな調子なんだろうか。

きっと……変わらない。平成になっても令和になってもずっと変わらなかったのだから。

――次はお天気のコーナーです。

白髪まじりのキング大門の声で、画面が天気図に切り変わり、気象予報士の若い男が登場した。

――今日は高気圧が張り出し、関東一円は晴れマークひとつです。

明るい口調でそう言ったとき、キング大門が尋ねた。

――このマークは紫外線を表しているんだっけ？

――そうです。そろそろ女性は日焼け止めが必要ですね。

――おっ、もうそういう季節なのか。おい、リン子、お前、日焼け止め、塗ってるか？

キング大門は若い女性タレントに尋ねた。

――当たり前でしょ。女優はみんな真冬でも塗ってます。

――色白を保つのも大変だな。

もしかして、この番組はバカしか出られないのだろうか。女性は美白に気を遣って当然だと公言しているのも同然だ。それだけじゃない。現在の日本には、様々な国の出身者が暮らしている。全国放送のテレビを通して色白至上主義みたいなことを言えば不快になる人もいるだろうし、差別だととらえる人だっているに違いない。そういった単純なことに、なぜ出演者たちは気が回らないのだろう。

――今日もご視聴ありがとうございました。また明日お目にかかりましょう。

キング大門がそう言うと、出演者全員がカメラに向かって手を振った。

番組が終わる直前、さっきの気象予報士が満面の笑みで叫んだ。

――奥さん、今日は洗濯日和ですよっ。

「ふざけないでっ」

知らない間にテレビに向かって叫んでいた。

何なのよ。洗濯は「奥さん」だけがやるとでも思っているの？　世の中は独身者だらけなんだから、自分で洗濯する男なんてゴマンといる。それに、いまどきの若夫婦は共働き家庭の方が多いのだ。

そもそも洗濯機が家庭に普及して半世紀以上が経つ。隣近所でも、ベランダで洗濯物を干したり取り込んだりしている夫たちを見かけることもしょっちゅうだ。うちの夫ですら頼めば取り込んでいる。恩着せがましく「手伝ってやった」と顔に書いてあるとしても、だ。

昨今は乾燥機能つきのドラム型を買う人も増えてきたから、干さずに済む家庭も多い。この気象予報士は若いのに、頭の中は昭和時代のままなのか。洗濯は「奥さん」がするものという固定観念が彼の頭の中にはまだ居座っている。

テレビが発する一言一言が、知らず知らずのうちに、人々の心に大きな影響を与えている。特に幼い子供たちの真新しい心には、偏《かたよ》った男女観がするりと入り込んでしまう。マスコミから発せられるこれらのメッセージが、取り返しのつかない現在を作り出してしまったのではないか。そして今日放送された『キング大門の情報モーニング』も、取り返しのつかない未来を作り出した。

このままでは、日本は世界から置いてけぼりにされてしまう。そう考えると、いてもたってもいられない気分になった。

そういえば……「愛妻号」という名の洗濯機があった。あれは昭和何年ごろだったか。当時はテレビのコマーシャルで頻繁に流れていたものだ。家電にそんな名前をつけるのが許されていた時代があった。あの昭和時代に、大人が声を上げてくれていれば、平成時代や令和時代にはもう少しマシな風潮になっていたかもしれないのに。

テレビの画面を睨《にら》みつけていると、いつの間にか通販番組が始まっていた。

――ビタミンCがレモン五十個分入っていますので、お肌がきれいになるんです。女性にとって嬉しい情報ですね。

はあ？　なんで女だけが嬉しがると決めつける？

美容に熱心な男性が増えてることくらい、みんな知ってるでしょ？　それともこの番組のスタッフは、女だけが朝から晩まで美容のことを考えているとでも思っているのか。

いやいや、誰もそこまでは言ってないでしょ。

最近の自分、なんだか過激だぞ。

だけど、小学生や中学生の深層心理に偏見が植えつけられるのは間違いない。だって、毎日のように目にするものや耳にするものが偏ったものだらけとなると、いつの間にか洗脳されて、女とはこういうものだ、男とはこういうものだという決めつけから男女ともに抜け出せなくなって、息苦しい人生を送ることになると思うのだ。

その結果……何年経《た》っても変わらない世の中が続く。少しずつ変化は見られるけれど、その速度があまりに遅くて、世界のジェンダー指数に未来永劫《えいごう》追いつけそうにない。

私はいいけどね。だって、もうおばさんというより、お婆さんだもん。

お婆さんともなれば、今さら人生を変えることなんてできないから気楽なものよ。

他人の意見に動揺することも少なくなった。どんな偏見に満ちた言葉――女性というものは、こうあるべきです――が耳に入ってきたところで、騙《だま》されない自信がある。どれもこれもまやかしだと知っているから、鼻で笑って済ませられる。とはいえ、心の奥底ではしばらく燻《くすぶ》り続けることもあるけれど。

ふと顔を上げると、カーテンの隙間《すきま》から太陽の光が部屋の中に降り注いでいた。季節や時刻によって、差し込んでくる光の強さや角度が違う。四季の移ろいや頬に当たる風や真っ赤な夕焼けに、いちいち感動するようになったのはいつ頃からだったろうか。これも歳を取ったからなのか。

壁に映る光の束に見とれているうちに、だんだん気分が上向いてきた。

「なんだかんだ言って私は幸せ者だ」

誰もいない部屋で、自分に言い聞かせるように口に出して言ってみた。子供たちの学費からも解放され、両肩に重く伸《の》し掛かっていた住宅ローンも完済した。子供たちが独立したことで、家事も激減して自由な時間が増えた。それらを思うと、今がいちばん幸せだと思う。

資産家の息子と結婚した希実子みたいに海外旅行に行きまくって目いっぱい老後を楽しむってわけにはいかないけれど、でも、この穏やかな生活を幸せと言わなくて、何を幸せと言うのだ。

身体を起こし、両手を天井に向けて大きく伸びをした。

だけど……家事や子育ての重責からやっと解放されたときには、悲しいかな、歳を取っていた。体力だけじゃなくて気力まで失ってしまったらしく、今日はせっかくの休日なのに、身体がだるくて出かける気にならない。寝そべったまま、だらだらとテレビを見続けることが、ここのところ増えてきていた。

パートを週三日に減らしたというのに、この体《てい》たらくだ。情けないぞ、自分。

何げなく時計に目をやると、早や十時半になっていた。

あ、まずい。近所のカフェのモーニングは十一時までだ。

心の中で「えいやっ」と号令をかけて起き上がり、速攻で洗面を済ませてから、昨日と同じ服を着て家を出た。

最近はひとりでモーニングを食べに行くのが、ささやかな贅沢《ぜいたく》だった。週に二回だけだし、もう老い先も短いんだから、人生の最終盤にこの程度の浪費は自分に許している。

「Aセットお願いします。ホットコーヒーで」

このチェーン店のトーストサンドは、ツナとチェダーチーズ、サラダほうれん草を挟んで焼き上げてある。飲み物つきで五百円という安さだし、ボリュームがあるので昼食と兼用できるのも嬉しかった。

　トレーを受け取って奥へ進んでいき、いつものお気に入りの席に着いた。

「いい天気でよかったわ」

　どこからか甲高い声が聞こえてきた。声の方を見ると、自分と同世代と思われる女性の二人連れだった。これから出かけるのだろうか。二人ともきちんと化粧をし、傍らには高級そうなバッグが置かれている。見るからに生活に余裕がありそうだ。

「私ね、最近また太っちゃったのよ」

　太ったと嘆く女性は、ワンピースにツイードのジャケットを羽織り、五センチほどだがヒールのあるパンプスを履いている。年齢の割に髪が豊かすぎるところを見ると、ウィッグをつけているのだろう。

「ほら、ここ。肉がついちゃって」と女性は言い、ブラウスの上から腹の肉をつまんでみせた。「だから私ね、先週からダイエットに励んでるのよ」

　彼女らの声が気になって、持参した文庫本の文章が頭に入ってこない。

　あきらめて本を閉じ、壁にかかった西洋画を見つめながらコーヒーを飲んだ。

「いやだ、あなた十分スマートじゃないの。痩せる必要なんてないわよ」

「だって私、いつまでもきれいでいたいんだもの」

　六十代や七十代になっても、強固に美意識を保ち続けられる女性もいる。私はそんなのとっくの昔に捨てた。洋服は伸縮性のある動きやすいものだし、靴はクッション性の高いウォーキングシューズだ。若い頃とは違い、誰も私のことなんか見ちゃいない。それに気づいたことが、もともと持っていた合理的な考え方に拍車をかけた。

「そういえば……」

女性が声を落としたので気になり、聞き耳を立てた。

「北村さんが訪問ヘルパーのお仕事をお始めになったんですってよ」

「あら、あの噂、やっぱり本当だったのね。ご主人が株で大損なさったって」

「そうなの？　株で？　それは初耳だわ」

「あら、みんな知ってるわよ」

「でも本人の弁は違ってたわよ。働く方が健康にいいから始めたんだって」

「そんなの嘘に決まってるじゃない。お金に困ってるからよ」

「そう？　そうかしら。うん、そうよね。今まで専業主婦だった人が、あの歳になって働きに出るなんておかしいものね」

「そうよ。それよりね、山崎さんちの息子さんが会社を辞めて家に引きこもっているの、あなた、ご存じ？」

「本当？　知らなかった。山崎さんもたいへんね。息子さんが麻布から東大に合格したときは、あんなに自慢なさってたのに」

「あの人、自慢しすぎなのよ。罰《ばち》が当たったのかも」

「やだ、ふふふ」

他人の不幸は蜜の味だ。他人に掛け値なしに同情することがあるとすれば、びっくりするほど悲惨な不幸に見舞われたときだ。天災だとか強盗に入られたときなどだ。だがそれだって条件つきだ。普段から謙虚で、家族の誰一人としてエリートであってはならない。

それにしても、六十代以上の女性同士の会話とは、こんなにくだらない内容ばかりなのか。こんな次元の低い噂話を聞かされたら、世間から「おばさんはみんなバカ」と思われても仕方がない。そう思うのは男だけじゃない。若い女だってそう思っている。

そのとき、ダイエットに励んでいると言った女性がこちらを振り返り、私の頭のてっぺんから爪先まで素早く視線を動かした。値踏みして満足な結果が得られたらしく、薄く笑った。

ちょっと、あなた失礼でしょ。あなたは目いっぱいおしゃれをしてきたんだろうけど、私は近所に買い物に行くときの格好《かっこう》なんですよ。

そう心の中で言いながらトーストサンドを食べ終え、コーヒーも飲み干した。

それでっと……今日は帰りにスーパーで何を買って帰るんだっけ。ポシェットに入れておいた買い物リストの紙片を取り出した。

――鶏ささみ、きゅうり、練り胡麻《ごま》、ラップ小。

果物も欲しい。特売コーナーにも寄ってみよう。紙片に「果物」と書き足したあと、ふと思いついて紙を裏返し、真っ白な紙面に碁盤《ごばん》目の線を引いてみた。

きっと大谷選手も、こうやって線を引くところから始めたのだろう。

そして中心のマス目に、彼はこう書いた。

――ドラ1、8球団
もしも自分が高校時代に戻れるとしたら、何を書くだろう。

考えてみるが、何ひとつ具体的な目標が思い浮かばなかった。これといって得意なものもなかったし、大谷選手の野球に対する熱意に匹敵するものを、人生を通して一度も見つけられなかった。だから仕方なく「一本道の人生」と書き入れてみた。もう一度人生をやり直せるのならば、目標を一つに絞りたい。その目標を実現するための要素を周りに書き入れなければならないが、またしても、ひとつも思い浮かばなかった。

そもそも「一本道の人生」では抽象的すぎる。

だったら、「同一労働には同一賃金を」とか？

それが実現したら、パート主婦の時給が大幅にアップする。そうなったら人生は劇的に変わるはず。いやいや、さらに目標が壮大になってるでしょ。そんなの自分一人の力ではどうすることもできないよ。

万が一この紙が夫に見つかったらどうなる？　きっと「出た出た。またフェミニストかよ」と、ここぞとばかりこき下ろすに決まっている。

おい、自分、妻の切実な願いを嗤《わら》うヤツなんか相手にするな。

――二刀流のプロ野球選手になりたいなんてバカじゃねえのか。

そう言って大谷選手をせせら笑った人もいたと何かで読んだ。だけど、彼は成功した。

だったら、やっぱり……。

おいおい、自分、何をそんなに真剣に考えているのだ。

もう六十代なんだから、どんな目標を立てたところで実現不可能だ。せいぜいレンチンだけの簡単調理のレパートリーを一つか二つ増やすだとか、ウォーキングを一日五千歩にするだとか、それくらいが関の山だ。年齢とともに体力がなくなり、その程度のことでさえ実現するのが難しいヘタレに成り下がってしまっているのだから。

だけど、どうせ架空の夢なんだから壮大なことを書いてもかまわないじゃないの。一瞬でいいから夢を見たいだけなのだ。大谷選手のような「将来の目標」ではなくて、架空の夢物語に過ぎないのだから。

だったら、目標は「男女平等の世の中」にしてみたら？

まさか。そんなの虚しくなるだけだ。

最近の若い女は世の中に嫌けがさしている。だから結婚もしないし子供も産まない。自分の人生が夫や子供という他者に牛耳《ぎゅうじ》られることが目に見えているからだ。田舎であれば、それに舅姑や親類縁者が加わるかもしれない。こんな日本なら少子化が進むのも無理はない。

そう結論付けたとき、大学生らしき男性三人が店に入ってきた。

彼らは次々にカウンターで飲み物を注文すると、私のすぐ隣の丸テーブルに陣取った。

「昨日の夜、お前、あれからどうした？」と、尋ねる声が聞こえてきた。

それに答える声がないので、気になって見てみると、お前と呼ばれた男子学生はうつむいてコーヒーを飲んでいた。

「こいつ、例の女と二人で飲みに行ったんだよ。それも高級なとこ」と、隣の男子が代わりに答えた。

「うそっ、信じらんねえ。お前、あんなブスにおごってやったの？」

「ああいうのが好みとは知らなかったなあ」

「違うよ。成り行きで仕方がなかったんだよ」と、やっと男子は答えた。

「だよなあ。無駄遣いもほどほどにしろよ」

「俺だって後悔してんだよ。ブスと結婚するくらいなら一生独身の方がマシだよ」

「そんなの当たり前だろ」

知らない間に息を止めていた。世の中は、こういった低レベルの連中で溢《あふ》れている。ブスやババアのどこが悪い。私だって一生懸命生きてきたんだよ。

今朝も顔を洗うとき、鏡に映った自分を見てショックを受けた。太ったし、老けたし、目元のシワが増えた。

だけど……だから何だって言うの？

そう考えながら重苦しい気分で手許《てもと》に目を落とすと、さっきの紙片があった。

悔しさが胸に充満していたからか、はっと気づいたときには、碁盤目の真ん中に書いた「一本道の人生」を二重線で消し、ペンを走らせていた。

――女性が胸を張って生きられる世の中にする。

だって、こんな男どもをのさばらせておくわけにはいかないじゃないの。今朝のワイドショーにしたって、男性出演者の年齢や外見は様々だけど、女性はみんな若くて美人だった。

だけど……女性が胸を張って生きられる世の中って、どんな世の中？

そんな壮大な目標を達成するためには何をすればいいの？

ああ、そんなことより、帰ったら風呂掃除をしなくちゃ。湯船に設置されているエプロンを外す大仕事が待っている。それにしても、風呂の掃除のしにくさときたら本当に腹が立つ。なんであんな造りにしたのか。エプロンを外すとカビだらけなのだ。だからみんな強烈なカビ取り剤を使わざるを得ず、その結果として海を汚染していく。

知人に聞くと、最初からエプロンを外して使っていると言う人もいる。外しにくいし嵌《は》めにくい代物だ。腕が長くて力持ちの人でないと難しい。かといって、うちの夫に頼んでも「今度の休日にやるよ」と言うのだが、「今度の休日」という日は永遠に来ない。

台所だってそうだ。都会のシステムキッチンは狭すぎる。家が狭いのだから仕方がないとはいうものの、不必要なほど大きな流しと立派な三口コンロのガス台がついているのはなぜなのか。そのせいで調理台がないに等しい。いったいどこで野菜や肉を切ればいいのか。洗った食器はどこへ置けばいいのか。

コンロが三口になったことで、手前の二口が身体のすぐそばにある。鍋の柄を洋服に引っかけてひっくり返しそうになったことは一度や二度ではない。そのうえ、以前はガスレンジを台の上に置くだけでよかったが、今やシステムキッチンに備え付けとなったから、交換する費用が驚くほど高額になってしまった。何から何まで金儲《もう》け主義の改悪だとしか思えない。

あ、そうだ。そういった水回りの使いにくさも女性の貴重な人生の時間を奪っているのだから、マンダラチャートの目標を囲むマス目に書いておこう。

――家庭内の設備は、家事に熟練した人間が設計すること。

マスを一つ埋めたことで勢いがつき、次から次へと乱暴な字で書き入れていった。

――偏見に満ちたコマーシャルを全部排除すること。

――偏見に満ちた発言をするアナウンサーを馘《くび》にすること。

――きゅうりは曲がっていてもいいから低農薬の実現を。

あれ？　路線がずれてきたぞ。いや、これも食材を買って日々料理をする生活者の考えを取り入れるということだから、うん、これはこれで合ってる、ということにしよう。

事件は現場で起こっている。そんな台詞を聞いたことがある。料理も風呂掃除もやったことのない男たちが、机上でシステムキッチンの設計をするなんて言語道断だ。現場を知っている者が設計すべきなのだ。

知らない間にマス目を埋めることに夢中になっていた。

だんだんとアイデアの量が増えてきて、考えが整理されて優先順位も見えてきた。

夫よ、やっぱり私はバカじゃないぞ。

書き終わって眺《なが》めていると、マンダラチャートの中心が台風の目のようになり、周りの文字がぐるぐると回り始めた。

目の錯覚だろうか。

ここのところ目が霞《かす》むようになり、先週、眼科に行ったばかりだ。白内障の五段階のうちの一段階目だと医者は言った。ドライアイの目薬を処方されただけだったが、今朝もまた差すのを忘れてしまった。

それにしても、マンダラチャートがぐるぐる回るのに、なぜか眩暈《めまい》はしないし、気分も悪くならない。そのうえ意識もはっきりしている。

そのとき、頬に風を感じた。

玩具《おもちゃ》の風車か、それとも小型の扇風機を間近で見つめているような感覚だった。

気持ちのいい風だったので、そのままじっとマンダラチャートの中心のマス目を見つめていたとき……。

え？

どういうこと？

目標を書いた中心のマス目に、全身が吸い込まれていった。

声を上げる間もなかった。

3　中学二年　一九七三年

あ、この曲、知ってる。

——ひとりじゃないって
——すてきなことね
——あなたの肩ごしに
——草原も輝く

懐かしいなあ。何ていう曲だったかな。

両隣からも背後からも歌声が聞こえてくる。どうやら自分は集団の中に立っているらしい。

そっと見回してみると、みんな整然と並んで前を向いて歌っている。

ここは、どこ？

そのとき、隣の人が更に声を張り上げた。

「いつまでーもー、どこまでーもー」

ハモったりして、なかなかいいじゃない。

あ、わかった。この曲は天地真理の『ひとりじゃないの』だ。

歌が終わると、周りの人たちは一斉にお辞儀をした。そのとき、前列の人たちの頭がいきなり消えたから、前の景色がぱっと開けた。

前方は客席だった。黒っぽい服装の集団で埋め尽くされている。目を凝《こ》らして見てみると、中学生か高校生のようだった。

どうやら自分は舞台に立っているらしい。舞台といっても学校の体育館くらいの広さだ。

そう言えば中学生のとき、クラス対抗の合唱コンクールがあったが、そのときと雰囲気がそっくりだ。

これは、夢だよね？

今までにも何度か、これは夢なんだとはっきり認識している夢を見たことがある。だけど……夢にしては妙にはっきりしている。

いや、夢なんかじゃない。さっきまで私はカフェでモーニングを食べていた。そこには、他人の不幸は蜜の味とばかりに、噂話を楽しんでいる二人連れの中年女性がいた。そして、ブスを人間扱いしない男子大学生の三人連れもいたはずだ。

彼らはどこに消えたんだろう。

それと、買い物リストの裏に書いたマンダラチャートはどうなった？　見ているうちに、目標を書いた中心のマスを軸にして、ぐるぐる回り出したのではなかったか。そして、その中心に自分の身体が吸い込まれていったような……まさかね。あんな小さなマス目に自分の身体が入るわけない。

だけど、やっぱり……。

そのとき、誰かが私の背中を人差し指か何かでそっと突いた感触があった。どうやら私だけがぼうっと突っ立っていたらしい。みんなぞろぞろと舞台の袖に向かって歩き始めている。私も流れに沿って進んだ。

歩きながら自分の着ている服を見おろしてみると、シングルのブレザーにプリーツスカートだった。中学のときの制服と同じだ。横目で見ると、男子たちは詰襟《つめえり》の学生服だった。

「ねえ、北園《きたぞの》さんたら、聞いとるの？　今日は朝からぼうっとしとるよね」

北園さん……旧姓で呼ばれたのは久しぶりだった。

気づくと、校舎へ向かう渡り廊下で、小柄な女子生徒が私と並んで歩いていた。

「男子の声がちょっと小さかったと思わん？」

「え？」

「せっかくのハーモニーやのに、女子の声ばっかり大きく聞こえて残念やった。あんだけ何回も練習したのに」

この女の子は誰だっけ？　見たことあるような……。あ、ケメコだ。

名前は森田公子《もりたきみこ》だが、みんなケメコと呼んでいた。数年前の還暦同窓会で会ったときは体脂肪率の話になり、お互い三十パーセントもあると嘆き合ったのだ。だけど、いま目の前にいるケメコのそれは、十パーセントもないように見える。そういう私もお腹がぺちゃんこだ。平らというより抉《えぐ》れているほどだ。

やっぱり夢なのだろうか。だったら変な夢だ。夢にしては、はっきりしすぎている。もしかして夢遊病者になってしまったのか。それとも、なかなか醒《さ》めない白昼夢なのか。まるでタイムスリップしたかのようだけれど、そんなことは現実にあるわけないし。

わけがわからないままケメコの後ろをついていくと、二年五組の教室に入っていくので、私もそれに続いた。

教室に一歩入ったところで私は思わず足を止めた。

天ケ瀬《あまがせ》良一だ。

心臓が飛《と》び跳《は》ねた。

彼は、最後列の窓際の席で、窓の外を見ていた。切なく懐かしい感覚で胸がいっぱいになる。

中学の三年間、私は天ヶ瀬良一に恋をしていた。彼は女子に絶大な人気があった。勉強もできるし走るのも速い。明朗快活といった印象と、控えめで優しそうな一面が混在する男子だった。

俺が、俺が、と、目立ちたがる男子が多かった中、彼の静かな微笑みは女子生徒の好感度を上昇させた。「天は二物を与えず」という言葉は、実は嘘っぱちなのだと私に教えてくれた最初の人だった。

大人になってからも、ときどき彼を思い出すことがあった。いつだったか、新宿の雑踏の中で、思わず息を呑んで立ち尽くしてしまったことがある。向こうから歩いてくる男の子が天ヶ瀬に似ていたからだ。

――天ヶ瀬くんのわけがない。私はもう中年のおばさんだよ。彼とは同級生だったんだから、彼だけが中学生のままなんてあり得ないでしょ。

人知れず苦笑いをしながら、寂しい気持ちになったものだ。

中学時代は彼を遠巻きに見ていただけで、話をした覚えもほとんどない。それなのに、思春期の思い出というものは、こうも永遠に心の中に住み続けるものなのか。

短大時代に渋谷のプラネタリウムで恋人と天井の星を見上げていたときも、天ヶ瀬のことを考えていた。星に詳しかった彼のことだから、きっとここを訪れたに違いないと思うと、恋人に手を握られているにもかかわらず、天ヶ瀬を身近に感じて温かい気持ちになった。彼が東京の大学に進学したことは聞いていたが、東京は広すぎて一度も見かけたことはなかった。

今、中学生の天ヶ瀬の姿を目にして、どきどきが止まらない。

まるで恋心が再燃したみたいだ。

本当は六十三歳のおばさんだっていうのに？

あれは何歳のときの同窓会だったろうか、彼がすごい美人と結婚したとケメコから聞いた。そのときは、「へえ、そうなの」などと興味のないふりをしたが、本当は何とも言えない虚しさに襲われていた。

美女が美男と結婚するとは限らないが、美男は必ず美女と結婚する。そんなことは昔から当たり前のことで、遠くから憧れていただけの自分には、初めから出る幕などなかった。だから天ヶ瀬が誰と結婚しようが自分には関係ないことだし、そもそもそのときの自分は既に結婚していて子供もいた。

恋愛に全く興味がなくなったのは、四十代半ばを過ぎた頃からだった。これといったきっかけはなかったが、世の中はどこへ行っても男尊女卑で溢れていて、それらに抉られた傷がその年齢になると溜《た》まりに溜まって許容量を超えてしまい、疲れ果ててしまったのだろうと思う。マンスプレイニングに対しても、感心したそぶりで頷《うなず》いてあげるといったサービス芸当もできなくなった。そして、いつの間にか男というもの全員に対して苦手意識を持つようになった。だから今、天ヶ瀬を見た途端に切ない気持ちになったのは予想外だった。だが、これは夢の中の出来事なのだ。自分も中学生に戻っていると思えば、それほどおかしなことではない。

私の視線に気づいたのか、天ヶ瀬がこちらの方に身体の向きを変えようとしたので、私は慌ててケメコに視線を移した。

「北園さん、いつまでぼうっとしとるの?」

ケメコに言われて気がついた。全員が席に着いているのに自分だけが突っ立っていた。

だがそのおかげで、自分の席がどこだかわかった。空いている席は、廊下側の前から二番目だけだった。

天ヶ瀬とはほぼ対角線上にある離れた席だった。一度でいいから近くの席にならないものかと、席替えのたびに残念に思った中学時代の切ない気持ちがまたしても蘇《よみがえ》ってきた。だが近くの席にならないどころか、三年生になったときはクラスが別になり、天から見放された気分になったのだった。

それにしても長い夢だ。

さっきから頬や手の甲をつねってみるが、普通に痛みを感じるのはどうしてなのか。これが夢ではなくて何なのか。本当にタイムスリップしてしまったというのか。

まさかね。そんなこと、あり得ない。

そのとき担任教師が教室に入ってきた。

あれ？　この人、こんなに若かったのか。中年のおじさんだと思っていたけれど、まだ三十代かもしれない。

連絡事項だけの短いホームルームが終わり、みんなが一斉に帰り支度を始めた。私は席に座ったまま、それらをぼうっと眺《なが》めていた。

「北園さん、何をしとるの？」

ケメコがやってきて、不思議そうな顔で尋ねた。

「何って……そろそろ私も帰るけどね」

「珍しいなあ。部活を休むなんて」

「部活って、何の?」

「はあ? バスケ部の次期キャプテンて言われとるくせに何を言うとるの。やっぱり今日の北園さん、ちょっとおかしい」

バスケ部?

ああ、そう言えば……。厳しい練習の日々がまざまざと蘇ってきた。放課後だけでなく、試合前になると朝練もあり、他の中学との練習試合で土日がつぶれることもしばしばだった。

——いい加減に起きなさいっ。遅刻するよっ。

母に何度起こされても、なかなか起きられなかった。最も睡眠が大切な成長期だったのに、毎日が体力の限界を超える日々だった。将来実業団に入るわけでもないのに、練習に時間を取られすぎていた。読書を楽しむ暇さえなかったし、趣味も持てなかった。週三日くらいならいいが、青少年の心身を鍛えるという範疇《はんちゅう》を明らかに超えていたと思う。

もう一度中学時代をやり直せるのならば、自分の時間を確保したい。そのためには、この際、部活をやめてしまってもかまわない。そう決めると、私は帰り支度をしてから職員室へ行き、バスケ部の顧問を目で探した。

「先生、すみません。体調が悪いので今日の部活は休ませてください」

いきなり退部と言えば、きっと理由を聞かれるだろう。うまい理由が思い浮かばなかったので、ともかく今日一日だけでもしのごうと考えた。

「そうか、お大事に。気をつけて帰れよ」

顧問の理科教師は仮病を疑うこともなく、あっさりとそう言った。

彼は普段から部活に熱心ではなかった。それなのに朝練まであったのは、三年生の副部長が熱血女だったからだ。顧問も部長も、その女のいいなりだったのだ。令和の時代なら、こういったこともパワハラと言われるのかもしれない。

そのまま校門を出て自宅に向かった。

中学校から家までは徒歩十分の道のりだ。商店街に差し掛かったとき、その賑《にぎ》やかさを目にして驚いた。シャッターが下りている店など一軒もなく、八百屋にも洋品店にも和菓子屋にも小さな本屋にも複数の客が入っている。

そのとき、ガラス屋から商店主が飛び出てきた。

「こらっ、こんなとこでボール遊びするな。運動場に行けっ」

道路でボール遊びをしていた小学生の男の子たちは、「すみません」と素直に謝り、すごすごと引き上げていく。

商店街を通り抜けて小学校の横を通ると、校庭から歓声が聞こえてきた。見ると、たくさんの子供たちがドッジボールに興じていた。そのあとお寺の横を通ると、境内では鬼ごっこをしている子供たちが大勢いた。

いつからなのだろう。放課後の校庭で遊ぶのが禁止され、寺の境内に「関係者以外立入禁止」の札が立つようになったのは。

中学生のときは、少子化の時代が来るなんて想像したこともなかった。人口というものは、増え続けるものだと思っていた。そして日本は更に大きく発展していくのだと信じて疑わなかった。だが令和の世の中になっても少子化は留《とど》まることなく進んでいく。家事や子育てで自分の人生を失ってしまうことを知った女たちの逆襲なのだろうか。

自宅の玄関引き戸には鍵がかかっていなかった。それどころか数センチ開《あ》いている。この時代の田舎は、どの家も無防備だった。

二階の自分の部屋へ行き、ゆっくり見回した。鴨居にかかっている黄色のプリーツスカートとセーターの手触りを確かめ、本棚に並んだ本の背表紙を眺めた。有吉佐和子の『恍惚の人』、北山修の『戦争を知らない子供たち』、それに庄司薫の『赤頭巾ちゃん気をつけて』などがある。その横には稲田耕三の『高校放浪記』が全巻あった。従兄《いとこ》が読んで面白いと言ったから揃《そろ》えたのだった。

そのとき、階下の廊下を忙《せわ》しなく歩く母の足音が聞こえてきた。それがトントントンと軽快に階段を上ってくる音に変わり、私の部屋をノックすると同時にドアが開いた。

「雅美、洗濯物を取り込んどいてって言ったでしょう？」

母の姿を見て驚いた。

「お母さん、いま何歳？　三十代後半くらい？」

「ごまかそうったってダメ。洗濯物を取り込みなさい。少しはお母さんを手伝ってよ」

「でも私、今はそれどころじゃないっていうか……」

いきなり中学生に戻ってしまったのだ。昨日カフェにいた時点から今までのことを順に書き出してみようと思っていたところだった。

「ちょっと雅美、お母さんの話、聞いとるの?」

「ごめん、お母さん、私いま勉強しようと思ってたとこだから」

そう言いながら、ふと気づいた。今の自分の言い訳は、日頃の夫と同じではないか。

夫は自分では決して認めないだろうが、常に自分のやりたいことが優先だった。子供たちが幼かった頃、家族で動物園や水族館によく行ったものだ。帰宅したら夫はソファに直行し、ビールを飲みながらテレビを見るのだ。子供連れで出かけたらひどく疲れるのは互いに同じなのに、妻を思いやることは一切なかった。私は台所に立って夕飯を作らなければならず、子供たちの宿題も見てやらねばならなかった。夫に頼んでも、それは俺の仕事でないとか面倒だとか口に出して言ってしまえる思いやりのなさが信じられなかった。妻が目の下に隈《くま》を作るほどの疲れを滲《にじ》ませていても、お構いなしだった。いや、隈など気づきもしなかっただろう。結婚して五年も経てば、妻の顔をまじまじと見ることすらなくなっていた。夫さえいなければ、子供たちとの夕飯などちゃちゃっと簡単に済ませられるのに。そう思って恨みを溜めていったのだ。

何でも話せる友だちのようだった若かりし日の関係はどこに消えてしまったのか。いつの間にか、夫は妻の私を軽く見るようになっていた。

だが中学生に戻った今、私は母を軽くあしらった。夫が私を扱うのと同じだ。どんなにこき使っても、決してくたびれない雑巾か何かのように。

母は朝早く起きて子供たちの弁当を作り、家族を送り出したあとは蕎麦《そば》屋にパートに行く。帰りに夕飯の買い物をし、家に帰ったら、すぐに洗濯物を取り入れて畳んでしまって夕飯を作る。そのうえ、裏の畑で家族が食べる分の野菜まで作っていた。趣味ではなく節約のためだ。あの当時は冷蔵庫の冷凍室の性能がいまいちで、家庭での冷凍技術など知られていなかったし、スイッチを押せば風呂が沸くという時代でもなかった。

母は朝起きてから眠るまで、ほとんど座るということがなかった。そういう私も、結婚してからは母と同じような過酷な生活を送ってきた。

六十代になってからときどき人生を振り返るようになった。家族一人一人が自分の分の家事をしたら、どんなに助かっただろうと思う。子供の頃から丁稚《でっち》奉公に出された時代があったことを思えば、小学生であっても分担できる家事はたくさんあるはずだ。母親一人の負担が重くなりすぎないようにするには、それしか方法はないのだ。家政婦を雇えるほどの金持ちは別として。

でも……。

だから、中学生の私も母を手伝うべきなのだ。

「ねえ、お母さん、どうしてお兄ちゃんには頼まないの？」

「だってお兄ちゃんは勉強で忙しいでしょ。雅美は女の子なんだから家のことを覚えんと、いいお嫁さんになれんよ」

「ちょっと、お母さん、そういう古い考えを子供に押しつけたらダメよ。そういうのは女の私だけじゃなくて、お兄ちゃんのためにもならないよ。お兄ちゃんの将来のお嫁さんが苦労するよ」

「何をわけわからんこと言っとるの？　さっさと洗濯物を取り入れてちょうだい」

「……わかった。とりあえず洗濯物だね。はいはい、やりますよ」

そう言いながら、私は物干し台に出た。

——いいお嫁さんになれんよ。

——もらい手がなくなるよ。

——嫁《い》き遅れたら大変なことになる。

さすがにこういった言葉は、令和の時代には聞かれなくなった。女性に結婚を無理強いし、がんじがらめの人生を送らせる時代は終わった。それもこれも女性が働ける場が増えたからだ。結局女の人生は、自身の経済力に左右される。

洗濯物を取り入れて階下に降りると、母がいなかった。町内会の用事か何かで外へ出たらしい。

お腹が空《す》いてきたので冷蔵庫を開けた。茄子《なす》と挽《ひ》き肉があったのでマーボー茄子を作ろうかと思ったが、この時代は一般家庭に豆板醤《トウバンジャン》など置いてないのを思い出し、七味唐辛子と味噌で代用することにした。

「お隣の奥さんにつかまって遅うなってしまったわ」と言いながら、母が帰ってきた。

「まあ、雅美、いつの間に料理を覚えたん？　ちょっと味見させて。あら、まあ、ピリッと辛味が効いていて美味しいこと。こんだけ作れたら明日にでも嫁に行けるわ」

母は満面の笑みだった。嫁に行けるというのが最大の誉め言葉だと思っていることにうんざりする。

母と夕飯の支度《したく》をしていると、高校二年生の兄が学校から帰ってきた。兄はあまり勉強が得意ではない。地元の県立高校に受からなかったので、隣町の私立高校にバス通学していた。

「お兄ちゃんも手伝ってよ。そこのきゅうり、薄切りしてから塩もみして」

「えっ、僕がやるの？」

兄は驚いたように私を見たが、意外にも嬉しそうな顔をしている。

「あかんあかん、圭介は勉強せんと。来年は受験なんやから」と、母が口を出す。

「お母さん、ほんの十分やそこら料理を手伝うだけで、そんなに目くじら立てなくてもいいじゃないの」

「そんなこと言うけど圭介は男の子なんだし、将来がかかっとるんよ」

あのね、お母さん、私は兄貴の悲惨な未来を知ってるよ。料理ひとつ作れない男の老後の一人暮らしがどんなものか、想像したこともないでしょう？　昭和時代の田舎なら、女手がない暮らしは大変だと周りが同情して、誰かが必ず手を差し伸べたからね。親戚も多かったし、近所づきあいも濃密だった。だけどそんな時代にまもなく終わりが来るんだよ。隣の居間からテレビの音が流れてきた。知らない間に父が会社から帰ってきていたらしい。

「お父さんも手伝ってよ。テレビなんか見てないで、ご飯をよそってちょうだい」と、私は居間に顔だけ出して思いきって言ってみた。

「えっ、わしが？」と、テレビの前に寝そべっていた父は驚いたように言い、ひょいっと立ち上がって台所に来た。

「みんな忙しいのに、お父さんだけのんびりテレビ見たりして不公平だよ」

子供の頃は父が怖かった。何がきっかけで癇癪玉《かんしゃくだま》を破裂させるのかが読めなかった。だが、いま目の前にいるのは、たかだか四十代の若造だ。こっちは酸《す》いも甘いも嚙み分けた六十女なのだ。何を恐れることがあるだろう。

「よせ、雅美。今日はどうしたんだよ」と、兄は小声で言い、私の袖を引っ張った。見ると、おっかなびっくりの顔をしている。

「雅美、お父さんにおかしなこと言わんといて」と、母が睨《にら》みつけてくる。

「だって、みんな疲れてるのに、お父さんだけテレビ……」

語尾が消えそうになった。母と兄が、父に異様なほど気を遣っているのを目《ま》の当たりにしたからか、子供の頃に恐れていた父の雰囲気が突如として蘇ってきた。

そのときだ。

「わしがご飯をよそうって？　よし、任せとけ」と、父は言い、シャツの袖をまくりあげた。ちらりと見ると嬉しそうな表情をしていたので、拍子抜けした。

もしかして、父が何も手伝ってくれないというのは、母の思い込みだったのではないか。だって、「はい、喜んで」と父の顔に書いてある。

父にしてみたら、台所で妻子が楽しげに料理を作るのを見て、仲間外れにされた気分だったのかもしれない。今日は珍しく兄までが台所に立っているとなればなおさらだろう。もしかして寂しかったのか。だが、うちの夫のように、頼んでもやってくれない男もいるから、男もそれぞれなのだろうけど。

食事は居間で食べた。和室に正座したのは久しぶりだった。私が東京の短大に進学したあと、リフォームしてダイニングキッチンにしたからだ。テーブルが低くて食べにくかった。これで猫背にならない方がおかしいくらいだ。

テレビは点《っ》けっぱなしで、ニュースを見ながらの食事は誰も話さず、黙々と食べるだけだった。暴力団抗争に関するニュースが多くて興味が湧かない。

「今、西暦何年だっけ」

さりげなく兄に尋ねると、「一九七三年だろ」と兄は答えた。

どんな時代だったのだろう。詳しく知りたくて、いつもの癖でポケットに手を突っ込んでスマートフォンを探していた。

あ、この時代はスマホなんて存在しないのだった。そうなると余計に、グーグルですぐにでも検索してみたい衝動にかられた。

「総理大臣は誰だっけ？」

「田中角栄だろ。去年までは佐藤栄作だったけど」と、父が答えた。

「そうだったね。度忘れしちゃって」

田中角栄といえば、真っ先に上越新幹線を思い出す。『日本列島改造論』がベストセラーになったのだ。

洗濯物を取り入れるのを一度は断ってしまった反省から、夕飯が終わったあとは率先して皿洗いをしようと決めていた。食べ終わった自分の皿を重ねていると、兄は箸を置いて立ち上がり、さっさと二階に上がろうとした。

「ちょっと、お兄ちゃん、自分の食べたお茶碗くらい、流しに運びなさいよ」

「えっ、僕が？」

兄はそう言うと、自分の食器を台所に運び、またもやさっさと二階に上がろうとする。

「置いただけじゃダメよ。洗いなさいよ」と言って、私はスポンジを兄に渡した。

「わかった。洗うよ」

母は父の晩酌《ばんしゃく》につき合って一緒にテレビを見ているからか、こちらの様子には気づいていないようだった。

「お兄ちゃん、洗剤つけすぎ」

「そうなのか？　半分くらいでよかったか？」

「ほんの少しでいいんだよ」

「雅美って意外とケチなんだな」

「そうじゃないよ。洗うよりすすぐ方が手間がかかるの。洗濯だって同じよ」

「へえ、知らなかった」

兄は感心したように言ってから、「あれ？　雅美、何を作っとるんだ？　夕飯が済んだばかりなのに」と、野菜を切っている私を見て尋ねた。

「明日のお弁当よ」

そのとき、「雅美、自分でお弁当作ってくれるの？　助かるわあ」と、背後からいきなり母の声がした。

ピーマンと玉ねぎと合い挽き肉を炒めて塩胡椒し、最後に溶き卵をからめた。「さあ、出来た」と、私は言った。冷めたら冷蔵庫に入れておいて、ご飯は翌朝に詰めればいい。

「ええっ、冗談でしょう？　そんな惨《みじ》めなお弁当を学校に持っていったら笑われるよ」

「いったい誰が笑うの？　栄養バランス満点なのに」

「そんなん、お弁当とは言わんよ。非常識やわ」

「これでいいんだってば。他人の目なんかどうだっていいでしょ」

「今日の雅美、なんかすごい」と、兄が言う。

「だってお兄ちゃん、他人が何をしてくれる？　人の噂話をして楽しむ他人なんて一生涯相手にしなくていいのよ。そういう人には近づかないのがいちばんなの」

そんなことを子供の頃から知っていたならば、人生はどれだけ楽だったろう。だが田舎の狭いコミュニティの中で暮らしてきた母は、晩年になっても人の目を気にし続けていた。それどころか年齢とともにひどくなっていったように思う。

「笑われるのは雅美じゃなくて、母親の私なの」

「そんなバカども放っとけばいいでしょ。栄養さえ足りてれば、お母さんが作る幕の内弁当みたいな立派なの作らなくていいんだよ」

パート先の昼休みに目にする仲間たちの弁当は、平成時代に入った頃からどんどん簡素化していった。ラップで包んだおにぎり二個とサラダだけというのが流行《はや》ったりした。

令和の世の中になってからは円安が進み、日本のＧＤＰはドイツに抜かされて四位に転落しそうだと、マスコミが騒ぐようになった。「失われた三十年」と盛んに言われていたが、この時代とは比べようもなく豊かだった。だって令和時代に、他人の弁当の中身を見て金持ちか貧乏かを判断する人間がいるだろうか。高級ブランドを身に着けているからといって金持ちだとも思わなくなっている。それもこれも昭和よりずっと豊かな時代になったからだ。

どこのパート先でも給湯室に電子レンジが設置されるようになり、みんな重宝していた。昭和時代には温めるだけの単機能の物でも二十万円くらいしたのに、いつの間にか驚くほど安価になった。独身の男性社員などは、昨夜の残りなのか、カレーとご飯を別々の容器に持ってきてチンして食べているのを何度か見かけたことがある。それくらい昼食というものが人それぞれバラエティに富むようになり、他人の目など気にする人間はいなくなった。

「僕も雅美と同じ弁当でいいよ」と兄が言った。

「お兄ちゃん、なんで私に作らせようとするの？　私が女だから？」

「えっ、いや、別に、僕はそんな……」と、兄が戸惑った顔で私を見た。

兄はそこまで深く考えていないのだろう。悪気がないからこそ罪深いのだが。

「お兄ちゃんも自分の分は自分で作りなよ」

「えっ、僕が、自分で？」と、兄はまたもや嬉しそうな顔になった。

「何を言うとるの、圭介は受験があるのに」と、母の声に怒りがこもった。

兄は高校卒業後は大阪で一人アパート暮らしをして予備校に通った。そしてFラン大学に入学したのだった。就職も苦労したようだったが、中堅の機械メーカーの営業職に拾ってもらった。というのも、見るからに人が好《よ》さそうだったからではないかと私は見ている。

だが問題は結婚生活だった。義姉が怒っているのを偶然聞いてしまったことがある。

――共働きなのに料理はいつだって私の役目よね。一年三百六十五日、毎日作るのがどんなに大変かわかってないでしょ。だってあなた、リンゴもまともに剝《む》けないもんね。

――俺だって洗濯物を畳んだりゴミを出したりして手伝ってるじゃないか。

――はあ？　頭を使わない楽な家事ばっかりじゃないの。そんなの小学生だってできるわよ。

兄がまだ小学生だった頃は、母はしょっちゅう兄に用事を言いつけた。私が幼かったからだろう。「お兄ちゃんだからお願いね」と言って、お使いに行かせたり、私の世話を頼んだりしたものだ。だが兄が中学生になって成績があまり芳《かんば》しくないとわかった時点から、母は兄に家事を一切手伝わせなくなり、「勉強、勉強」と追い立てた。それは兄の将来を思ってのことだったのだろう。

「やっぱり雅美、そんなお弁当じゃいくらなんでも……」と母はまだ拘《こだわ》っている。

「お母さん、もうちょっと自分を大切にしなよ。自分の時間を作った方がいいよ。家事はお父さんや私たち子供に分担させなきゃダメなんだってば」

そう言うと、母は不思議そうな顔をして私を見つめて「なんで？」と尋ねた。

「だってお母さん、パートで疲れてるのに家事も町内会の仕事もしてるじゃないの。疲れてるしストレスも溜まってるはずだよ」

「どこのお母さんだって家のことやってるだろ。国語の桜田先生だって」と兄が反論する。桜田先生というのは、子供が三人いる中学の女性教師で、兄が中三のときの担任だった。

「お母さんが急にいなくなったらどうする？　困るでしょう？」と私は言った。

「なんで私が急におらんようになるわけ？　今日の雅美、わけわからん」と、母が呆れたような顔をする。

「だって結局は、お母さんが先に……」癌《がん》で死ぬんだよ。

それはまだ先の話ではある。この三十数年後、父がこの家に一人残されるのだ。家事のできない父は、不健康な食生活が原因で体調を崩した。久しぶりに帰省したとき、見る影もないよぼよぼのおじいさんになってしまっていて、まだ七十代だったのに、九十歳くらいに見えたのがショックだった。家事もできないくせに頑《がん》として老人ホームには入ろうとしなかった。それが何を意味するか、父はわかっていただろうか。私と義姉が交代で父の面倒を見に帰省を繰り返したのだ。心身ともに疲弊し、そのうえ遠距離介護の交通費で家計が圧迫された。義姉はとうとうブチ切れて、兄に内緒で勝手に離婚届を出して家を出ていったのだ。そのあと父の介護は私一人の負担になった。思ったより早く逝ってくれて助かったけれど、親が早く死んでくれて助かったなんて思う日が来るとは、子供の頃は想像もしていなかった。そんな薄情な娘になってしまった自分を、私はことあるごとに思い出しては責め、何年も落ち込みから脱することができなかった。

——ねえ、お母さん、そんな未来がやってくることも知らないで無責任だよ。

そんな言葉が喉元まで出かかった。

「自分でできることは何でもやった方が、お父さんや私たち兄妹のためでもあるのよ」

「今日の雅美はなんだか偉そうだわ。どっちが親だかわからんよ。そんなことより、明日の夕飯はどれがいい？」と母が寿司屋のメニューを広げた。

「えっ、明日はお寿司を取るの？」

「雅美、もう忘れたん？　明日から婦人会の旅行に行くって言ったでしょ」

「ああ……思い出した。お母さんは婦人会の旅行で出かけるときは、完璧に家事を整えてから出かけるんだったね」

　お父さんに不自由な思いをさせると申し訳ないからと、前日に寿司の注文を済ませてから出かけるのが慣例だった。それもあって子供の頃は、母が不在の寂しさよりも、滅多に食べられないご馳走の楽しみの方が勝っていた。

　それを考えると、私世代の夫婦関係は少しマシになった。私が旅行や残業で不在のときは、夫は唯一得意なナポリタンスパゲティを作って子供たちに食べさせてくれた。夫も三十代までは協力的な面もあったのだ。

「お金がかかるけど仕方がないわ」と、母は溜め息交じりに言いながら、メニューを見つめた。

「夕飯くらい私が作るよ。お寿司は取らなくていいから」

「無理無理。雅美には無理だわ」

「何言ってんの。今日の夕飯は私が作ったじゃないの。美味しくなかった？」

「今日のは確かに美味しかった。けど、でも……」

「天ぷらと清汁《すまし》はどう？」

「雅美に作れるの？」

「そんなの朝飯前だよ」

「そこまで言うんなら……家計も助かるし、そうしてもらおうかな」

「ええっ、せっかく寿司を楽しみにしとったのに」と、兄が口を出した。

「お兄ちゃん、今度の休みに私が作ってあげるよ」

「作るって何を？」

「握り寿司だよ」

「どうやって？」と、兄が問う。

「酢飯を小さいおにぎりにして、刺身を載せれば出来上がり」

短大に進学したとき、気仙沼《けせんぬま》と清水の港町出身の同級生がいたが、彼女らは二人とも握り寿司を慣れた手つきで作ってご馳走してくれたことがある。

「確かに言われてみれば、それだけのことか……だったら僕も手伝いたい」

「うん、一緒に作ろう」

兄は子供の頃から寿司や刺身が大の好物だった。

「お兄ちゃん、寿司職人になればいいのに」

そう言うと、兄はまさに鳩が豆鉄砲を食ったような顔になった。

「考えたこともないよ。えっと……そうなると僕は大学はどうするの？　行かなくていいのか？」

「行かなくていいんじゃない？」

「……そうか、そういう人生もアリだよな」

「何をバカなこと言っとるの。受験勉強から逃げたいだけじゃないの。怠けとらんと、さっさと二階に上がって勉強しなさい」

途端に兄はいつもの暗い表情に戻った。

母は兄のためを思ってと言うが、見栄も多分にあったのではないか。父の親戚筋には旧帝大に進んだ従兄弟たちが何人かいた。兄が県立高校に受からなかったとき、親戚の誰かが母の血筋のせいだと遠回しに言ったのだと、晩年の病床で母に聞かされたのだった。

好きこそものの上手なれ、とは昔から言われている言葉だが、六十代になって振り返ってみると、その言葉の真実性が身に染みるようになった。何も宇宙飛行士になりたいだとか、アイドル歌手になりたいなどと言っているわけではない。

好きなことだけでは食べていけないこともわかっているし、寿司屋を開いたとしても成功するかどうかはわからない。だが、昭和から平成にかけて、サラリーマンの兄はノルマが達成できず、長時間残業で身も心も削られていった。パワハラだのブラック企業だのという言葉もなかった時代だが、ひどく安月給だと聞いたことがあった。

4 初恋の人に呼び出される

マンダラチャートを見つめているうちにタイムスリップし、中学二年生に戻ってしまってから三ヶ月が過ぎた。

どうやら夢ではないらしいとわかってからというもの、学校でも地域でも目立たないよう気をつけて暮らしてきた。とはいえ、自分の言動や一挙手一投足が、果たして中学生として相応《ふさわ》しいのかどうかには自信を持てないままだ。

かつて自分にも中学生だったときが本当にあったのだろうかと思うことさえある。根っこにある性格や考え方は変わっていないと思うのだが、その頃の感じ方や気持ちなどを思い出すことができなかった。中学生の自分が、六十三歳の頃の自分と同一人物なのかと疑いたくなるほどだった。

その日の午後は、国語の授業から始まった。

教壇に立った国語教師の桜田が、「宿題の読書感想文を提出してください」と言った。

母親よりも年上で、当時はかなり年寄りだと感じていたが、たぶん五十歳そこそこだろう。

特に好きだった覚えもないが、タイムスリップしてからは、授業で見るたび尊敬の気持ちが大きくなる。子供が三人もいて私生活はてんてこまいだろうに手を抜かず、綿密に練り上げた授業をする。

「あれ？　出してないのは天ヶ瀬くんだけよ。感想文はどうしたの？」

教師の声で、みんな一斉に天ヶ瀬を振り返った。

「えっ、感想文？」と、天ヶ瀬は驚いたような顔で教師を見ている。

「珍しいわね。天ヶ瀬くん、持ってくるのを忘れたの？」

教師はそう言いながらも怒っている様子はない。天ヶ瀬が学年でトップを争うほど成績優秀だからだろう。そのうえ明るくて真面目な生徒とくれば、男女問わず教師たちから好かれて当然だった。

「えっと、忘れたんだと思います……たぶん」と天ヶ瀬が言った。

「たぶんって何よ」と言って、桜田はおかしそうに笑った。

やはり今日の天ヶ瀬は変だ。私は朝いちばんで、そのことに気づいていた。登校時、クラスメイトがすれ違いざまに「お早う」と元気よく声をかけているのに、彼は気づかなかった。教室に入ってからも、いつもの屈託のない明るい笑顔はなく、ずっと深刻な表情のままだった。

「体調が悪いの？」と、教師はさっきまでの笑顔を消し、心配そうに尋ねた。

「はい、まあ、そんな感じで」と、天ヶ瀬は目を泳がせている。

「保健室に行く？」

「いえ、そこまで悪いわけじゃないので」

「じゃあ次の授業のときに提出してね。では前回の続きから始めます。三十五ページを開いてください」

中学生だった五十年前、天ヶ瀬が宿題を忘れたことが一度でもあったろうか。これほど真剣に思い悩むような表情も見た覚えがない。当時から彼の心のうちは知る由もなかったが、少なくとも学校では明るく振る舞っていたはずだ。とはいえ、なんでもかんでも憶《おぼ》えているわけではないから、浮かない顔の日もあったのかもしれないが。

だが、翌日も翌々日も、彼の態度はおかしかった。笑顔も見られず、勉強にも身が入らないように見えた。


土曜日になった。この時代は会社も学校もまだ週休二日制ではなく、土曜日は午前中の授業があった。

午後は女子四人で教室に残り、いつものように最前列のケメコの席の周りに椅子を寄せ、ラジカセを囲んで音楽番組を聴いた。ケメコだけが、社会科のプリントをまだ提出していなかったので、ラジカセを聴きながら、ケメコ一人が宿題と格闘していた。

ビリーバンバンの『さよならをするために』が流れ始めたとき、ケメコが前のめりになって小声で言った。「天ヶ瀬のこと聞いた?」

「天ヶ瀬がどうかしたの?」と、奥山由香が膝を乗り出した。

　この当時の彼女らは、仲間内で天ヶ瀬を呼び捨てにしていた。今思えば、みんな彼を好きだったが相手にされないとあきらめていたので、せめて呼び捨てにすることで、まるで近しい間柄であるかのような気分に浸りたかったのだと思う。

「天ヶ瀬が陸上部をやめたらしい」

　そう言いながら、ケメコは刑事か何かのように、深刻そうに眉根を寄せた。

「ええっ、本当？」と、由香が小さく叫んだ。

「ハードルを跳ぶかっこいい姿をもう見られなくなるってこと？」と、沢田直美が言う。

　直美は野口五郎の熱狂的ファンだ。彼に会うために自ら歌手になろうと決め、オーディション番組『スター誕生！』に履歴書を送り続けているが、一度も返事が来ないという。背も高いしスタイルもいいのだが、瞼《まぶた》が一重なのがネックになっている、というのが本人の分析だ。

「だって天ヶ瀬は県大会に出るんじゃなかったっけ？」と言いながら、由香がケメコを見た。

「ね、びっくりするでしょう？」と、ケメコは得意げだった。

「北園さんがバスケ部をやめたときもびっくりしたけど」と、直美が言った。

「そう言えば北園さん、部活、なんでやめたの？」と由香が問う。

「……なんとなく疲れちゃってね」と私は答えた。

　部活などやっている場合じゃなかった。自分はどう生きていくのか、将来の目標は何なのか。それらを早く見極めないと、再び同じような平凡な主婦人生を繰り返してしまう。

「そうか、天ヶ瀬も部活やめたのか。雰囲気が以前と違うしね」

心の中で言ったつもりだったが、気づいたときには小さく呟《つぶや》いていた。

「やだ、北園さんたら、勉強ばっかりで男子なんか興味ないくせに」

「え？　いや、何ていうか、その……」

知らない間に彼を目で追ってしまっている日々だったが、誰も気づいていないらしい。

六十歳を過ぎてからも、思春期と聞けば真っ先に天ヶ瀬良一を思い出すほどだったが、最後まで誰にも知られずに終わった片思いだった。

五年に一度くらいの割合で開催される同窓会でも……。

——どうして天ヶ瀬くんは来ないの？

——彼に会いたくて遠くから駆けつけたのに、ほんとがっかり。

——天ヶ瀬くんは一回も同窓会に顔を出したことないよね。

——今度こそ参加かと思ったのに。あーあ、会いたかったな。

同級生の女たちは口々にそう言って嘆いたものだ。だが、そんな気持ちを素直に口にできるのは、かつてのアイドルを懐かしむような、たわいのない思い出に変化したからだろう。

会うことがなくなってからも、彼は女性陣の間では常に噂の中心人物だった。そのおかげで、彼が国立大学を出たあと大手銀行に就職したことも、二十七歳のときに結婚したことも知っていた。

――天ヶ瀬くんの奥さんて、今もきれいなんだろうか。きっとそうなんだろうね。

――歳を取った今でも、黒木瞳みたいに痩せてておしゃれだって聞いたよ。

――そりゃ勝てんわ。なんせ私、ダンナより体重あるもんね。

還暦同窓会で、そんな会話があったのを憶えている。

そのとき、教室の後ろの出入口から天ヶ瀬が入ってきた。

「あらあ、天ヶ瀬くん、まだおったの？」と、由香が甘い声音で尋ねた。

「え？　ああ、うん」と、天ヶ瀬は女子の方を見もしないで素っ気なく答えた。

最後列の窓際の席で帰り支度をする彼の横顔は、まるで人生に疲れた中年男のようだった。やっぱりおかしい。家で何かあったのだろうか。天ヶ瀬は一人っ子で、父親は司法書士事務所を構えており、母親は自宅でピアノを教えていたが、特に家庭に問題があったというような記憶はない。

「ねえ北園さん、ブラジルってどこにあるんだっけ？」

ケメコは社会科のプリントを指差しながら私を見た。

当時からケメコはわからないことがあると、なんでもかんでも私に尋ねるのだった。少しは自分で調べたらどうなのよ、と言いたくなる気持ちは、五十年を経た今も同じだった。

若い頃の私は、友人たちにはできるだけ親切にすることに決めていた。それが正しい行いだと信じていたからだ。だけど、もう違う。

「そんな簡単なこと、スマホで検索すればいいでしょ」

「スマ？　今、何て言った？」

「だから、スマホよ、スマホ」と少し声が大きくなってしまった。

あのね、ケメコ、人生は思った以上に厳しいんだよ。人に頼る癖がついていると、大人になってからつらい思いをするよ。

「北園さん、そのスマホって何なの？」

「だからさ……え？」あ、しまった。「ごめん。スマップと言い間違えた」と、とっさにごまかした。

「スマップって何？」

「え？　あ、そうか、解散したんだった」

「解散って何が？」

ごまかそうとすればするほどドツボにはまっていく。

「だから要はね、自分で検索しなさいって言ってるの」と、頭にきたふりをして言った。

「ケンサクって森田健作？　この前まで郷ひろみが好きだって言っとったくせに、もう浮気？　北園さん、もしかして『おれは男だ！』の再放送を見てたんか？」

「えっと？」

この時代の芸能人のことを思い出そうとして、一瞬の間が空いた。

そのとき、鋭い視線を感じた気がして顔を上げると、天ヶ瀬良一が目を見開いてこちらを見ていた。

私を見ている？　なんで？　と、目で問いかけてみるが、彼は微動だにしない。

みんなも気づいたらしく、ケメコが囁《ささや》くような声で言った。「天ヶ瀬が北園さんのことじっと見とる。なんでだろ」

――可愛い顔の由香ならまだしも、よりによって、なぜ北園雅美を見るのか。

そう問いたいのだ。

「勉強のことで聞きたいことがあるんじゃない？」と由香が言う。

外見はいまいちだけど勉強はできる……それが私に対するみんなの評価だった。

由香は色白で目が大きい子で、瞳が茶色いのを自慢に思っている。常に小さな鏡をポケットに忍ばせていて、階段の踊り場などの人目につかない場所を通るときは、さっと鏡を取り出して、自分の瞳の色を確かめるかのように見入るのだった。

「いくら北園さんが勉強できるといっても、天ヶ瀬の方がちょっと上じゃない？　わからん問題があれば、北園さんじゃなくて先生に聞きに行くんじゃないかな」と直美が不思議そうな顔をする。私も直美と同じ考えだった。

そのときだ。天ヶ瀬が真っ直ぐこちらに向かって歩いてきた。女子の輪が緊張を帯びたのがわかる。

――なんなの？　誰に用があるの？　やっぱり由香だよね？　北園さんを見ていたのはフェイントかましたんだよね？

みんなはそう思ったのだろう。一斉に椅子から立ち上がって由香から離れたので、由香だけがぽつんとその場にひとり残された。

次の瞬間、天ヶ瀬は身体の向きを変え、教壇の横に突っ立っていた私を見て言った。

「北園さん、一緒に帰ろう」

「え？　私？」

間近で見る天ヶ瀬は美しかった。肌が透き通るようだ。

「昇降口で待ってるから」

有無を言わせぬ態度でそう言うと、天ヶ瀬は教室を出て行った。

「なになに、いまの」と、ケメコが興奮気味に叫ぶ。

「北園さんにいったい何の話があるの？」と、直美は納得できないといった表情で言った。

「何の話かって、それは……想像もつかん」とケメコが言う。

「きっと勉強のことで聞きたいことがあるのよ」と、由香はどうしても勉強に結びつけたいらしい。

「顔が真剣だったから、勉強で行き詰まってるのかも」とケメコが言う。

「勉強で行き詰まっているからって、なんで北園さんと一緒に帰るん？」と直美が問う。

「きっとスランプなんだと思う。だからガリ勉の北園さんからヒントを得たいの」と、由香が断言して続けた。「きっと優秀な中山くんが部活でおらんからよ。まだ教室に残っとる中でガリ勉が北園さんしかおらんかったんよ」

意地悪な響きがあった。勉強ができるだとか成績優秀とか言うのならわかるが、何度も「ガリ勉」と言う。

「あ、だから、仕方なく北園さんを誘ったってことなんだ」とケメコが言うと、「なるほど、そういうことなら」と、直美が大きく頷いた。

だが言葉とは裏腹に、三人とも本心では納得がいっていないようだった。下がった口角に不満と嫉妬《しっと》と疑問が残留している。

――天ヶ瀬にふさわしい女は、誰が見たって学年一美人の百合子《ゆりこ》だけ。由香は美人ではなくて可愛い系だから、最低ラインぎりぎりクリアってとこだけど、北園雅美ではあまりに釣り合わない。

それがみんなの共通認識なのだろう。

令和の世の中では、小学生女児までもがファッションや化粧や髪型に目覚め、お金がかかるようになった。だが昭和時代の田舎で育った小学生は、外見のことなど眼中になかった。勉強ができるか、走るのが速いかという二つが評価対象だった。外見の評価の方がそれらより上回るのを思い知らされることが、中学生になった洗礼だった。男子も例外ではなかった。外見のかっこよさが重要な評価ポイントになった。だが、女性はそれが一生涯つきまとうが、男性は他の面で挽回《ばんかい》できる場合が多いし、外見が良くても中身が伴わなかったり軽薄だったりすると、がっかり感が半端ないから、女の人生とは異なる。

「いいなあ、北園さん。どんなつまらん用事でもいいから、私も天ヶ瀬と一緒に帰りたかった」と、ケメコがおどけて言う。

――「つまらん用事」だと思いたい。

ケメコが、みんなの気持ちを代弁したのだろう。ケメコは勉強はできないが、場の空気をすばやく読み、仲間割れを防ぐ雰囲気に持っていく。人には様々な能力があるという当たり前のことにも、中学時代は気づくことができなかった。自分の方が勉強ができるから、人間として上等だと思い上がっていた。

六十三年間の人生の中で、中学時代が最もブスだった。高校生になると、自然とほっそりしてきたし、短大生になると薄化粧をするようになって、髪型や服装も多少は研究するようになった。その結果、以前よりマシになり、サークル活動を通して他大学の男子から交際を申し込まれることがときどきあった。

「天ヶ瀬の家は、北園さんとは逆方向だよね？」と、由香が誰にともなく問う。

「うん、そうだね。反対方向だよ」と、直美が答えた。

「だったら断った方がいいんじゃない？」と由香が言う。

厳しい視線の中で、私はさっきから帰り支度を急いでいた。天ヶ瀬の目が真剣だったからだ。何の用があるのか見当もつかなかったが、重大なことのような気がしていた。

「まっ、とにかく私に用があるみたいだから、先に帰るね」

私はそう言いおいて、教室の出口へと急いだ。

「北園さん、あとで報告、お願いね」

「詳しく聞かせてくれんと怒るよ」

「ひとつも漏らさんと教えてね」

背中に言葉を浴びながら、私は教室を出た。

階段を駆け下りて昇降口に行くと、天ヶ瀬良一が靴箱の横の壁にもたれかかっているのが見えた。私をちらりと見ると、無言のまま靴を履き替えたので、私もそれに倣《なら》った。

「俺、自転車取ってくるから、門のところで待ってて」

そう言いおいて、彼は自転車置き場へ走っていった。私になど無関心だと思っていたが、私が徒歩通学であるという程度のことは知っているらしい。

門のところで立っていると目立つので、私は川沿いにゆっくり歩き始めた。

帰宅途中の女子中学生たちが、ハッとしたように立ち止まるのが視界の隅に入った。そのことで、背後から天ヶ瀬が近づいてきたことがわかった。

天ヶ瀬は、下級生の女子にも絶大な人気があった。美人でない私なんかと歩いているのを見たら、どう思われるだろう。

――天ヶ瀬先輩と、どういう関係なんだろうね。まさか交際してるってことはないと思うけど。

――もしかして、親戚関係じゃない？

そういった会話をしているのだろうか。

どうやらローティーンの頃から既にルッキズムにがんじがらめに囚《とら》われて生きてきたら

しい。どの時点でそういった考えが刷り込まれるのだろうか。小学生の頃は意識していなかったのだから、生まれつき美意識が備わっているわけではない。世間の風潮やマスコミの影響だろうか。太古の昔から、女は外見が最も重要視されたのだろうか。

人生を振り返ってみれば、服装選びや化粧などに貴重な人生の時間を割《さ》いてしまった。そのもったいなさといったら、取り返しがつかないなどという言葉では足りない。歯嚙《はが》みしたくなるほどだ。

大谷翔平選手のような一直線の人生を歩むためには、服装や髪型や化粧の研究などすべて排除した方がよかったのだ。スティーブ・ジョブズにしたって、いつも黒いTシャツとジーンズだった。同じ洋服を何着も持っていたのは、朝起きて何を着ようかと考えること自体が時間と脳ミソの無駄遣いだからだと聞いた。

新型コロナウイルス感染症が流行ってマスク生活となったのがきっかけで、ほとんど化粧をしなくなった。そもそも身だしなみなんていうものは、清潔感さえあれば十分だと気づいたときには歳を取っていた。

六十代ともなれば、女も男も生きざまが顔に表れる。もともとの顔立ちよりも、知性や寛大さや思慮深さが表情や話す内容に如実に表れ、それはごまかしようがないものになる。

そのとき、隣にすうっと自転車が滑り込んできた。

「北園さん」

天ヶ瀬はそう呼びかけると、自転車から降りた。そのまま私と天ヶ瀬は、自転車を間に挟んで川沿いをゆっくりと歩いた。

「あのさ……」と言ったきり、天ヶ瀬は黙り込んだ。緊張しているように見えた。

「天ヶ瀬くん、私に何か用だったの？」

恋の告白などあり得ないし、かといって勉強や進路のことを私に相談するとも思えなかった。いったい何の用なのか、皆目見当もつかない。

「あのさ、なんつうかさ、聞き間違いじゃないと思うんだけどさ」

あれ？　東京弁だ。なんで天ヶ瀬が東京弁をしゃべっているんだろう。

「さっきさ、北園さん、スマホって言ったよな」

「えっ？」

思わず立ち止まって天ヶ瀬を見上げると、彼も立ち止まった。

「確かに言ったよな。わからないことはスマホで検索しろって、ケメコにさ」

頭が混乱していた。

どういうこと？

天ヶ瀬は、この昭和時代からスマホという言葉を知っていたのだろうか。

いや、違う。あり得ない。

それとも私が未来からタイムスリップしてきたことがバレたのか？

いや、それも違う。誰が見たって私は中学生だ。両親や兄でさえ疑っていない。

状況がよく呑み込めなかった。だが、そんなときは迂闊《うかつ》なことは言わない方がいい。

「天ヶ瀬くん、そのスマホって、何のこと？」と聞き返しながらも、視線は真っ直ぐ前に向けていた。目が合ったら嘘をついているのがバレる気がした。

「スマートフォンのことに決まってんだろ」

息を呑んでいた。

何も答えず再び歩き始めようとする私の肩を、いきなり天ヶ瀬がつかんだ。

「なんでとぼけるんだよ」

「いや、私は別に、とぼけてるわけじゃ……」

「スマホなんて、今の時代にはないだろ」

ということは、将来そういったものが世の中に出現することを天ヶ瀬は知っているということだ。科学雑誌か何かに書いてあったのだろうか。

ビル・ゲイツは、いま何歳だろう。もう既にプログラミングを始めているのか。そしてスティーブ・ジョブズは何歳で、どこで何をしている？

「天ヶ瀬くんの言ってること、よくわからないんだけど」

そう答えるのが精いっぱいだった。

私が未来から来たことを、天ヶ瀬が見抜いているとは考えられない。だが、宇宙人が公安に捕まって人体実験されて晒《さら》し者になるという映画を観たことがある。自分もそうなるかもしれないと思うと、怖くなってきた。

「さっき、スマップが解散したって言ったよな？」

「え？」

「北園さんは、どの時代から来たの？」

直球の質問に、私はいきなり立ち止まってしまった。

そして、恐る恐る天ヶ瀬を見上げた。

彼も立ち止まり、息を詰めて私をじっと見つめてくる。遠目に見ると、マセた中学生カップルが見つめ合っているように見えただろう。木陰から、ケメコか由香が覗《のぞ》き見している気がした。

どう答えるべきか迷っていると、天ヶ瀬は言った。

「俺は二〇二三年から来たんだ。令和五年だよ」

途端に、両腕に鳥肌が立った。

令和という年号まで知っている。その年号は、どんな科学雑誌にも未来予測の本にも書かれていないはずだ。天ヶ瀬もタイムスリップしてきたのだ。そうとしか思えないではないか。だから観念して言った。「私も二〇二三年から来たのよ」

「やっぱりそうだったんだね。ああ良かった。ずっと孤独だったんだ、俺。同時にタイムスリップしたのかな。六十三歳だったよね」

「うん、同級生だから歳は同じ」

「北園さん、さっきから東京弁だけどさ、東京で暮らしてたの？」

「うん、そう」

「東京の大学に進学したの？」

そんなことも知ってくれていなかったのか。わかってはいたが、面と向かって言われるとショックだった。天ヶ瀬が、いかに私なんぞに興味がなかったかがわかるというものだ。それに比べて、天ヶ瀬の卒業後のことは女子のほとんどが知っている。妻の容姿のことまでも。

「大学といっても短大だけどね」

「東京にいたのなら話も合うね。北園さんがタイムスリップしたときの様子も詳しく知りたいし、六十三歳に戻るにはどうすればいいのか、今の中学生活はどうやって乗り切ればいいのか、もう話したいことや聞きたいことが山積みで、いま頭が混乱してる」

「うん、私も聞きたいことといっぱいある」

「だけど北園さんは俺と違って中学生になりきって、きちんと学校生活を送っているように見えるよ。俺はまだここに来て一週間の新参者だから戸惑ってばかりで」

「私は三ヶ月くらい前だけど、それでもまだわけがわからなくて戸惑ってるよ」

「だったら二人で協力していこうぜ」

「うん、そうしよう。天ヶ瀬くんと一緒なら心強いよ」

「北園さんにどうやって連絡とればいいかな。家に電話したら、親御さんが変に思う？」

「ほんの数分なら連絡網が回ってきたと思うだろうけど、長電話になったり、頻繁《ひんぱん》にかかってきたりしたら変に思うだろうね」

「やっぱりな」

「天ヶ瀬くんの家はどうなの？　女子から電話がかかってきても大丈夫？」

「絶対に無理」と、天ヶ瀬は強い口調で続けた。「うちは母親がそういうことに目敏《めざと》くてうるさいから」

「スマホもパソコンもない時代だし、家の電話しか連絡方法がないとなると……」

「この時代でも、銀座には既にマクドナルドがあったんだよな。そのあと代々木でもオープンした。だけど、この地域は令和になったあともマクドナルドもスタバもできなかったよな」

そう言って、彼は自嘲《じちょう》気味にうっすらと笑った。

その笑顔を見た瞬間、それまでの緊張がすっと解け、私の口からフフッと笑い声が出た。

「もしも、ここが東京だったら人目につかないし、制服着たままマックに入ってジュース一杯で何時間でも粘って、たくさん話ができるのにね」

「だよな」

「毎日一緒に帰ることにする？」と私は提案してみた。

「無理だよ」と天ヶ瀬は言い、周りを見渡してから、見てみろといった具合に、顎《あご》をくいっと上に向けた。

言われずともだいぶ前から気づいていた。下級生の女子たちが遠くからじっと天ヶ瀬を見つめている。輪が広がっていき、ドーナツ状の層ができそうだ。よく見てみると、私と同学年の女子も少なくなかった。

私は慌てて学生鞄《かばん》を自転車の荷台に置き、数学の教科書を取り出した。そして適当なページを開いて覗き込むふりをした。

「私に勉強のことで何か聞きたいことがあったふりしてよ」

「そこまでする？」

「だって、美人の百合子や可愛い顔の由香ならわかるけど、私が声をかけられるなんておかしいとみんな思ってるもの。きっと勉強でわからないところがあったから私に声をかけたんだろうって、さっきケメコたちも言ってたし」

そう言うと、天ヶ瀬はまじまじと私を見つめた。

「ばかばかしい。外見なんて」

「あら、意外なこと言うね。じゃあ聞くけど、キミは美人とブスとどっちが好き？」

気づけば天ヶ瀬を、キミと呼んでいた。どこから見ても中学生男子だからだ。

「北園、そういうの、やめてほしい。大人が子供を諭すような、そういう言い方。お前だって今は中学生なんだぜ」

「天ヶ瀬くんの奥さんは超絶美人だっていう噂を聞いたことあるんだけど？」

「え？　いや、超絶ってほどでもないけど……」

「ミス東華女子大に選ばれたことがあるって本当？」

「はい、はい、本当です」と答えてから、天ヶ瀬は大きな溜め息をついた。

「知ってると思うけど、天ヶ瀬くんて女子に絶大なる人気があるの。さっき教室で私に呼びかけたときだって、女子たちの嫉妬が怖いほどだったよ」

天ヶ瀬はそれには答えず、前を見て再び歩き出し、そして言った。

「中学生の頃、たくさんラブレターもらったよ。特に中三になってからがすごかった」と、天ヶ瀬は照れもせずに言った。

「モテモテだったもんね。さぞかし気分良かったでしょ？」

「まさか。迷惑だった。知らない女子からいきなり好きって言われたって気味が悪いよ」

「……なるほど」

「そんなことより交換日記しないか？　ほら、隣のクラスでもマセたガキどもがやってるだろ？」

「でも、そうなると、私たちも交際してると思われるよ」

「北園さんが嫌なら……」

「私は嫌じゃないよ。天ヶ瀬くんが嫌なんじゃないかと思って」

「俺はそんなこと気にならない」

「そうなの？　じゃあ交換日記しよう。それしか方法ないみたいだし」

「そうしよう。いかにも中二病の恋って感じでいいね」

「中国でも『中二病』って言葉を使うようになったらしいよ」

「知ってる。ＹｏｕＴｕｂｅで見た」と言って、天ヶ瀬は微笑んだ。

パソコンやスマートフォンだけでなく、ＳＮＳやＹｏｕＴｕｂｅを知っている人が私以外にもいる。そう思うと嬉しくてたまらなかった。

「ノートをどうやって渡す？　互いの机の中とか下駄箱とか？　場所を決めておいた方がいいよね」と私は言った。

「そんな場所、ダメだよ」

「なんで？」

「盗み見されるに決まってるだろ」

「いくらなんでもそこまでしないでしょ。他人の交換日記だよ？」

天ヶ瀬が返事をしない。聞こえなかったのだろうか。

「ねえ、天ヶ瀬くん、他人の机の中を探ってまで交換日記を読む人が、この世にいると思う？」

そう言うと、天ヶ瀬はなぜか溜め息をついた。「北園って、六十三歳にもなって世間知らずだな」

「はあ？」

「お前、純粋すぎるんだよ。女のくせに女の怖さを知らないのかよ」

「なに、それ。めっちゃ上から目線じゃん。私だっていろいろ苦労して生きてきたんだよ。女だっていうだけで見下すような世間と日々闘ってきたんだよ。そこいくと天ヶ瀬くんは男だしエリートだしイケメンだし生まれつきの陽キャだもん。私の苦労なんてわかるわけないよ」

　気づけば早口でまくし立てていた。天ヶ瀬に恨みつらみを言うのは筋違いも甚だしいのに口が止まらなかった。

「わかった。ごめん。俺の言い方が悪かった。謝る」

「そう？　だったら……今のは私も言いすぎた。ちょっと情緒不安定かも」

「情緒不安定になって当然だよ。いきなりタイムスリップしたら混乱するに決まってるさ。とにもかくにも交換日記は手渡しにしよう。渡されたら家に帰るまでずっと手元に置くこと。目を離すのは厳禁だぜ」

「了解」

「じゃあ俺の家、こっちの方角だから、また来週」

　天ヶ瀬は私の目を見てそう言うと、自転車に乗って去っていった。

　そのとき、後ろからバタバタと走ってくる足音がした。この特徴のある小走りはケメコのに違いない。きっとケメコは尋ねるだろう。いったい天ヶ瀬と何を話していたのかと。適当にごまかそうとすればするほど墓穴を掘ってしまうのが目に見えるようだった。もしも由香も一緒なら、更に根掘り葉掘り尋ねるに決まっている。ケメコは適当にごまかせても、男女関係に鋭い由香はごまかせない。それに、嘘を重ねるのが面倒でたまらなかった。すぐに辻褄《つじつま》が合わなくなる。

　せっかく与えられた二度目の人生なのだ。つまらないことで時間を無駄にしたくなかった。

次の瞬間、私は後ろを振り向かずに真っ直ぐ前を見て走り出した。

家に帰ると、学習机の棚から新しいノートを引っ張り出して机の上に置いた。白い頁《ページ》を見つめながら、さっきまでのことを思い出していた。

天ヶ瀬が同じ令和の時代からタイムスリップしてきたとわかったとき、言いようもないほどの喜びが込み上げてきた。それまでの三ヶ月間、ずっと孤独の中にいた。だが、話の通じる人間が現れた。ざっくばらんに話せる相手が見つかったのだ。未来から来たことをもう隠さないでもいい相手がいる。

ノートに書きたいことが、次から次へと胸に溢れてくる。天ヶ瀬に尋ねたいことや聞いてもらいたいことがたくさんある。何から書けばいいだろう。

ふとラジカセのスイッチを押すと、歌謡曲が流れてきた。

——どうか私を捨てないで　すがって泣いたの

「はあ？」と、思わず声に出していた。

いったい誰がこんな歌詞を作ったの？　どうせ男でしょ。なんでこんな歌詞を女の歌手に歌わせるのよ。

そんな私の怒りを無視して、容赦《ようしゃ》なく歌は続く。

——あなた好みの女になりたいの

「ふざけないでっ。女の主体性はどこに行ったのよっ」

この歌は大ヒットしたから、中学生のときから知っていた。だが中学生のときは、なんとも思わずに聞き流していた。たぶん、演歌の黴《かび》臭い世界と、明るい未来が開けている中学生の自分とは無関係だと思っていたのだろう。少なくとも私の周りには演歌好きな同級生はいなかった。こういった古臭い男女関係を想像して悦に入っていたのは、中高年がほとんどだったと思う。

いらいらしているうちに演歌は終わり、次の歌の紹介が始まった。

やっと同年代の女性アイドル歌手の登場だ。抜群の歌唱力があり、中学時代は大ファンだった。

――秋風が吹く中　あなたを思う
ああ、なんて懐かしいんだろう。

――夜空の星を数えたの　ひとつ　ふたつ……

声量があるからか声の伸びがいい。うっとりして目を閉じて聞き入った。

――ねえ　あなた　私が悪いときはぶってもいいのよ
「は？　なに言ってんの？」

知らない間にラジカセを睨《にら》みつけていた。

演歌ならまだしも、十代のアイドル歌手にどうしてこんな歌詞を歌わせるのだ。

だけど……この曲も中学生のときから知っていたし、何度も口ずさんだ覚えがある。なぜこの歌詞をさらりと聞き流すことができたのか。

何もわかっていなかったのだ。世の中のことも、女性の地位のことも。中学生というのは、大人が思っているほど子供ではないかもしれないが、自分が思っているほど大人ではないのだろう。

残念ながら、この曲も大ヒットした。人気アイドルが歌ったのだし、サビの部分のメロディのノリがよくて覚えやすかった。

こんな歌がヒットするのはまずいのではないか。「私が悪いときはぶってもいいのよ」などという歌詞を繰り返し歌ったり聞いたりしているうちに、その情景が脳内に刷り込まれてしまう。

気に入らない女はぶってもいいのだ、制裁する権利が男にはあるのだと、単純に信じてしまう男が一人もいないとは言いきれない。簡単にクズ男の一丁上がりだ。

棚にあった芸能雑誌『明星』を取り出した。この時代はプライバシー保護の考えがなかったから、巻末に芸能人の自宅住所が載っていたはずだ。丹念に追っていくと、作詞家の事務所の住所も載っていた。昭和、平成、令和と、長年に亘《わた》って何千曲も書き上げた大御所だ。その功績は政府にも認められ、八十九歳のときに紫綬褒章《しじゅほうしょう》をもらう未来を私は知っている。

机の中を探ると、スヌーピーのレターセットがあった。

頭にかっと血が上った状態のまま書き出してしまったからか、ペンが止まらなくなった。

——突然のお手紙、お許しください。

貴殿が作詞された『秋風の吹く街角』について言いたいことがあります。

歌詞の中の「私が悪いときはぶってもいいのよ」の箇所ですが、これは男尊女卑も甚《はなは》だしく、青少年に悪影響を及ぼします。こんなことに文句を垂れると、きっと野暮だとおっしゃるんでしょうね。子供のくせに男女の機微に口出しするなんてちゃんちゃらおかしいと。ですが、断固抗議いたします。将来に向かって日々勉強に部活にと刻苦研鑽《こっくけんさん》を重ねている女子中高生の高い志をくじいてしまう可能性があります。どんなに努力したところで、男の奴隷のような立場から逃れられないと言っているのも同然なのですよ。あなたはそのことに気づいていますか？　あなたのような有名で立派な大人が作詞したとなると、その一言一言を正しいことだと信じ込んでしまいます。純粋で単純な男子中学生たちは、気に入らない女は殴《なぐ》っていいんだと勘違いする可能性があります。大人になって、横暴な男に幸福は訪れないことに気づいたときには手遅れです。

あなたが想像する以上に影響力が大きいことを肝に銘じてください。

あなたは罪なことをしています。——

書き終えてから机の中を見ると、二十円切手が数枚あった。この時代は、二十円で手紙が届くらしい。

月曜日の朝、登校の途中に投函しよう。

5　交換日記

月曜日、学校へ行くと、予想通りケメコたちに取り囲まれた。

「見たよ、見たよ。土曜日の帰り道、天ヶ瀬くんと言い争っとったでしょう？」

「言い争う？　いや、そんなことなかったけど？」

「だって肩をつかまれとったじゃないの。どんくらいの強さでつかまれたん？」と、由香が怒ったように尋ねた。その目つきは、天ヶ瀬の指の力の強さに比例して嫉妬《しっと》が深くなることを意味していた。

「つかまれた？　そんなことあったかな？」と、とぼけるしかなかった。

「数学の教科書を開いとったようやったけど」と、直美が冷静な声で言う。

遠くの物陰から見ていたのだろうか。それにしても、双眼鏡を持っていたわけでもないだろうに、何の教科だったかまで知っている。

「で、何を話しとったん？」とケメコが私の答を急《せ》かす。

「応用問題の解き方に考え方の違いがあったみたいでね……」と、昨夜用意しておいた答を言った。

「なるほど。だから激しく言い争っとったんか」と、直美は簡単に納得した。

都合のよいことに、ケメコたち全員、数学が苦手だった。どの問題の、どういった解き方に相違があったのかなどと、突っ込んで質問してこないから助かる。

「あーあ、私も数学が得意だったらよかったなあ」と、ケメコが無念そうに言う。

「私もそういう世界には入り込めんわ。珠算《しゅざん》二級だから暗算は速いけど、小学校五年生くらいから応用問題にはついていけなくなった」と、直美も悔しがる。

「心配せんでいいよ。だって男子っていうのは、数学が得意な女子なんて好きじゃないもん」と、由香はそれが常識であるかのように言いきった。

「それは言える」と直美が同意すると、ほっとした空気が流れた。

「期末テストの前になったら、天ヶ瀬くんに数学を教えてもらおうかなあ」と、ケメコが言う。

「抜け駆けは許さんよ」と直美が釘を刺した。

「わかっとるよ。必ず直美と由香を誘うから安心して」と、ケメコが言った。

「私は遠慮しとく」と、由香は続けた。「だって、頭の悪い女だと思われたら嫌われるもん」

数学ができる女子は男子から敬遠されるが、とは言うものの頭の悪い女も好かれないらしい。

「ほら、お出ましよ」と、由香が声を落とした。

天ヶ瀬が後ろの出入口から入ってくるのが見えた。

隙《すき》を見て天ヶ瀬にノートを渡そうと思っていたが、いったいどのタイミングで渡せばいいのだろう。私のすぐそばにいるケメコ、由香、直美はもちろんのこと、他の女子の多くが天ヶ瀬をそれとなく視界の隅に置いている。ノートを渡す瞬間を、目敏《めざと》い女子たちが見逃すわけがない。

大人から見れば、ほのぼのとした幼い恋に見えるだろう。だが大人の女とは違い、男の経済力や将来性など全く眼中になく、ただただ純粋な気持ちなのだ。だからこそ強烈とも言えた。私がそうであったように。

天ヶ瀬の合図は巧妙だった。私だけが天ヶ瀬を見た一瞬のことだった。

首をくいっと上に上げたのは「ノートを寄越せ」の合図だろう。

例えばトイレに行くふりをして、廊下で渡したとする。だが、手ぶらで廊下に出た天ヶ瀬が、帰りにノートを持っているなんて、すぐにばれる。数学のことで、などと言ってごまかすのはおかしい。勉強に関してのノートならば、みんなの前で正々堂々と渡さないのは変だと、由香ならすぐに見抜くだろう。

そのあとも渡すチャンスを窺《うかが》い続けていたが、教室移動のときも昼休みにも、人目につかずに渡せる瞬間は訪れなかった。

とうとう帰りのホームルームの時間になってしまった。

「今日は席替えの日だったな」と、担任教師が続ける。「コミュニケーションの偏《かたよ》りを防いで、人間関係を広げるためだ」

誰も驚いていないところをみると、学期初めから席替えは予定されていたようだった。

「では、今からくじ引きを行います」と、学級委員の男子が言った。

一人ずつ前に出ていき、四角い箱に手を突っ込んで、小さな紙を一枚引き抜いていく。

私は最後列の廊下側になった。

「それでは、今から一斉に移動してください」と、学級委員が号令をかけた。

私が荷物をまとめて移動すると、ぶ厚い眼鏡をかけた男子が隣の席に移動してきた。文芸部に所属しているもの静かな子で、みんなにマジメくんと呼ばれている。

あちこちから歓声が上がったり、大袈裟《おおげさ》に嘆いたりする声が聞こえてくる。そんな騒々しい中、天ヶ瀬が真っ直ぐこちらに向かって歩いてきた。目が合うと、素早くウィンクを送ってきた。

心臓がビクンと飛び跳ねた。

中学生の男子相手にドキドキするなんて、どうかしてるぞ、自分。そもそも彼は六十三歳なのだ。十四歳のときの彼は、女子に向かって気軽にウィンクをすることは絶対になかったと思う。つまり、中身は中年オヤジなのだ。だから落ち着け、自分。

天ヶ瀬はマジメくんのそばまで来ると、彼の肩に手を乗せた。「俺と席替わってやるよ。いちばん後ろじゃ黒板が見えにくいだろ」

「ありがとう。実は困ってたんだ。で、天ヶ瀬くんの席はどこ？」と、マジメくんが尋ねた。

「前から二番目」

「二番目かあ。できれば一番前がよかったんだけどな」

「隣の席は奥山由香だ」

「えっ、ほんと？　奥山さんの隣？」

そう言うと、マジメくんは真っ赤になった。

「天ヶ瀬くん、恩に着るよ。眼鏡をかけても黒板の細かい字が見えづらくて」

マジメくんは運んできたばかりの荷物を持ち、素早く前方の席へ移っていった。

「えっ、うそっ、なんであんたが私の隣に来るん」

前の方から由香の大声が聞こえてきた。そんなきつい言い方をしたら可愛らしいイメージが壊れてしまうのに、そんなことに構っていられないほど激高しているらしい。

「だって天ヶ瀬くんが替わってくれるって言うたから」

「はあ？　なんで勝手にそんなことするのっ」

怒りを抑えきれない由香の声が教室中に響いている。天ヶ瀬も聞こえているだろうに、どこ吹く風といった体《てい》で、教科書や学生鞄を私の隣の席に次々に運んでくる。

いちばん後ろの席は、全体が見渡せて好都合だった。中学生とはどういう生態の生き物なのかを観察できる。少しずつ真似をしていけばいい。というのも、タイムスリップして三ヶ月経った今でも、自分が中学生としておかしな——つまり、おばさんみたいな——振る舞いをしているのではないかと不安になることがあった。

「移動はだいたい終わりましたでしょうかあ」

教壇に立った学級委員がそう尋ねたので、全員が前方に視線を移した。

今だ。ノートを渡すチャンスだ。今なら誰も後ろを窺っていない。

素早く鞄からノートを取り出したとき、天ヶ瀬が机の下で手のひらを上に向けて早く渡せとばかりに私を見た。素早く差し出すと、天ヶ瀬がさっと手を伸ばして受け取った。

次の瞬間、由香が振り返って天ヶ瀬を見たので、どきりとした。

危ないところだった。最後列だからと気を緩《ゆる》めない方がいいらしい。

天ヶ瀬は、机の下でノートをぱらぱらとめくった。そして字が書いてあるのを確認したのか、自分の鞄にさっとしまった。

表紙には「数学」と書いておいた。交換日記と思われない方がいい。天ヶ瀬と交際しているという噂が立ったら、女子の友人を一気に失ってしまう。中学生の友だちが欲しいわけではないが、学校行事や進路に関する情報まで遮断《しゃだん》されるのは困る。

仮に天ヶ瀬との交際を装った場合、それでもケメコが私のそばを離れないとしたら、彼とのことを事細かに知りたいからだ。尋ねられるたびに恋愛している風を装い、嘘を塗り重ねるのは想像するだけで面倒だった。

「移動が終わった人から帰っていいですよ」

学級委員がそう言うと、天ヶ瀬はさっと立ち上がった。そして私の後ろを通り過ぎるとき、少し屈《かが》んで「じゃあ、また明日な」と耳元で囁《ささや》くように言って、私の肩にそっと手を触れてから教室を出ていった。

ああ、またどきどきしてしまった。

落ち着け、自分。

だって考えてもみなさいよ。彼が中学生だったとき、気軽に女子の肩を触ったりしたと思う？　つまり何度も言うが、彼は中年オヤジなのだ。

そう自分に言い聞かせるが、気分の高揚は止められなかった。

彼は自宅に着いたら、すぐにノートを読むに違いない。最初の一ページということもあって、考えた末に、タイムスリップしたときの経緯を淡々と書くに留めておいた。

あの日、カフェでモーニングを食べていたときに、ふと思いついて大谷選手を真似たマンダラチャートを書いてみたこと。それを見つめているうちに、真ん中に書いた目標のマスが台風の目のようになって周りのマスがぐるぐると回り始め、あっと思ったときには、その真ん中のマス目に吸い込まれていったこと。そして気づくと中学生に戻っていたことなどだ。

天ヶ瀬はそれらを読んでどう感じるだろうか。彼がタイムスリップしたときの様子も知りたかった。


その翌日、帰りのホームルームで天ヶ瀬からノートを返された。

帰宅後、二階の自分の部屋に入ると、すぐに鞄からノートを取り出して開いた。着替える間も惜しかった。

びっしりと書かれた几帳面《きちょうめん》な文字が目に飛び込んできた。

――北園さん、これからお世話になります。よろしくお願いします。同じ時代からタイムスリップしてきた人間が僕以外にいたと知ったときは、本当に嬉しく思いました。僕にとって北園さんは、この世で唯一の理解者です。お互いに助け合って、今後の人生を乗りきっていければと願っております。

ビジネスレターかよ。普段は自分を「俺」と言うくせに、文章では「僕」になっている。外見は中学生でも、文章は長年のサラリーマン生活を経た六十三歳のオヤジなのだと、改めて思い知らされた。

――このノートを僕に返すのは、朝いちばんにしてください。僕が北園さんに返すのは帰りのホームルームの時間にします。つまり、北園さんの鞄の中に入っている時間を最小限にしましょう。僕の鞄を無断で開けてノートを見るヤツはいないと思うけれど、北園さんの鞄ならケメコや奥山由香が勝手に開けてしまう可能性がないとは言えないから。

つまり、俺と違ってお前は舐《な》められている、と言われているような気がしたが、考えすぎだろうか。

――大谷選手の活躍ぶりはすごいね。彼のマンダラチャートは、僕も週刊誌やネットで何度か見たことがあります。それを北園さんが真似して書いてみたってことに、僕は驚きました。だって既に六十三歳なのに、将来の目標を書いてみたってことだよね？　そのバイタリティはすごいと思います。

天ヶ瀬は勘違いしている。私は過去に戻れたら人生をやり直したいと思っただけであって、まさか六十三歳の時点での将来の目標なんて、書くわけないじゃん。努力が実るのは八十代ってことになる。そこまで生きられるかどうか、頭がしっかりしているかどうかもわからないのに。

――僕がタイムスリップしたのは、自宅のリビングのソファに座って考えごとをしていたときでした。北園さんみたいに、何かに吸い込まれたというような感覚はなくて、ハッと気づいたら中学生に戻っていたといった感じです。今の気持ちとしては、パソコンやスマートフォンのある時代に戻りたくてたまらないと思う一方で、せっかく与えられた二度目の人生だし、この際だから全く別の生き方をしてみたいとも思っています。じゃあ、今日はこの辺で。

なんだ、たったこれだけか。なんだか物足りない。

もっと心の内側を見せてほしかった。そういう私もタイムスリップしたときの状況を書いただけで、大谷翔平と自分の人生を比べて落ち込んだことまでは書かなかったし、マンダラチャートにどんな目標を書いたのかまでは言うつもりはない。

――だって傑作だろ？　大谷と自分を比べる主婦なんてさ。

夫と同じように、男はみんなそう言って嗤《わら》うに決まっている。そもそも心の中を吐露《とろ》するほど天ヶ瀬と親しいわけでもない。中学のときは、ほとんど話したこともなかったのだから。

　私は用心深くなっていた。いや、用心深くあらねばと自戒していた。不用意な文章がきっかけで天ヶ瀬と険悪な仲になったりしたら、唯一の理解者がこの世からいなくなってしまう。

　天ヶ瀬は、別の生き方にチャレンジしてみたいと言う。「この際だから」という軽い言い方からして好奇心なのだろう。私のように後悔だらけの人生とは違う。

　そりゃあそうだ。大手銀行で定年まで勤め上げた男だ。エリート街道まっしぐらだ。美人を妻に娶《めと》り、子供は二人とも優秀だと、同窓会のとき噂で聞いた。人も羨《うらや》む順風満帆の暮らしだったのだ。


　その夜もまたラジオを聞いた。

　――好きよ　あなたの優しい目　あなたについていきたいの
「は？　ついていきたい？」

　あー嫌になる。

　誰もいない部屋でこれ見よがしに溜め息をついてみた。

　もういい加減にしてくださいよ。自分の人生なんですよ。それなのに、どうして男について従わねばならないんですか。

歌っているのは十七歳の女の子だ。これを聞いた同世代の若者にどんなに悪影響を与えることか。本当に罪深い歌詞だ。

「さて、次のリクエスト曲は……」

やっと男のアイドル歌手の出番が来た。この時代の男性アイドルは、「俺についてこい」といったような、いわゆる「男らしい」とされる、男性優位の歌詞は歌っていなかったように記憶している。外見もマッチョではなかったし、みんな長髪で、可愛らしくて美しかった。

――君を思ってばかりいる　その指先に触れてみたいんだ

いいぞ、その調子だ。

――君にはいつだって笑顔でいてほしいから

「やめなさいっ」

またもやラジカセに向かって叫んでいた。

女に笑顔を求めるのは本当にやめてもらいたい。女は愛嬌《あいきょう》、男は度胸といった古い言葉がずっと生き続けている。始終笑っていることが、どれだけ大変なことか、五分でいいから、いや一分でいいからやってみろと作詞家の男に言ってやりたい。

怒りを鎮《しず》めようと深呼吸をし、引き出しからスヌーピーの便箋《びんせん》を取り出した。歌詞の是正《ぜせい》を求めなければならない。面倒だが、できるところからやっていくしかない。野暮だと言われようが、人生をわかっていない中学生のくせに生意気だと言われようが、ここで怯《ひる》むわけにはいかない。

――考えすぎだよ。

――流行りのフェミニストってやつですか？

――おお恐っ。

――旦那さんも苦労するね。

今までさんざん言われてきた言葉が脳裏をよぎる。職場にもマンションの理事会にも、意地の悪い男たちがたくさんいた。

でも、めげない。あきらめたら終わりだからだ。


日曜日になると、実家の隣の公民館で結婚式があった。

この時代の山田町は、民間の結婚式場がなく、自宅か公民館で結婚式を挙げるのが一般的だった。

「雅美、お嫁さんのお菓子、もらってきて」

「お嫁さんのお菓子って？　ああ、あれか」

懐かしかった。餅撒《ま》きならぬ、お菓子を撒く風習があったのだ。小さな紙袋に様々なお菓子が入っている。

「あのお菓子、私嫌いだもん。生姜《しょうが》煎餅《せんべい》やらカルシウム煎餅やら、年寄りが好きなものばっかりじゃない」

思い出しながら言ってみた。本当の中学生だった頃も、同じことを言った覚えがある。

「だって私、生姜煎餅が大好物なんやもん」と、母が拗《す》ねたように言う。

「はいはい、わかったよ。もらってきてあげる」

家を出てすぐ隣の公民館に行くと、ちょうど花嫁さんが門を潜《くぐ》って出てきたところだった。背の高い美人で、白無垢《しろむく》がよく似合っていた。まるで雪の精のようだ。花嫁が自らお菓子の袋を手渡しながら、優しげな微笑みを向けてくれた。思わず見とれていると、背後から「北園さん」と声をかけられた。

振り返ると、天ヶ瀬がいた。

「親戚の結婚式だったんだ」

「なるほど。だから日曜日なのに学生服を着てるんだね」

会話が途切れた。すぐ隣でお菓子の争奪戦が始まっていて騒々しいのをいいことに、しばし見つめ合った。もしも中学生でなかったなら、またはここが都会だったならば、カフェで向かい合って話がしたかった。天ヶ瀬も同じ気持ちだったのか、「せっかく学校以外で会えたのに、残念だけど……」と、あたりを見回しながら続けた。「無理だよな。タケコプターか、どこでもドアさえあれば、銀座のマックに行けるんだけどな」

そのとき、ふっと、ある部屋が思い浮かんだ。「私、いい場所知ってる」

公民館の中に女中部屋があるのを思い出した。私が幼い頃は、ここは公民館ではなくて民家だった。よく遊びに来ていたから、千坪以上ある敷地内の隅から隅まで熟知していた。

製糸業で財を成した人の家だったが、後を継ぐ者がおらず、町に寄付して公民館になったのだった。

「天ヶ瀬くん、こっちよ」

お菓子争奪戦の騒々しい中をそっと通り抜け、勝手口から屋敷の中に入っていった。

「えっ、こんなところに隠し階段が？」

天ヶ瀬が驚きながら、狭くて急な階段を私に続いて昇ってくる。

三畳ほどしかない薄暗い部屋だった。小さな四角い窓がひとつだけあり、そこから明かりが漏《も》れている。幼い頃は女中さんが住んでいたから、所狭しと生活道具が置いてあったが、今は何もない。だからか、余計に狭く見えた。

私は突き当たりまで行って体育座りをした。天ヶ瀬は入口近くに腰を下ろし、壁にもたれて足を投げ出して座った。

「こんな部屋があったとはね」と、天ヶ瀬はもの珍しそうに狭い部屋を見回している。

「私、毎日ストレス溜《た》まりまくりだよ。天ヶ瀬くんもそうでしょう？」

「俺はそうでもない。目標を立てて頑張ってるから」

「目標って、どんな？」

「まだ秘密」

自分だけが無為に毎日を過ごしているようで悔しくなった。

「私にも一応、目標はあるのよ。山倉太郎にも手紙を出したたし」

「山倉太郎？　それって、あの作詞家の？」

「そうよ」

「歌手じゃなくて、作詞家宛てにファンレターを出す人がいるなんて知らなかった」

「ファンレターじゃないよ。抗議文だよ」

「抗議って、何に対する？」

「歌詞の内容に我慢できなかったのよ」

「どんな内容？」

「例えば」と、私は今まで出した抗議文について説明した。

「北園さん、それに何か意味があるの？　単なる憂《う》さ晴らし？」

「違うよ。令和時代のジェンダー・ギャップを改善するためには、この時代から是正《ぜせい》していく必要があると思ったのよ」

「へえ、壮大な志だな」

「もしかして、呆れてる？」

「まさか。だって日本の男女観はおかしいだろ」

「意外なこと言うね。天ヶ瀬くんがそんな考えの持ち主だったなんて」

天ヶ瀬夫婦は典型的な古い型の夫婦だと思っていたが違ったのだろうか。天ヶ瀬はエリートサラリーマンで、妻は専業主婦だったはずだ。もしかしたら天ヶ瀬の妻は仕事を続けたかったのに、家事育児のために仕事をやめざるを得なかったのかもしれない。

ミス東華女子大と聞いただけで、美貌を武器に男にうまく取り入るタイプの女だと勝手に思い込んだのはなぜだったのか。同窓会でのケメコの言い方からして、少なくとも好意的ではなかった。今思えば嫉妬から来る勝手な思い込みだった。私自身もドラマや小説のステレオタイプに洗脳されているのだろう。やはりマスコミの罪は大きい。

「北園さんは、高校はどこにするつもり？」

前の人生では、私は県立高校に進み、天ヶ瀬は偏差値の高い私立男子校に進学した。

「私は前と同じ県立だよ。うちは兄貴にばかり教育費を注《つ》ぎ込む家だから、私に回す余裕はないの」

「そうなのか。で、県立高校は通ってみてどうだった？」

「自由な雰囲気だったよ。中学と違って、生徒の服装や髪型を血眼《ちまなこ》になってチェックする偏執狂みたいな教師は一人もいなかったし」

「勉強は？　厳しい？」

「そうでもない。いい大学に行きたいヤツは勝手に頑張れって感じ」

「そうか、だったら俺もそこにする」

「えっ、どうして？」

「俺が通った私立の男子校は、バリバリの受験校で殺伐《さつばつ》としてて嫌だったんだ。それに俺、北園さんと同じ高校に行きたいんだ。北園さんと話すと精神が安定する。なんせ、この世でわかり合えるのが北園さんしかいないんだから」

「……うん、私も」

誤解するなよ、自分。告白されたわけじゃないんだぞ。天ヶ瀬が言ったのは、同時代からタイムスリップしてきて頑張っている同志という意味だ。

それがわかっているのに、ときめきを抑えられなかった。

「そろそろ帰ろう。遅くなると変に思われるから」と、天ヶ瀬が言った。

もう帰るの？　こんな薄暗く狭い空間にいるのだから、キスぐらいしてもいいような気持ちになっていたのだが……。

おいおい、自分、どうかしてるぞ。

この時代に、田舎の中学生がキスなんかするわけないだろ。

これだから六十三歳のおばさんは困るよ。

まったくもう、身も心も汚れきっちゃってさ。

「北園さんと話せてよかったよ。まさか今日、こんな偶然が訪れるとは考えてなかったから嬉しかったよ」

気持ちを素直に口に出せること自体、私を女として見ていない証拠だ。同志に過ぎないのだ。でも同志はこの世に私一人しかいないのだから、私は貴重な存在なのよ。そう心の中で言って、自分を慰めた。


家に帰ると、母が言った。

「えらく遅かったね」

「本屋に寄ってきたの」と嘘をついてから続けた。「はい、これ。お嫁さんのお菓子」

「ありがとう。今日の花嫁さん、可愛くなかったでしょ」

「なんでそんなこと言うの？　目鼻立ちのはっきりした美人だったよ」

「だけど、もう二十九歳なんだって」と、母が顔を顰《しか》めた。

「もう二十九歳？　それって、どういう意味？」

「二十九歳なんて、もう薹《とう》が立っとるでしょ」

「お母さん、やめてよ。そういう考え方、もううんざりだよ」

気づかぬまに大きな声を出していた。

この時代に戻ってきて、様々な違和感があった。特に女性に対するがんじがらめの縛《しば》りが、まるで法律ででもあるかのように隅々まで決められている。そういった不平不満を、昨日までは心の中で呪詛《じゅそ》のように繰り返し唱えているだけだったが、本当は口に出さなければいけなかったのだ。それがどんなに軋轢《あつれき》を生もうとも、人に嫌われようとも、だ。声に出さないと世の中は変わらない。この時代の大人が声に出して抗議してくれなかったからこそ、令和の時代になっても改善されないままなのだ。

私の若い頃は、女はクリスマスケーキだと言われていた。クリスマスイブの十二月二十四日になぞらえて、二十四歳までは売れるが二十五歳を過ぎると売れ残るのだと。それは決して冗談ではなかった。女たちはその言葉に煽《あお》られ、本気で焦ったのだ。じっくり交際して相手を見極める猶予《ゆうよ》など与えられなかった。私の同級生の中にも、不良物件を摑《つか》んだ女が少なくない。二十歳も年上なのに頼りになるどころか定職を持たない男と焦って結婚した女もいたし、結婚する前からギャンブル好きの男ではないかと薄々感づいていた女や、「お前は女のくせに生意気だ」と手を上げられた女もいた。それなのに、独身のまま歳を重ねる恐怖心に抗しきれずに結婚してしまったのだ。

そんな彼女らが、六十歳を過ぎた今、どこでどういった暮らしをしているのか、全くわからない。噂すら聞かないからだ。同窓会に来ないのはもちろんのこと、同級生との関係を完全に断ち切っている。

そんな皆婚時代は、労働市場から女を締め出して経済力を取り上げることで成り立っていた。それによって、本来なら結婚に相応しくない男にまで女を宛がうことができたのだ。

「片山和裁教室の片山さんを見てごらん」と、母は続けて言った。「ええ歳して独身やから気が強うなって、嫁入り前の若い生徒さんに嫉妬して意地悪したり、ヒステリー起こしたりするんだって」

「お母さん、実際にそれを見たの？」

「見るわけないでしょ。和裁を習いに行ってるわけでもないのに」

「だったらなんでお母さんが知ってるのよ」

「だって町内で有名だもの」

「そういう噂を流すおばさんたちの方がよっぽど意地悪だよ。和裁で身を立ててるのは立派なことでしょう」

「そりゃあ……そう言えなくもないけど」

「それに、二十九歳の花嫁が可愛くないなんて、スケベなおっさん目線だよ。若ければ若いほど可愛いなんて気味が悪いよ。薹が立っているなんてひどい言葉、少なくとも同性の女が言うべきじゃないよ」

「なんだか雅美、最近ちょっと変わったね」

「お母さんも変わってちょうだいよ。女も人間なんだよ。おっさんの玩具《おもちゃ》じゃないんだよ」

「玩具だなんて思ってないけど」

「じゃあなんでそんなひどいこと言うの？」

問い詰めると、母は宙の一点を見つめて黙ってしまった。

そのとき、兄が二階からリズミカルな足音をさせながら降りてきた。「お母さん、今日の夕飯、何？」

「余りものでかき揚げでも作ろうかと思っとる」と母が答えた。

「天ぷらって作るの難しい？」

「簡単だよ。お兄ちゃんも挑戦してみれば？」

「何を言うとるの。圭介には勉強があるのに」

「僕、作ってみたい。天ぷらの揚げ方を教えてほしい」

「そんなん男が覚えたって何の役にも立たんよ。夕飯ができたら呼ぶから、それまで二階で勉強してなさい」

兄は一転して暗い顔つきになり、俯《うつむ》いたまま私の前を横切って二階へ戻ろうとした。その瞬間、私は兄の腕をつかんでいた。

「お兄ちゃん、お母さんの言いなりにならなくていいんだよ。そもそもお母さん、どうしてそういうこと言うのよ。お兄ちゃんがせっかく料理を覚えたいって言ってるのに」

「いい加減にしなさい。最近の雅美は鬱陶《うっとう》しいよ。圭介は男の子なんだからね」

「男も女も関係ないんだってば」

「関係ないわけないでしょう。わけのわからんことばっかり言って」

古い考えに染まった母を説得するのは、そう簡単ではないらしい。だから私は、ためしに言い方を変えてみた。

「お母さん、三十分やそこら勉強したところで大差ないよ。料理するのは気分転換になるから、却《かえ》って集中力が増すと思うけどね」

成績優秀な私が言えば、説得力があるのではないか。

「気分転換？　確かにそういうことはあるかも……。それなら、野菜を切るところから圭介にやってもらおうか」

兄は母に言われた通り、玉葱《たまねぎ》、ピーマン、人参と、次々に千切りにしていった。慣れていないから時間がかかり、幅もばらばらだった。

うに微笑んだ。
「お兄ちゃん、なかなかじゃない」と私が褒《ほ》めると、兄は「そうかな？」と言って嬉しそうに微笑んだ。

兄はまだ子供なのだ。失敗しようが下手だろうが、将来を考え、やる気をそがないために褒めまくる。だが、夫は大人だ。私は夫を褒めなかった。夫に家事をさせるために大袈裟に褒めましょう、夫をおだてて上手に操縦しましょう、などと言う人がいるが、私にはそんな賢夫人を演じる器はなかった。しかし、相手を操縦すると考えた時点で、夫婦の人間関係は破綻している。そんなことに気づいたのも、六十歳になってからで、時すでに遅しだった。

「さて、次は衣を作るよ」と母は言い、兄に菜箸《さいばし》を持たせた。

小麦粉と水を混ぜ始めた兄を見て、「ストップ。それ以上は混ぜたらダメ」と母は言った。

「えっ、でもまだ全然混ざってないよ」

「それくらいでいいの。こねたら衣が厚うなりすぎる」

「へえ、知らなかった。勉強になる」と、兄は楽しそうだ。

「勉強？　こんなのが勉強だなんて、男の子のくせに……」と、母がまたしても不満を口にしかけたときだ。

「えっと……わしは？　何かすることないか？」と、背後から父の声が聞こえてきた。

一斉に父を振り返った。この頃の田舎のサラリーマンは残業もなく、遅くとも六時には

「お父さんはそっちでテレビでも……」と言いかけた母を、私は遮《さえぎ》った。「お父さんはお箸並べて。それと、全員分のお茶淹《い》れといて」

「よし、任せとけ。ここにある玄米茶でいいんだな」

父は変わった。それも、びっくりするほど簡単に変わった。

食卓の用意ができ、家族揃《そろ》って熱々のかき揚げを食べた。

「どう？　僕が作ったかき揚げ、美味しい？」と兄が尋ねる。

「うん、すごく美味しい」と私は答えた。

「上手に揚がっとる」と母が言う。

「お父さんはどう思う？」と、普段はあまり会話がない父に兄は尋ねた。

「うん、うまい」と父が即答すると、兄はほっとした顔をした。

自分の料理を美味しいと思ってくれているかどうかが気になる。まずいのに我慢して食べているんじゃないかと気になる。それらは作る立場になってみないとわからないことだ。こういった経験を積み重ねていれば、もしかして兄の結婚生活もうまくいっていたかもしれない。

そのとき、テレビからいきなり大きな声が流れてきた。

――ねえ、仕事と私とどっちが大事なのよっ。

見ると、ダイヤモンドジュエリーのＣＭだった。

「こんなバカ女、現実にいるわけないじゃん。仕事と私とどっちが大事かなんて、普通は聞かないよ」

私は憤懣《ふんまん》やるかたない思いで、乱暴な言い方をしてしまった。

「いるんじゃないか？」と、兄が続ける。「そういう女がたくさんいるからコマーシャルになるんだよ」

「相当なバカ女だな」と父が言った。

「そうやね。男だろうが女だろうが、食べていくためには仕事せんならんのに」

「それがわかっとらん女なんて、少なくとも田舎にはおらん」と、父は断言する。

「こんなこと言うのは都会の女だけだわ」と、母も同調して続ける。「稼ぐのが何よりも大事なんは、女だって身に染みてわかっとる。『飲み会と私とどっちが大事なの？』って聞くんならわかるけど」

「お母さん、たまにはいいこと言うじゃない」と私が言うと、母は珍しく嬉しそうに微笑んで言った。「久々に褒めてもらえたわ。ここのところ雅美に叱られてばっかりやったから」

「え？　あ、ごめんね」

娘に非難される毎日でストレスが溜まっていたのだろうか。

「ご馳走様。お兄ちゃんの揚げたかき揚げ、本当に美味しかったよ」

「私が揚げたときには何も言わんくせに」と、母が一転して不満顔になった。

「お母さんが揚げた方がうまいよ」と、兄が言った。「もっと練習してお母さんの味に近づきたい」

「そう？」と、母は口角を上げかけたが、すぐに口元を引き締めた。そんな暇があったら勉強しなさい、男の子なんだから。本当はそう言いたいのだろう。

その夜もまた、スヌーピーの便箋を取り出した。

――ダイヤモンドジュエリーのCMについて抗議いたします。あれは単なる男のロマンに過ぎません。好きな女から、「仕事と私とどっちが大事なの」と迫られてみたいのでしょう。「君も大切だが、俺には仕事も大切なんだ」などと苦悩してみせ、女を待たせる男をかっこいいと勘違いしているのです。そして、「女はいつまでも俺を待っていてくれる」などと自惚《うぬぼ》れています。あまりに愚かで、恥ずかしくて見ていられません。

男には仕事がある。だが女はそれを理解できない。つまり、そう言いたいのでしょうが、それではまるで女には知性がないと言っているのと同義です。

このCMを見た人々はどう感じるでしょうか。

きっとこう思うのです。男はみんな一生懸命仕事をしているが、女はみんな暇を持て余していて、多忙な男の状況も立場も理解せずに我儘《わがまま》ばかり言う。やはり女はバカばっかりだ。そういった印象が深層心理に刻まれるに違いありません。

何を大袈裟なとお怒りでしょうか。

果たして、女は暇で楽な毎日を送っているでしょうか。

影響力の大きさを考えて慎重に言葉を選ぶのが、ＣＭ作家の責任であると私は考えますが、いかがでしょう。――

6　高校入学　一九七五年

私と天ヶ瀬は、県立緑山高校に入学した。

二人とも電車通学になり、行き帰りの電車で話ができるようになった。それもあって、そろそろ交換日記は必要なくなってきたと思い始めていた矢先、天ヶ瀬は帰りのホームルームが終わると、ノートを持って私のクラスまで来るようになった。

俺たちは交換日記をしている仲なのだと、まるで見せびらかすように堂々としている。それというのも、入学早々に女子に注目され、ファンクラブ結成の噂が耳に入ってきたからだという。女子に囲まれて鬱陶しい事態に陥る前に、既に俺には彼女がいるんだと機先を制したらしい。

それを聞いたとき、私は怒りまくった。

「私の立場も考えてよ。女子から総スカンを食らうじゃないの。卒業までずっと孤立したままの状態になったらどうしてくれるのよ」

すると、天ヶ瀬は反論した。

「北園さんは高校生なんかと友だちになりたいの？　そんな必要、ある？」

　六十三歳までの人生を経験した自分が、十代の女の子と友人になりたいわけではない。それでもやはり天ヶ瀬とのことで嫉妬《しっと》むき出しの視線を浴びたり、無視され続けたりしたら、さすがに六十代のおばさんといえども神経が参ってしまうのではないかと恐れたのだ。

「私は目立ちたくないんだよ。静かに暮らしたいの。そんなささやかな願いを天ヶ瀬くんは自分勝手にぶち壊したのよ」

「あ、なるほどね。気づかなかった。ごめん、ごめん」

　なんて軽い言い方だろう。

　そのとき、ふと既視感に襲われた。即座に納得したふりをして簡単に謝る男たち。表情は平然としていて、どこにも謝罪の感情は見当たらない。そういった違和感を、これまで何度も経験してきた。

　天ヶ瀬も他の男たちと同様、自分ひとりの一直線の人生しか眼中にないのか。女を添え物くらいにしか見ていないから、女の立場や都合などどうでもいいのか。たぶん無自覚だろうから悪気がないともいえるが、その分、余計に罪深くて質《たち》が悪い。

　だが、作詞家に抗議の手紙を送ったと女中部屋で話したあの日……。

　――日本の男女観はおかしいだろ。

　彼はそう言ったのではなかったか。だから私は天ヶ瀬を、日本人にしては珍しくまともな男だと認定したのだが、早とちりだったのだろうか。

そんなことがあってから、昼休みになると、別のクラスの生徒たちがわざわざ私の顔を見にくるようになった。

「うそ、あれが天ヶ瀬の彼女なの？　へえ、意外」

小さい声で言ったつもりかもしれないが、はっきりと耳に入ってきていた。

「意外」というのは、「あんな顔でよく選ばれたもんだね」という意味であるのは明らかだった。そんな日々が続いてうんざりしていたが、そのうち知れ渡ったのか、見にくる生徒はいなくなり、やっと心に平安が戻ってきた。

ケメコも奥山由香も沢田直美も、隣市にある別の高校へ進学し、それまでの親しい友人がいなくなった。だが、寂しいどころか、プライベートを根掘り葉掘り尋ねてくる人間が周りからいなくなり、ほっとしていた。こうなってみると、天ヶ瀬との交際が知れ渡ったのは、却《かえ》ってよかったのかもしれない。誰も私に近寄ってこなくなり、自分のことに集中できるようになった。

貴重な二度目の人生なのだ。他人の目を気にする時間も気力ももったいない。この際、周りにどう思われたってかまわないではないか。

――目立ちたくない、中学生に溶け込まなきゃ。

今までそう思って必死になっていたのは、未来からタイムスリップしてきたことがバレるのが恐ろしかったからだ。だけど、「お前は本当は六十代だろ」などと、いったい誰が疑う？　「五十年先の世界からタイムスリップしてきたんじゃないのか？」などと、いったい誰が考える？　どこから見たって私は中高生にしか見えないのだ。

本来の性格から言えば、友人たちと群れることが苦手だった。中学のときは単独での行動が目立つと、内申書に「協調性なし」と書かれるのではないかと恐れていたし、高校入試のローカルな情報を得るためには友人が必要だった。だが高校入試が終われば、もう不要だ。

五十代も半ばを過ぎた頃からだったか、協調性どころか友だちなど必要ないと考えるようになった。わからないことがあればスマホで検索すれば事足りる時代だ。インターネットを検索すれば、そこには実用的な情報だけではなく、同じ悩みを抱える人々の相談と回答がたくさん載っている。それらを読むことで、精神的落ち込みから這《は》い上がれることが多くなっていた。身近な人間に相談するのとは違い、匿名《とくめい》の世界だから他に話を漏《も》らされる心配もない。そして、思いもつかない様々な貴重なアドバイスは、友人知人だけの似た者同士の狭い世界では決して得ることができないものだった。

そんなことがあって六十代になった頃には、とうとう友人知人との関わりを最小限にした。世間一般にも、「断捨離」が人間関係にまで及ぶ風潮が広がりつつあった。

それまでも、近隣の主婦などと軽く立ち話をしたとき、ついつい余計なことまでしゃべってしまって後悔することが少なくなかった。何気なく言ったことでも自慢だと捉えられることもしばしばあった。これといって取り柄のない私のようなパート主婦のどこに嫉妬するのかが謎だった。逆に、五十歩百歩の貧富の差で見下されることもしょっちゅうだったから、そのたびに嫌な気分になったものだ。

　夏目漱石の『草枕』の冒頭にある「とかくに人の世は住みにくい」を実感するような毎日だった。人間というものは、他人との少しの差を見つけては優越感に浸ったり劣等感に打ちひしがれたりするらしい。そういった鬱陶しい世界から身を引きたくて、カフェで一人コーヒーを飲みながら読書を楽しんだり、雨の日は手芸をしたり、家で映画を見たり、日帰りのプチ一人旅をしたりと、一人で楽しむことが増えていった。

　そんな長年の経験があるから、高校生の孤立など、どうってことはない。

　大谷翔平のマンダラチャートを思い出せ。彼は十時間以上の睡眠を確保するために、食事や飲み会に誘われても断わるのだそうだ。人生を野球に捧《ささ》げているからだ。私も彼のように一直線の人生を歩みたい。無駄なことに神経をすり減らしている暇なんかない。

　将来は建築関係に進みたいと考え始めていた。使い勝手の悪い台所や、掃除のしづらい浴室や、断熱材をケチったせいで夏は暑く冬は寒い建物など、生活者目線を無視した内装や建築方法を修正したかった。

　そして何より女が安心して一人で住める家が必要だと感じていた。今後さらに少子高齢化が進むと、戸建てに住む独居老人が増えるだろう。マンションを選ぶにしても一階は物騒だ。庭付きならほとんど一階であることを思うと、庭仕事が好きであってもあきらめざるを得ない。

　そういった様々なことを、ひとつひとつ解決していくことに自分の人生を使って社会に貢献したい。その第一関門として、大学の建築学科に入りたかった。

前の人生では、両親は私に短大しかダメだと言ったが、今回の人生では四年制大学に進学させてくれるに違いない。というのも、三歳違いの兄が調理師専門学校へ進んだことで、学費が少なくて済んだからだ。

兄が大学へは行かないと言ったとき、母は大反対して泣き落としにかかった。だが兄の決意は固く、両親ともにとうとうあきらめて兄を送り出した。

兄は東京へ発《た》つ前の晩に、両親に言った。

——僕の学費が浮いた分は雅美に回してやってほしい。雅美は僕よりずっと優秀だから。

そのときの母は、私の方をちらりと見ただけで、すぐに兄に向き直り、「そんなことより圭介、身体に気をつけて暮らすのよ」と言った。私の将来がかかっているのに「そんなことより」なんて言い方はひどい。そう思って助けを求めるように父を見たが、父はすっと目を逸《そ》らした。

だが、これも私のいつもの悪い癖で、きっと考えすぎなのだろう。第一子が初めて親元を離れていこうとする場面だったのだ。大切な息子の今後のことが心配で、それ以外のことは考えられなかったのだと思う。

本物の高校生だったときと比べて何倍も勉強が捗《はかど》るのは嬉しい誤算だった。六十数年間の人生経験で、段取りの良さや計画性が身についていたし、今ここで怠けてしまったら将来何も達成できないことを身に染みてわかっていた。だから自分に甘えや怠け心を許さなかった。そんなストイックな心構えと、知識をどんどん吸収できる十代の脳ミソの組み合わせは最強だった。

歴史が苦手だったはずなのに、歳を取ったことで、歴史上の人物の人生に思いを馳《は》せるようになり、楽しんで覚えることができた。そして、あれほど頭に入らなかったはずの化学記号がすんなりと頭に入ってくるのは、将来の目標がはっきりしていたからだろう。

そんなとき、模擬試験が行われ、私は校内で四百人中十八番だった。

緑山高校では、上位三十人の氏名と点数が廊下に貼り出されるので、成績優秀者が全校生徒に知れ渡ることになった。そのとき初めて「天ヶ瀬の彼女」ではなく、「北園雅美」の名を知った同級生もいたようだった。

夕飯のとき、「大学の建築学科に進みたいんだけど……」と、私は切り出し、模擬試験の結果を両親に見せた。

兄が大学に行かなかったからといって、それほど家計の負担が減るわけではないのは日々の暮らしを見ればわかっていた。兄の専門学校の学費は安くないし、生活費の仕送りも必要だ。それに、両親の今後の生活や老後のこともある。田舎に生まれると、つくづく不利だと思う。この地方には家から通える範囲に大学が一校もない。

「建築学科ってことは、雅美は大工になりたいのか？　女の大工なんて見たことも聞いたこともないぞ。女がそんなとこ進んで何になる？　どうせ嫁に行くのに金がもったいない」と、父は熱燗《あつかん》を呑みながら言った。

「短大に進んで幼稚園の先生になりなさい」と、母は命令口調で続けた。「子供好きの優しい女の子やと思われるから男の人にウケがいいんだわ。きっと見合いの話もたくさんくるよ」

「私は男にウケるために生きてるんじゃないんだよ。私の人生は私のものなんだよ。嫁に行くために生まれてきたんじゃないんだよっ。私の可能性を押しつぶさないでっ」

怒りを抑えきれず、大きな声を出してしまった。

両親は揃《そろ》ってぽかんと口を開けて私を見ている。

「最近の雅美、どんどん変になる」

母は気味の悪いものを見るような目で私を見た。

父は、もう話は終わったとばかりにテレビに向き直っている。

「この模試の結果を見てなんとも思わないの？　うちの高校は男女共学だよ。つまり、私より点数の低い男が二百人以上もいるんだよ」

「そりゃあ女でも東大に行けるくらい優秀だっていうんなら話は別だけどな」と、父は視線をテレビに向けたまま言った。

「えっ、東大？　それは、いくらなんでも……」

兄ならFランクの大学であっても、説き伏せてまで進学させようとしたのに、女の私は東大じゃないと行かせてくれないのか。

「本気で大工になりたいと思ってるわけじゃないんだろ？　もしも学校の先生になりたい

っていうんなら、考えてみんこともないけどな」と、父が言った。

「お父さん、何を言うとるの。学校の先生なんて絶対にあかん。気の強い女やと思われて嫁の貰《もら》い手がなくなるわ」

「お母さん、頭が古すぎるよ。お母さんだって女なのに、どうして女の足を引っ張るの？ああ、もうっ」

だがこれ以上は強く出られなかった。なんせ親は金持ちではない。

だけど……兄の学費分が浮いたのは事実なのだ。きょうだいなのに、兄にはお金を出せるが私には出せないのか。そうなると、考えが古いだけではなくて、愛情の差もあるのではないかと思えて悲しくなってきた。

そのとき、テレビから不快な言葉が聞こえてきた。

――ほんま不細工やなあ。

――大きなお世話やわ。

テレビから漫才師の掛け合いが流れてきた。

――お前、そないに不細工な顔やからいつまで経っても嫁に行かれへんねん。

――あんたみたいなハゲに言われたないわ。

父が、「しょうもない番組だな」と吐き捨てて、すぐにチャンネルを変えた。

両親が、容姿をこき下ろす漫才を面白がる人間でなくてよかったと、ほっとしたものの、こういった漫才は、今後四十年以上も続くのを私は知っている。

その夜、スヌーピーのレターセットを取り出した。

――不美人な女性や、禿《は》げた男性をバカにするのは金輪際やめてください。そもそも子供でも考えられるレベルのネタを、恥ずかしいと思いませんか？

プロ意識を持っていただきたいのです。卵を投げつけて笑いを取るのと同じ低レベルだと思うのですが、いかがでしょうか。

私を頭の固い人間だと思われるかもしれません。ですが、現実問題として容姿に劣等感を持っている人々がどれだけ嫌な思いをするかを今一度じっくり考えてみてくれませんか。テレビの影響力は絶大です。子供たちまでが、ブスは女として価値がない、禿げた男はかっこ悪いと思い込むようになるのです。それによって人を差別したり、自分を卑下する人間に育っていくのです。人間の価値は外見では決まらないと教えるのが大人の責務ではないでしょうか。――

二学期になる頃には、友人と呼べる女子が何人かできた。友人など要《い》らないと思っていたが、お昼にお弁当を食べる仲間ができたのは、やはり嬉しかった。

私が天ヶ瀬と交際しているからといって、全女子生徒が敵に回るわけではないらしい。それもそのはずで、いくら天ヶ瀬が女子にモテるといっても、女子全員が天ヶ瀬に恋をするわけがない。観察してみると、恋愛自体にさほど興味のない女子が思ったより多かった。

それに、ケメコからの電話もあった。

――もしもし、北園さん？　聞いたよ。すごく成績がいいらしいね。天ヶ瀬は、女を外見じゃなくて中身で判断しとる、そういうところも素敵だって評判だわ。でも、本当は天ヶ瀬とは単なる友だちなんやろ？

緑山高校に通っているケメコの従姉《いとこ》がいろいろと教えてくれるらしい。

――そうなのよ。ただの勉強仲間にすぎないのに、みんなに誤解されて迷惑してる。

そう言うと、ケメコは満足そうに言った。

――やっぱり思った通りだわ。どこから見たって、二人はお似合いじゃないもん。天ヶ瀬は高校生になってから、更にカッコよくなったって聞いとるしね。

7　初恋の人に落胆した日

放課後になり、いつものように天ヶ瀬と一緒に校門を出た。

「コーヒー飲んでから帰ろうぜ」

最近になって天ヶ瀬は、毎週金曜日になると私を喫茶店に誘うようになった。

この時代は、家にはインスタントコーヒーしかなかったから、たまには豆からドリップしたコーヒーを飲みたいと思う気持ちは私も同じだった。

高校の最寄りの駅前には、田舎でよく見かけるアーケードの商店街があり、その中に喫茶店が数軒あった。とはいえ、親からもらう小遣いが少なかったから、コーヒー代を捻《ねん》出《しゅつ》するために、貯金箱からお年玉預金を少しずつ取り崩していた。

それにしても隔世の感がある。自分が子供を育てた平成時代は、携帯電話やパソコンを買い与えねばならなかったし、携帯電話の月々の料金や塾やお稽古ごとなどで、子育てにはびっくりするくらいお金がかかった。だがこの時代の田舎の高校生ときたら、ご飯は家に帰って食べる以外の選択肢はないし、学校帰りに立ち寄るところといえば、せいぜい精肉店の店先でコロッケを立ち食いするくらいだったし、学習塾や予備校はひとつもなかった。

　この当時の田舎では、高校生の分際で喫茶店に出入りすること自体が想定外だったのだろう。校則の禁止事項にも書かれていなかった。それと同じように、パーマをかけたり、ビールで髪を脱色したりする生徒もいたが、それらも禁止事項には盛り込まれていなかったからか、教師は注意することもなかった。

「天ヶ瀬くんに前から聞きたいと思ってたことがあるんだけどさ」

　私は、運ばれてきたばかりの熱いコーヒーをひと口啜《すす》ってから言った。「日本の男女観は変だって言ってたよね」

「うん、言ったかも」

「あれはどういう意味だったの？」

「タイムスリップするちょっと前に、ノルウェーに出張に行ったんだ」

「あ、わかった。あの国は地球上で最も男女平等に近い国だって言われてるもんね。それに比べて日本は遅れてるってことだ」

「うん、そういうこと。打合せが終わったあとの雑談で、ノルウェー人の女性取締役がジェンダー・ギャップ指数の話を始めたんだよ」

　確か二〇二二年は、日本は一四六ヶ国中一一六位だったと記憶している。

「そのとき俺たち日本人の男たちは、思わず目を見合わせちゃったよ。まずい話題になったなって。商談がうまくいかなくなるかもって緊張した」

そう言って天ヶ瀬は笑った。「きっと日本人男性の俺たちが血祭りに上げられるんだろうって覚悟してたら、そうじゃなかった」

「だろうね。天ヶ瀬くんたちが個人攻撃されても困るよね。日本の組織や法律の問題も大きいからね」

「いや、そうじゃなくてさ、日本人の女はどうしてそんなに情けないのかって、聞かれたんだ」

「えっ、日本人の女が情けないって？　何それ、ひどいじゃない。心外だよ。その取締役の女の人は、どういう意味で言ったの？」

「日本は男女の賃金格差も大きいし、議員のクオータ制も取り入れていない。それなのに、女たちはなぜ闘わないのかって」

「そんなこと言われたって……」

「彼女は日本を旅行したとき、京都で白塗りの舞妓を見かけてショックを受けたって言ってたよ」

「どうして？」

「舞妓と芸者と売春婦のイメージがごちゃ混ぜになっているみたいだった」

「そんなの単なる誤解じゃないの」

「だけど、どう見ても男の慰《なぐさ》み者にしか見えなかったって。何枚も重ねた着物や厚底のポックリを見て、男に襲われても走って逃げられない格好《かっこう》をしてるって」

「そんな勝手な想像で言われてもね」

「それに、過剰な化粧が気味が悪かったって」

「それは断じて失礼よ。外国人がどう感じようが知ったこっちゃないよ。よその国の文化に対して敬意なさすぎ」

「そうは言うけどさ、感覚的なものだから責められないよ」

「だけど、いくらなんでも……」

「舞妓の姿が日本人女性の姿と重なるみたいだった。何百年経っても日本人の女は変わらないって。いつでもどこでも意味なくへらへら笑ってるって」

「本当にそんなこと言ったの？　へらへら意味なく？　頭にきた。失礼にもほどがあるよ」

「でもさ、中国人や韓国人と比べたら段違いに愛想はいいよね」

そういえば……戦争に負けて満州から引き揚げるとき、中国人のふりをして難を逃れようとしても、愛想笑いで日本人の女だとバレてしまったと聞いたことがある。

「でもさ、スマイルは世界共通の挨拶《あいさつ》だと思うんだよね」と私は言った。

「たぶん行き過ぎると人間性を疑われるんだよ。日本人女性は、みんな黙って男に従って先回りしてサービスをする。男を歓ばせることが仕事で、要は慰み者の地位から脱してないんじゃないかって言ってた」

「かなりショック」

男が悪いのだとずっと思っていた。国会議員の席も家長の席も、絶対に女に譲ろうとしないからだと。

「ノルウェーではウーマンリブのデモ行進をしただけで牢屋にぶち込まれた時代があったらしいよ。だから女たちはみんな柔道を習いにいったんだってさ」

「えっ、柔道？　腕力でも男に勝とうとしたの？」

「そうらしい。俺もびっくりしたけど」

「……そうか。私、ちょっと考えてみる」

「考えるって、何を？」

「考えが甘かったかもって。もっと自助努力の道があったかもって思った」

ノルウェーの女性たちが、武道を身に付けようとまでしたのは衝撃的だった。腕力でも男に勝とうとする、その強烈な思いは、それまで虐《しいた》げられてきた日々が日本の女の比ではなかったからではないだろうか。

日本は、なんだかんだ言っても、妻が家の中を取り仕切っていて、財布を握っている家庭が多い。だが欧米では、夫が妻に週に一度、生活費を渡すのが普通だ。そのうえ白人は男女の体格差が大きいから、男の機嫌を損《そこ》ねることへの恐怖心は、日本人の女には想像できないレベルかもしれない。

「そうだよ。女も変わるべきだよ。日本人の女って、考えが甘いところがあると前から思ってたんだ」

そう言ったときの天ヶ瀬の顔つきが偉そうで、嫌な気持ちになった。まるで、俺は女の問題くらい知ってるよ、なんなら君より詳しいくらいだ、とでも言いたげに見えて。

その翌日、私は少林寺拳法部に入部届けを出した。

緑山高校には柔道部がなかった。武道といえば少林寺拳法部と剣道部しかなかったので、どちらに入部すべきか考えた。暴漢や痴漢から身を守ることを想定すると、剣道なら竹刀《しない》がないと闘えない。常に持ち歩くわけにもいかないから、選択の余地はなかった。

護身術を身に付けたら、すぐにでも退部するつもりだった。人生は短いからぐずぐずしている場合ではない。その旨を正直に話すと、意外にも顧問である初老の男性教師は、二つ返事で引き受けてくれた。週に一回は、練習が終わったあとに女子部員を集めて護身術を教えてくれることが決まった。部員でなくても誰でも参加できるようにしてほしいと言ったら、「いい考えだ」と顧問は快諾してくれた。

何でも言ってみるものだ。あの父にしたって、夕飯の支度を手伝うようになったのだから。

初日には部員以外にも数人の女子生徒が集まった。その中に、意外にも美人の百合子がいた。常にちやほやされている美人がなぜ護身術を習おうとするのか、こんなことが知れ渡ったら人気が落ちるのではないかと、他人事ながら心配になった。

だが考えてみれば、百合子とは中学時代から一度も同じクラスになったことがなかったから、彼女がどんな性格で、どういった考えの持ち主なのかは全く知らなかった。学年一の美人であるという認識しかなかった。

「初日の今日は、路上で背後から暴漢に抱きつかれたときの対処法を教える」

顧問はそう言い、副部長である大柄な女子生徒に暴漢役を命じた。そして、小柄な女子部員の背後から覆いかぶさるようにして抱きつくよう言った。

「君ならどうやって逃げる？」と、顧問は小柄な方に尋ねると、その女子生徒は副部長の腕を振り払って逃げようとしたが、更に背後から強い力で引き戻されてしまった。副部長は暴漢役をやり慣れているようだった。

「前方に逃げたら暴漢の思う壺なんだ」と顧問は続けた。「力ずくで引き戻されるだけじゃなくて、更に暴漢を興奮させてしまう。こういうときは、その場に素早くしゃがみ込むんだ」

小柄な女子生徒が、すぐにしゃがんでみせた。

「そうだ、いいぞ。しゃがんだ人間をそう簡単に動かすことはできない。そして大声で叫ぶんだ。暴漢は不意を突かれる。そしてヤバいと思って逃げる可能性が高い。やってみろ」

それぞれが二人組になって練習した。

私は百合子と組まされた。百合子は真剣そのもので、にこりともしなかった。

「実際に、『助けて』と大声で叫んでみろ」

私は力の限り大きな声で叫んだ。家で大声を出したら何ごとかと近所中が驚いてしまう。それを考えると、大声を出すだけのことでも、練習場所は限られてくるのだと知った。

驚いたことに、百合子の声が誰よりも大きかった。

もっと驚いたのは、大声を出せない女子が何人もいたことだ。大声くらい誰でもいつでも出せると思っていたが、間違いだったらしい。

「どんな声でもええんだわ。『助けて』じゃなくても、キャーでも、オーでもギャーでも。とにかく大きな声を出さんと」と、副部長が指導する。

何度も練習するうち、ほぼ全員が大きな声を出せるようになった。

そのとき、ふと思い出した。

——NO！　と言おう。

小中学生を対象とした啓発活動の一環で、イジメや性被害に遭わないようにするための標語だ。実際に日本人の子供たちが「NO」と言ったりするだろうか。そんなの比喩《ひゆ》に決まってるじゃないのと、この標語を考案した大人はきっと嗤《わら》うのだろう。だが、比喩なんか何の役にも立たない。弱者へのアドバイスに具体性が欠けるのは、真剣味が足りないのと、考案者が強者だからだ。

ああ、もう、この世の中、おかしなことだらけじゃないの。

「しゃがんで大声を上げても暴漢が逃げない場合はどうするか。それはまた来週教えます。

今日はここまで」


その夜、スヌーピーの便箋を取り出した。

――文部大臣殿。

小中高の女子に護身術を教えてください。

体育か家庭科の時間を利用すればよいと思います。

弱い者の立場に立った教育を切にお願いいたします。

それと、西暦二〇〇〇年に入ると、イジメや性被害に遭いそうになったときなどに、「NO！　と言おう」と小中学生に教える人が出てきます。それを、「やめろ！　と叫ぼう」に変更してください。

「やめてっ」ではダメです。その言葉には懇願《こんがん》の意味が含まれるので、痴漢なら更に興奮するし、イジメをする人間なら、更に舐《な》めてかかります。

女性であっても、できるだけドスのきいた低い声で「やめろ！」と叫ぶ練習をするよう、周知徹底してください。――

8 初恋の人からのプロポーズ

その日は進路指導の個別面談があった。

まだ一年生ということもあってか、志望調査だけだったが、クラスで私だけが調査票を出し遅れていた。両親の説得に時間がかかったからだ。

担任が体育教師だったので、グラウンドに建つプレハブの体育教官室へ行った。体育教師たちの机がずらりと並べられていて、窓の大きな明るい部屋だった。部屋の奥で、他の体育教師がガリ版印刷機を使っているのが目に入った。

「建築学科？　女子にしては珍しいな」と担任教師は言った。私はこの教師に好感を持っていた。あっさりした優しい人物だったからだ。

「明解大学と清山大学を受けようと思うんですが」と、私は私立大学の名を出した。

あれから私は両親を毎晩のように説得した。休日に帰省した兄が加勢してくれたのが功を奏したのか、

——そんなに言うんなら仕方がない。

そう言って最初に折れたのは父だった。母は最後まで短大の幼児教育科に固執していた

が、結局は父に従った。

「北園さんなら十分に合格圏内だと思うよ。努力次第でもっと上を目指せるんじゃないかな。例えば麗山大学とか」

担任教師がそう言ったときだった。

「女が理系とかいったって、たいしたことないわ」

奥にいた体育教師が呟《つぶや》いた。

独り言のように思わせて、実はこちらに聞こえるように言っているのは一目瞭然だった。

その言葉で凍りついたのは私だけではなかった。担任教師も目を見開き、ひどく動揺しているのが見て取れた。

「ええっと？　それでっと」と担任教師は言い、無理に大きな咳払《せきばら》いをした。「北園さんの志望校はわかりました。この調子で頑張れよ」

奥にいた教師の方がどうやら先輩であるらしい。担任教師は言い返すことも、私を庇《かば》う発言もなかったが、一刻も早く面談を終わらせて、この部屋から私を追い出すことが、精いっぱいの優しさだったのだろう。

奥にいた体育教師は、他の学年を教えていたから、話したことさえなかった。それなのに、憎悪とも思える強烈な感情を向けられたことが、ただただ衝撃的で恐ろしかった。

どうやら理系の女が憎いらしい。

なぜだか許せないらしい。

女のくせに自惚《うぬぼ》れるなよと言いたくて仕方がないらしい。

たぶん彼はこう思っているのではないか。

――男の俺でさえ理数系が苦手なのに、女のくせに、なんという生意気なヤツ。

昔から、女は理数系ができないという根拠のない決めつけがあった。裏返せば、男は理数系ができないとカッコ悪いと刷り込まれているのではないか。

そう考えれば、彼も「男らしさ」という呪縛に囚われた犠牲者なのかもしれない。

そういった空気の中で、昭和、平成と私は生きてきたのだと思うと、当時の自分が不憫《ふびん》でならなかった。

この閉所恐怖のような感覚は、何度も経験したことがある。六十代になってからも、若かりし日に理由なく蔑《さげす》まれた場面を思い出すたび、大声で叫び出したくなるのだった。完全にトラウマとなっている。たぶん死ぬまで消えることはないだろう。

平成時代の終わりごろ、医学部受験で女子を差別していることが判明して大騒ぎになったことがあった。その年にたまたまバレただけで、本当はもう何十年にも亘《わた》って点数を操作してきたのだ。だが世間からバッシングを受けたのがきっかけで、その後は点数順に上から合格とするようになった。すると、日本全国の医学部合格者率は女性が男性を抜いたのだ。

そのことを教えてやりたい衝動にかられたが、そんな未来の話を誰が信じるだろう。頭がおかしいと思われるだけだ。私は気を鎮めるために深呼吸を繰り返しながら、体育教官室を後にした。

放課後になり、帰り支度をしていると、天ヶ瀬が教室まで迎えにきた。いつものように、「一緒に帰ろう」と言いながらウィンクを寄越す。

彼のウィンクには毎回どぎまぎさせられる。だが天ヶ瀬も他の男と同じように女を軽く見ているのではないかと疑い始めたことで、彼への憧れに似た気持ちは以前ほどではなくなっていた。しかしそれでも、女子生徒に人気ナンバーワンの男を独占しているといった優越感だけは心の中に居座り続けていた。その品性の卑しさに、自分でも嫌気がさす。

「あれ？　北園さん、何かあったの？　暗い顔しちゃって」と、天ヶ瀬が尋ねた。

「何もないよ。さっき進路指導の個人面談が終わったところだから、いろいろと考えることがあってね」

駅前まで歩くと、「今日は金曜日だから」と、当然のように天ヶ瀬は喫茶店に入っていく。

店内は、中高年男性の常連客ばかりだった。高校生はもちろんのこと、女性客も見たことがなかった。最初の頃は、私と天ヶ瀬の高校生カップルを奇異な目で見る人間が多かった。上から下まで遠慮なくじろじろ見られることが嫌でたまらなかったが、一ヶ月もしないうちに、そういった目つきで見られることはなくなった。

ぼそぼそと小さな声で話す二人の間には、恋愛ムードが皆無だからだろう。店のマスターも、私たちがカップルではなくて、友人か部活仲間かそれとも親戚関係かきょうだいのいずれかだと見るようになったのだと思う。

いつもの窓際の席に向かい合って座った。

「天ヶ瀬くんは、進路はどうするの？」

「俺は秋田大学に行きたいと思っている」

「えっ、なんで東北なの？」

「国立の医学部の中では秋田大学が入りやすいから、もしかしたら受かるかもって思ってさ」

「天ヶ瀬くんは医者になりたかったの？」

「いや、特にそういうわけでもないんだけど」

「だったら、なんで？」

「手に職をつけたいと思ってさ。それで……」

天ヶ瀬は言いかけて黙った。

「それで、なんなの？」

「自由に生きたい。医者のアルバイトって、すごく時給が高いんだ」

「そりゃあパートのおばさんの時給とは桁《けた》が違うんだろうけど」

「例えばさ、今年一年は稼いで、翌年一年間は外国を旅して回る、みたいな生活をしたい。バックパック一つで海外を旅する若いヤツらをＹｏｕＴｕｂｅで見るたびに、羨《うらや》ましくて悔しくて地団太踏む思いだった。俺の人生なんだったんだろうって」

「天ヶ瀬くんはよくても、そんな生活、奥さんが納得しないんじゃない？」

「結婚なんかしないよ。二度としない」

「えっ、そうなの？　だって美人の奥さんと優秀な息子さんたちがいて、理想的な家庭だってケメコから聞いたことあるけど」

「本気で言ってる？　家族構成だけ聞いて幸せだって決めつけるの、おかしいだろ」

二度と結婚しないと言いきるほど不幸だったというのか。例えば離婚寸前とか家庭内別居とか？

「俺、今になって思うんだけど、結婚するんなら北園さんみたいな女の人がよかったよ」

「え？　それ、どういう意味？」

告白でないことは重々わかっていた。いつも一緒に登下校し、毎週金曜日には喫茶店に寄るようになった。互いのプライベートも少しずつ話すようになっていたし、性格や考え方もだんだんわかってきていた。天ヶ瀬は私を同志として見ているのであって、女としては見ていない。

「天ヶ瀬くん、いま二度と結婚はしないって言ったばかりだよね？」

「北園さんが相手なら結婚してもいいよ」

「したい、じゃなくて、してもいいよっていう言い方が私は気に入らないけどね」

「あ、ごめん。令和時代まで経験しているのは俺たち二人しかいないだろ？　もしかしたら探せばどこかにいるかもしれないけど、見つけ出すのは至難の業だ。だったら二人で協力して生きていくしかないんじゃないかなって思って」

「あ、なるほど」

それはルームメイトという意味なのだろうか。

きっとケメコなら言うだろう。初恋の人と結婚できるなんて羨ましい、と。

だけど私は知っている。知りすぎてしまった。どんな恋愛でも必ず冷めるし、結婚したら男女の関係は大きく変わることを。母親と息子のような関係になるという人が多いけれど、そんな美しい関係ではない。たいがいの男は実の母親には優しいが、妻には偉そうに振る舞う。ご主人様と家政婦の上下関係ができ上がる。

もう男はこりごりだった。私は自分の人生を生きると決めたのだ。その道を邪魔をするのは、他の誰でもない、夫となる人間なのだ。

そうは思うが、中学時代に憧れ続けて、とてもじゃないが手に入りそうになかった天ヶ瀬に言われてみると、結婚してもいいような気がしてくる。

ああ、その優柔不断さが、自分でも嫌になる。

「北園さんは地味だから、ブランドものを買いまくったり、ママ友に見栄を張って贅沢《ぜいたく》したりしないだろ？　だから結婚相手にいいと思ったんだ」

は？　何なのそれ。

それはまさに、天ヶ瀬の妻のことを言っているのだろう。高級品を買いまくる派手な女で、ママ友にも見栄を張る。天ヶ瀬の妻はそういったタイプだったのか。

「それに何より……」と、天ヶ瀬は言いかけて宙を睨《にら》んだ。

「何より、何？」と、私は先を促した。

「北園さんて、きちんと家庭を守ってくれて、男に尽くしてくれそうだから」

絶句していた。

この世の中で「男に尽くす」という言葉が大嫌いだった。

天ヶ瀬に対する恋愛めいた感情が一瞬にして消え去った。もうこれ以上は交換日記を続けたくないし、喫茶店に来ることも、交際自体も終わりにしたい。こういったタイプの男が私は最も嫌いなのだ。

そのとき、ふっと自嘲《じちょう》的な笑いが込み上げてきた。

だよねえ、私の理想とする男なんて、この世にいるわけないんだよ。今まで一回でも見たことある？　いなかったでしょう？　そんなこと最初からわかりきってたじゃないの。「女卑」でないだけマシだけど、「男尊」には違いないんだからさ。若い頃の恋愛を振り返ってみても、「男尊」が見えた途端に男を振ったことが何度かある。会社に勤めていたときだって、それが見えた途端に男性上司に対する尊敬の念が一瞬で消え失せた。

だが、令和時代からタイムスリップしてきた人間は天ヶ瀬と自分の二人しかいない。天ヶ瀬との交際をやめたら独りぼっちになってしまう。同級生はみんな子供だし、なんなら両親だって私から見たら子供っぽい上に考えが古すぎて、分かり合えない。

真っ暗闇の中に放り込まれたような気分だった。

こうなってみると、なんとしてでも令和時代に戻りたくなってきた。

ああ、今すぐ戻りたい。

「北園さん、いま何を考えてる？」

気づくと、天ヶ瀬が真剣な眼差しで私の顔を覗き込んでいた。

「えっと……別に何も考えてないけど」

「嘘つくなよ。怒ってるだろ。俺、なんか悪いこと言った？　どこが悪かったか言ってくれよ」

そうはいかないでしょ。決定的な亀裂が生じたらどうすんのよ。

「北園さん、俺たちの仲が悪くなるのを恐れてるだろ。他に話の通じる人間がこの世にいないから」

へえ、この男は案外と鋭いんだな。

「仲が悪くなってもいいじゃん。すぐ仲直りすればいいんだから」

またしても軽薄男の匂いがした。

「天ヶ瀬くん、そんな簡単にいかないでしょ。人間関係っていうのはさ、いったんヒビが入ったら……」

「だったらヒビを埋めればいいさ。どう転んだって俺たち一蓮托生《いちれんたくしょう》だぜ」

「どう転んだって？」

天ヶ瀬の言う通りかもしれない。関係を断ち切ったとしても、互いに助けを求めたい場面は数限りなく出てくるのではないか。仲が良かろうが悪かろうが、運命共同体には違いない。

たとえ天ヶ瀬の男女観が古いとしても、良識のある善良な人間であるだけでも幸運だと言えるのではないか。令和時代からタイムスリップした仲間が、とんでもない悪人だったらどうなっていただろう。

「北園さんの携帯電話の番号を教えてくれないかな。二人の間に深い溝ができちゃう前に」

「携帯の番号って？　ガラケーが出現するのは何十年も先のことだよ」

「わかってるよ。だけど、ある日突然タイムスリップして元の世界に戻るかもしれないだろ。そしたら北園さんに連絡を取るのが難しくなるから」

そんなことまで考えているとは思わなかった。用意周到な面もあるらしい。

「タイムスリップした仲間は北園さんだけなんだ。元の世界に戻ったとしても、俺はきっと連絡を取りたくなると思う」

そのとき、ふと二〇二三年の東京のどこかのカフェで向かい合う情景が頭に浮かんだ。できれば、六義園《りくぎえん》か小石川後楽園あたりを散歩したい。六十三歳の初老の男女の姿で。

あ、ダメだ。互いの配偶者にバレた場合、不倫の疑いをかけられたら面倒だ。とっくの昔に冷めきっているのに、何歳になっても浮気は許されない。それが結婚という制度だ。

「で、どうなの？　さっき北園さんは何を怒ってたの？」

思ったことは言った方がいい。言わなきゃわからない。

いや、本当にそうか？

多くの妻が不満を口に出さずに耐え忍んで生きている。五十歳を過ぎたあたりから、その苦悩が顔に現れ始めるのを何人も見てきた。身体に変調をきたす妻も少なくない。妻たちは若い頃、何度も口に出して言ったのだ。だが、言っても無駄だった。妻の心情を汲んで理解しようとする夫はほとんどいない。だから妻はもう二度と言うまいと誓う。自分の正気を保つために。

だが、あきらめたら終わりだ。あきらめたら何も解決しない。夫婦の関係も、世の中のジェンダー・ギャップも。バカにされても、せせら笑われても、言い続けなければならないのだ。次世代の弱者のためにも。

「じゃあ、言うけどね」

そう言うと、天ヶ瀬は居住まいを正してこちらを見た。

その構えが嬉しかった。さあ聞くぞといった姿勢ではないか。この一点を取ってみても、夫よりずっとマシだ。

「さっき天ヶ瀬くん、言ったでしょ。私がきちんと家庭を守って男に尽くす女に見えるって。それ、めちゃくちゃ頭にきた。なんで私があなたに尽くさなきゃならないの？　私にとっても一度きりの人生なんだよ。私だって私のために生きる権利があるんだよ。天ヶ瀬くんの世話に明け暮れる人生なんて真っ平ごめんだよ」

そう言うと、天ヶ瀬は黙って冷めたコーヒーをごくりと飲んだ。

「悪かった。言われてみればその通りだ」

こいつ、本当に簡単に謝る男だな。

生まれつき軽薄なのか、それとも女を舐《な》めきってんのか。

「でもさ、男だって自分の人生を生きられないんだよ」

「はあ？　何言ってんの？　私は家事労働や子育てで人生そのものを搾取《さくしゅ》されてきたんだよ。奴隷状態だった」

「俺だって家族のために働くだけの奴隷人生だったよ。三十代の頃、どうしても転職したかったんだけど、うちの奥さんに猛反対されて実現しなかった。一円でも給料が下がったら困るって言われたんだ。俺、会社の仕事が面白くなくて、そのうえ雰囲気も合わなくて苦しかったんだ。もっと遣《や》り甲斐のある仕事がしたかった。でも俺の気持ちなんか、アイツはどうでもいいみたいだった」

「それは可哀想かも」

「給料が減る分は副業でなんとかするって言ったんだけどね。そしたら……」

「そしたら？」

「そしたら今度は、奥さんの両親が俺を説得しにわざわざマンションまでやってきた」

「それは嫌だなあ。娘夫婦の暮らしに口出しするような親御さんだったのね」

「蜘蛛《くも》の巣に引っかかったような気分だったよ。何もかも嫌になって鬱《うつ》になりそうだったけど、なんとか定年退職までは我慢したんだ」

「偉い。辛抱強いね」

「偉くなんかないよ。男はみんなそうやって我慢して働いてるよ。問題はそれからなんだ」

「定年した後に何かあったの？」

「六十歳で定年退職して、やっと自由になれると思ってたら、七十歳まで働いてほしいって奥さんに言われちゃってさ。聞けば預金ゼロだって」

「ええっ、ゼロ？」

「家計を任せっきりにしてたのが間違いだった。預金がかなり貯《た》まっていると俺は思ってたんだ」

「だろうね。天ヶ瀬くんは高給取りだって聞いたことあるよ」

「高給取りなんかじゃないよ。たかが年収一千三百万円なんて、マンションのローン払って子供を私立に行かせて、ある程度こぎれいに暮らしたら、赤字すれすれなんだってさ。うちの奥さんがそう言ってた。だから、嘱託《しょくたく》として会社に残って働かざるを得なくなった」

「奥さんは家計を助けるためにパートか何かしてたんでしょう？」

「してないよ。世間体ばかり気にするプライドの高い女だぜ？」

「そうなの？　私は何十年もパートで働いてきたけどね」

「やっぱり北園さんはいいね」

「普通だよ。私の周りの女の人もみんなパートに出てたよ」

「俺さ、もっと自由に生きたかったんだ」

「だったら今度は一生独身を通せばいいのよ。稼いだお金も時間も、全部自由に使えるよ」

「俺もさっきはそう言ったけど、でもやっぱりそれはいくら何でも寂しいよ。やっぱりパートナーが必要だと思うんだ。自由に生きるためには、俺を支えてくれる女性にそばにいてほしいんだよ」

「あっそう。でも、私にはその役はできない」

「どうして？」

「全くもう、私に尽くしてほしいなんて、どの口が言ってんだか。理解不能だよ。そもそも天ヶ瀬くんって、私を下に見てるよね」

「まさか、そんなことないよ。絶対に、ない」

「だったらなんで私に尽くしてほしいなんて言うのよ。優劣つけている証拠でしょう？　バカにしないでくれる？」

「そうじゃないよ。優劣なんかつけてないよ。ただ、うちの奥さんと違って北園さんは堅実で聡明だと思うから」

「それが誉め言葉だと思ってるの？　おだてりゃ木に登るとでも思ってんの？　私を騙《だま》そ

うなんて百年早いよ」

「ちょっと待てよ。騙そうなんて思ってないってば」

話しているうちに、天ヶ瀬という男が心底イヤになってきた。夫よりは幾分マシかと思っていたが、これじゃあ五十歩百歩だ。

私はこんな男に中学時代から憧れ続けていたのか。

虚像に過ぎなかったらしい。私も御多分に漏れず、中高生にありがちな超面食いな少女だっただけだ。


その翌日は、部活で護身術を教えてくれる日だった。

男子部員も何人か参加していた。暴漢役を買って出てくれたという。

「男は関節が固いから関節技に弱いんだ。ほら、俺の手首を握ってみろ」

「こうですか？」

顧問は自分の手首を、部長をしている男子部員に差し出した。

そう言いながら男子が手首を握った途端、顧問は自分の腕をくるりと捻《ひね》った。

「痛てっ、先生、手加減してくださいよ」

「だろ？　痛いだろ？　でも女の人は関節が柔らかいからあまり痛くないんだよ」

百合子と向かい合って相互に試してみたが、男子のように悲鳴を上げるほどではなかった。

そのあと、肘《ひじ》を逆側に曲げる関節技を習った。

「次は、バラ手の目打ちを教える」と顧問は言って、見本を見せてくれた。手の甲側を相手の顔に当てるように、手首のスナップをきかせて打つらしい。

「三秒間は確実に目が見えなくなる。その隙にダッシュで逃げるんだ」

実際に相手の顔に手を当てる練習はできなかったが、寸止めで何度も練習したら、コツがつかめてきた。

こういったことを、どうして学校で教えないのだろう。学校教育では、生きていくうえで本当に大切なことを教えていないのではないか。

その日の夕飯のときだ。

干しガレイを食べながらテレビを見るともなしに見ていた。

――私作る人、ぼく食べる人。ハウスシャンメンしょうゆ味。

あ、これ憶えてる。

このインスタントラーメンのＣＭは女性差別だとして大問題になったのだ。当時まだ若い結城アンナと少女が「私作る人」と言い、十代の佐藤佑介が「ぼく食べる人」と言う場面に、女性団体が「男女の役割分担を固定化してしまうものだ」として抗議した。

その当時の私はこう思った。抗議するほどのことじゃないでしょう。いくら何でも大袈《おおげ》裟《さ》だよ。騒ぎすぎでしょう。だからウーマンリブはヒステリックだと言われるのよ。

そして……。

——抗議したのは、きっとブスなおばさんの集団なんだろうな。

うっすらとそう感じたのではなかったか。

マスコミの影響や世間の風潮に惑わされて、女子高生だった自分までもが男性目線になっていた。そしてその数十年後に、私も六十三歳の「ブスなおばさん」になった。

この食品メーカーはＣＭを取りやめたが、この女性団体に対しての世間のバッシングはひどかった。批判した側には女性も多く、様々な週刊誌による低次元な攻撃も数えきれなかった。

抗議のきっかけとなった出来事を知ったのは後になってからだった。この女性団体の会員の小学生の娘が、「このＣＭのせいで、男子が給食当番をやらなくなった」と話したことで、影響の大きさを考えた女性たちが立ち上がったという。

やはりマスコミの罪は重い。

抗議した女性たちは、世間からブスだのババアだのと言われて屈辱的な思いをしたことは想像に難くない。だが、それでも言い続けなければ世の中は変わらない。そして少なくとも彼女らの抗議は世の中にインパクトを残した。心の奥底に響いた人も少なくなかったと信じたい。

だから私はあきらめない。

9　大学入学　一九七八年

必死に勉強した甲斐あって、麗山大学の建築学科に合格した。天ヶ瀬も志望通り、秋田大学医学部に受かった。

この時代の女子の四年制大学への進学率は一割ほどだったが、その大部分が文学部に進んだ。令和時代までを経験した身からすると、なぜみんな揃《そろ》いも揃って文学部以外の選択肢を考えなかったのだろうと残念でならない。

当時の女子高生たちは、将来が見えなかったのだ。先々のことまで考えようとしても、具体的なイメージを思い浮かべることができなかった。特に田舎町では、一般の会社に勤めて活躍している女性でさえ見当たらなかった。女性を正社員として採用するところは、信用金庫や農協など数えるほどしかなかったし、それとて寿退職を慣例としていたから、職業人として見本となる大人の女が周りにいない時代だった。その結果、高校の同級生の中で、大卒の資格が職業に生かせた女性は、教師か薬剤師になった数人だけだった。言い換えれば、教師か薬剤師ならば女の分際でも働き続けてよいと、世間が許可を与えていた時代とも言える。

そういう時代背景もあって、建築学科のクラスには、自分を含めて女子が二人だけしかいなかった。友人を選ぶ余地がないのだから、普通ならすぐにでも親しくなりたいところだが、もう一人の女子は遠目に見てもだらしない雰囲気をまとっていたので、あまり近づかない方が良さそうだと考えた。

痩せ型の猫背の女で、入学式だというのに毛玉だらけのカーディガンにジーンズ姿だった。そのコート代わりとも思えるビッグサイズのカーディガンが肩からずり落ちそうになっているのに気にする様子もなく、学長が祝辞を述べる間も、さらさらの前髪をひっきりなしにかきあげていた。

それでも入学式が終わると、彼女はにこやかに話しかけてきた。

「女が二人だけとはびっくりだね。私ね、明田芳子っていうの。みんな私のことアケタって呼んでっからさ、あなたもそう呼んでくれて構わないよ」

見かけ通り、蓮《はす》っ葉《ぱ》な物言いだった。

そのあと私も簡単に自己紹介をした。

「ああ、トイレ行きたい。あの式場、広すぎて身体がすごく冷えちゃってさ」と、アケタは言った。

「私も行きたかったの」と私は言い、アケタと一緒にトイレを探した。トイレはあちこちにあるのだが、そのすべてが男子トイレで、女子トイレがなかなか見つからなかった。

「あった、あった。やっと見つかった」

アケタが嬉しそうに叫び、小走りになって向かっていく。

そして……。

それぞれの個室から出てきたとき、二人は思わず顔を見合わせていた。

「あのベル、何なんだろ。怖い」と、アケタは目を見開いて言った。

トイレの個室のひとつひとつに大きくてがっちりとした防犯ベルが設置されていたのだ。

二人並んで手を洗おうとしたときも、洗面台のひとつひとつにまで防犯ベルが設置されていたので、びっくりして思わず鏡を通してアケタと見つめ合った。

「過去にここで何かあったのかな、まさかね」と、私は呟《つぶや》いていた。

「きっと何かあったんだよ」と、アケタが断じるので恐ろしくなってきた。

「でもさ、ここはれっきとした大学だよ」と、私は抵抗を試みた。

「だって何の事件もないのに、こういうの、つける？　トイレ全体で一個ならまだしも」

「うん……確かに」

この瞬間、決めた。今後は絶対に一人でトイレに行かないと。つまり、アケタがいないときはトイレを我慢しなければならないことになる。

いや、まさか、まさか。そんな不便な日常を今後四年間も続けられるわけがない。この時代には防犯用の笛やブザーも売っていなかったはずだから、何か代わりになるものを探さねば。

「ねえ、帰りに喫茶店に寄っていかない？」と、私はアケタを誘った。

ついさっきまでアケタのことを友だちにしたくないタイプだと思っていたのに、防犯ベルを見て考えが変わった。アバズレでも何でもいいから早急に女友だちを作る必要がある。

「喫茶店？　うん、いいね。濃いコーヒーを飲みたいと思ってたところだったんだ。昼夜逆転した生活してっからさ、もう眠くて眠くて」

アケタはそう言って朗《ほが》らかに笑った。

連れだって大学近くの喫茶店に入り、メニューを見て驚いた。こんなに高価なら、大学生協の喫茶室に行くべきだった。この当時は、安価なコーヒーショップのチェーン店がなかった。そのうえコンビニも百円ショップもユニクロもしまむらもニトリもなかったから、すべてが高額だった。親からの仕送りが少ないのだから、よく考えて上手にお金を使わねばと、あらためて肝に銘じた。

仕方なくコーヒーを頼んだあとも、生協の喫茶室なら、確かこの時代は八十円くらいで済んだのにと、内心うじうじしていた。しばらくすると、すっと二人の前にコーヒーが運ばれてきて、いい香りが鼻をくすぐった。

「北園さん、あなた現役合格？　だったら私はあなたより二歳上だよ。というのも私はね」と、アケタはコーヒーを啜《すす》りながら身の上を語り出した。

それによると、アケタは北関東の高校を卒業すると同時に上京し、学費を稼ぐために銀座や新橋にある場末の店でホステスとして二年間みっちり働いたのだという。今は週三日に減らしたとはいうものの、日々の生活費を稼ぐためには続けざるを得ないという。

ああ、なるほど。まさにそんな経歴が、アケタの立ち居振る舞いから透けて見えるようだった。以前の人生で、田舎から出てきたばかりの世間知らずの私なら、アケタを違う世界に住む女だと捉えて距離を置いただろう。だが六十三年の長い人生を送る間に、水商売の女に対しての偏見《へんけん》はきれいさっぱり消えてなくなっていた。そもそもアケタは私から見ればほんの子供だ。とはいえ、金銭的な苦労を乗り越えて自立し、そのうえで受験に臨んだことを考えれば、根性の据わった女であることは間違いないだろう。

最初の授業は体育だった。

建築学科は女子が二人しかいないため、文学部の女子と合同クラスとなった。

体育のような必修授業が一限目からあるのがつらかった。通勤のラッシュ時にぶつかる時間帯で、乗車率二百パーセントを超える。その超満員電車に乗ると、百パーセントの確率で痴漢に遭うのだった。お尻を触られたり、背後から下半身をしつこく押し付けられたりするたび、吐き気がするほどぞっとしたが、恐ろしくて大声を出すことができなかった。

この時代は女性専用車両もなかったし、駅員や警察に言いに行ったところで、「ケツを触られたくらいで。美人でもあるまいし」と相手にしてくれないことを知っていた。そして、訴え出たことで痴漢から逆恨みされる事件を、ニュースで見たから余計に恐ろしかった。

いったい、いつまでこういった痴漢行為から女は逃れられないのだろうか。

もしかして、未来永劫《えいごう》なのか。

体育を担当するのは、五十歳前後と見える短髪の女性教授で、ボーイッシュを通り越して、七三分けの銀行員の男のような髪型をしていた。

体育着は動きやすい服なら何でも可ということだったので、思い思いの格好《かっこう》をした女子が体育館に集まっていた。私は高校時代に使っていたジャージと、アケタがプレゼントしてくれたＴシャツを着ていた。胸に「ＪＵＮ」と書かれた黒いＴシャツで、流行っているのだとアケタは得意げに言った。

「遅刻した場合、たとえ一分であったとしても欠席扱いにします」

教授がそう言うと、どこからか、「えっ?」という驚きの声が聞こえてきた。

教授は声の方をちらりと見てから続けた。「授業開始前に着替えて整列しておくように。それが間に合わない人も欠席とみなします」

そのとき、背後にいたアケタが、私のＴシャツの裾を引っ張った。昼夜逆転気味の生活だから厳しすぎると訴えているのだろうか。

「欠席するときは必ず届けを出してください。病気などのやむを得ない事情のときは考慮します。妊娠しているから授業を受けられないといったときも、遠慮なく申し出てください」

この昭和時代にも、望まぬ妊娠をする女子大生がいたのだろう。教授は、口では厳しいことを言いながらも、そういったことまで配慮してくれているらしい。みんなも同じように思って感動したのか、場が静まり返った。

「といってもね、私が若かった頃にはそんなふしだらなこと、考えられなかったですけどね」

教授がそう吐き捨てるように言ったとき、思わず振り返ってアケタと目を見合わせた。

――そんな言い方されたんじゃあ、余計に言い出せなくなるじゃん。

アケタの顰《しか》めっ面《つら》がそう言っているように見えた。

妊娠するのはふしだらなことであるらしい。いつの世も妊娠させた男性は非難されないが、女は非難の的となる。

ふとアメリカの元大統領を思い出した。彼は、性暴力の結果の妊娠であっても、中絶を全面的に禁止したいようだった。二〇二四年の大統領選に再出馬しようとしていたはずだが、タイムスリップする以前の世界は今頃どうなっているのだろうか。彼は当選したのだろうか。だとすれば、どんどん恐ろしい世の中になっているのではないか。いつだって犠牲になるのは弱い立場の者たちだ。


五月に入り、大学生活も慣れてきたのでアルバイトを始めることにした。駅前のケーキ屋の店員で、時給五百円という額の少なさに溜め息が出たが、この時代の相場だから仕方がなかった。ぎりぎりの節約生活から抜け出したかったのだ。このままでは好きな本も買えないし、映画も見に行けない。

この頃から既に東京の家賃は高かった。駅に近いアパートには手が出なかったので、駅から徒歩十五分もかかる木造アパートの二階を借りていた。近道もあることはあるのだが、暗くて物騒だったので、遠回りになるが幹線道路を歩くようにしたら、更に時間がかかるのだった。

地方出身者のほとんどが風呂なしのアパートで暮らしていた。風呂付きのアパートが少ない時代だった。住宅街の中にある銭湯へ行くには暗くて細い道を通っていかなければならず、もしも暗がりから暴漢が飛び出してきたら防ぎようがない。それをアケタに話したところ、中古の自転車を買って銭湯の行き帰りは全速力で疾走すればいいとアドバイスをくれた。

その日、アパートの郵便受けを開けると、封書が一通入っていた。天ヶ瀬の筆跡だった。昭和五十年代は携帯電話が存在しなかっただけでなく、学生は固定電話も持っていないのが普通だった。電話を引くには、電電公社の債権を購入しなければならず、学生には高額すぎて手が出なかった。

しかし、天ヶ瀬は秋田大学に入学したとき、親がアパートに電話を設置してくれたらしい。一人っ子でもあるし、田舎では裕福な部類の家庭だった。

――北園さん、お元気でお暮らしのことと存じます。

僕はなんとかやっています。

東北での生活にも少しずつ慣れてきました。

夏休みになったら、東京へ行こうと計画中です。

調布の伯母の家に居候して、アルバイトをするつもりです。

こちらは時給が低そうだから、東京の方がいいかなと思って。

そのとき北園さんに会いたいと考えています。

それとも北園さんは帰省してしまうのかな？

日にちが決まったら、また連絡します。

北園さんからの手紙もお待ちしています。

天ヶ瀬良一

内容のない手紙だった。

これといって面白いこともなければ、苦悩することもないのだろうか。

――本当のところはどうなの？

そう尋ねてみたい衝動にかられていた。だが、自分も当たり障りのないことばかりを手紙に書くようになっていた。というのも、メールもＬＩＮＥも存在しない世の中では、遠方に住む相手に心配の種の片鱗《へんりん》を見せることを躊躇《ちゅうちょ》してしまうのだった。手紙となると、届くのに数日はかかるのだ。天ヶ瀬は夏休みになったら上京すると言っているのだし、そのときに会って積もる話をすればいい。そう思うと、返事を書く気が起こらなかった。

テレビを点けてから、畳の上に座布団を並べて寝ころんだ。リモコンというものも、この時代には存在しなかったので、テレビを点けたり消したりするのさえ面倒に感じていた。

この時代の学生が持っているテレビと言えば、みんな十四インチだった。令和の時代に五十インチの画面を見慣れていたから、びっくりするほど小さくて、ついつい至近距離まで近づいてしまう。

女優の結婚記者会見が始まっていた。大人気で引っ張りだこだが、相手はあまり知られていないミュージシャンだった。女優は二十八歳で、ミュージシャンは三十七歳だという。

「得意料理は何ですか？」と、レポーターが女優に質問した。

「これから勉強しようと思っています」と、女優は申し訳なさそうに答えた。

「えっ、今から、ですか？　でも、カレーライスくらいは作れますよね？」

「うーん、自信ないです」

「ええっ、そうなんですか？　旦那さまは、そんな奥さまでも大丈夫なんですか？」

「本人が勉強するって言ってんだからいいんじゃないの？　俺は期待してる」

「ほう、寛大な旦那さまですね」

「そうかな」と、夫は褒《ほ》められたと思ったのか、嬉しそうに笑っている。

「で、料理もできない女房なんてやっぱり我慢ならないと不満が募って、もしも旦那さまが浮気したら、どうします？」

「あら、嫌だわ。どうしようかしら」

何なんだろう。この質疑は。

女優は稼ぎまくっているが、ミュージシャンの方は全く売れていない。誰が見たって女優が一家の大黒柱だ。とはいえ、女優は女らしさを売るのが商売だから、ここで男女同権を振りかざしたりはしないだろう。そんなことをしたら、男性ファンを一気に失ってしまう。

「結婚後も引退されないと聞いてますが、それは本当なんですか？」

「ええ、しばらくは女優を続けようと思ってますけど？」

「旦那さまは、それを許すおつもりですか？」

「うん、俺はやりたきゃやってもいいって言ったんだ」

「なんとも理解のある旦那さまですね」

そうじゃないだろ。女優を辞めたら一家が食っていけないからだよ。

こんなの茶番じゃないか。

この男、単なるヒモじゃないか。

主夫という言葉もあるにはあるが、それを実践している夫婦などめったにいないことを私は以前の人生で知っている。妻の収入に頼って生活している夫のほとんどは、家事育児を申し訳程度にしか手伝わない。そんな男と結婚して不満を募らせている妻が、パート仲間や同級生の中に何人もいた。

「旦那さまのご両親とは仲良くやっていけそうですか？」

「さあ、どうでしょうか。お義父さまとお義母さまに気に入られるよう、努力するつもりではいますが」

　売れっ子女優なのだから、何もわざわざ結婚なんかしなくていいのにと思うのは、私が令和まで経験した六十代の女だからだろうか。何を好きこのんで、こんな夢ばかり追って稼ぎのない男の世話をするのか。

　そういう私も若い頃は、恋愛感情が最も尊いものだと心底信じていて、男女間に損得勘定などもってのほかだと考えていた時期が長くあった。

　この記者会見を見た人々はきっと影響を受ける。男女の役割分担や、嫁の立場を当たり前のものとして受け取ってしまう。売れっ子女優の妻は分刻みで働いて何億と稼ぎ、夫は昼間からパチンコに行っていたとしても、女はカレーライスを作れる程度では許されないのだと。

　やはり、インタビューしたレポーターに忠告しなければならない。

　スヌーピーのレターセットを実家に置いてきてしまったから、明日は学校帰りに文房具屋に寄ろう。

　ついでに天ヶ瀬にも返事を書こう。アケタのことや、トイレの防犯ベルのことなど、書こうと思えば本当は話題は尽きないのだから。

10　大学一年生の夏休み

夏休みになった。

帰省したところで、あんな田舎では何もすることがないし、古い考えの親にあれこれ言われるのもウンザリだったから、東京に残ってアルバイトをすることにした。

ケーキ屋のアルバイトは辞めたので、他のアルバイトを探すつもりだった。店主からのセクハラが耐え難かったからだ。

ショーケースの前に立って客の相手をしていると、五十代の店主は決まって私の背後を通りすぎる。その一瞬の隙に、私のお尻をさっと撫《な》でていくのだ。

若いときの私は、五十代や六十代にもなった男性が、若い女性を性的な目で見ているなんて夢にも思っていなかった。とんでもない世間知らずだった。だが平成、令和と、老齢男性のセクハラが相次いで報道され、初めてその生態を知ることとなった。

ある日、我慢できずに「いい加減にしてくださいっ」と大声を出すと、店主が心底驚いた顔を向けたので、逆にこちらが驚いてしまった。

「サービスのつもりだったんだよ。あんたみたいな女の子、どうせ男にはモテないだろうと思ったからさ」

その顔つきからして、皮肉でも冗談でもないようだったので二度びっくりだった。というのも、私は男の子から声をかけられることが少なくなかったからだ。女子が少ない環境にいることが大きいが、六十年以上も生きてきたから、自分に似合う化粧や洋服を選ぶのが上手になったことも関係しているのだろう。

翌日、アケタに相談すると、すぐにでもアルバイトを辞めた方がいいと言われた。ホステスならまだしも、ケーキ屋で無償で触らせることはないと。アケタの考え方が自分のとはズレているような気がしたが、もう二度と行きたくなかったので、アケタのアドバイスに従うことにした。

店に行くと、店主は競馬場に行っていて、女将《おかみ》さんしかいなかった。

「すまなかったね」

女将さんはそう言ってから、その場でバイト料を清算してくれた。女将さんは自分の精神の安定を保つために、「どうせあんたの方からうちの亭主に色目を使ったんでしょ」などと難癖をつけてくるのではないかと思っていたが、その考えは大変失礼なことだった。年配女性は視野が狭くて客観的に物事が見られないなどと、自分の目に偏見の厚い膜が被さっていたらしい。

「学生さんを雇っても雇っても、うちの亭主のせいでみんな辞めちゃうのよ」

「えっ、私だけじゃなかったんですか？　だったら女将さん……」

私は女将さんの顔を穴のあくほど見つめてしまっていた。

――よくもそんな男と結婚生活を続けられますね。

思わずそう言いそうになってしまい、慌てて目を逸《そ》らした。

尊敬できない夫を持つつらさを私は知っている。そして、そんな男であっても、離婚したら食べていけなくなる己の悔しさや情けなさも。

「まっ、男ってどうしようもない動物だよ。でも仕方ない。どこのご主人も同じようなものだもの。あなたも大人になったらわかるよ」

女将さんはそう言って苦笑いした。そうやって自分の精神が崩壊しないようにしているのか。

――男がみんながみんな、そんなわけないじゃないですか。まともな男性に対して失礼ですよ。

もう少しでそう言いそうになったが、客が店に入ってきたので言わずに済んだ。

次のアルバイトはすぐに決まった。同じクラスの上田の家が北千住《きたせんじゅ》で工務店をやっていて、事務兼雑用のアルバイトを募集しているという。同じ働くなら、建築関係の仕事がしたいと思っていたので、渡りに船だった。

天ヶ瀬と待ち合わせた喫茶店に行くと、奥の席から手を振っているのが見えた。

「北園さん、頼むからアパートに電話を引いてくれないかな」

挨拶も何もなく、いきなりだった。

「俺さ、いちいち手紙なんか書いてらんないし、すぐに話がしたいときだってあるんだ」

「そんなお金ないってば」

電電公社の加入権だけでも八万円もする時代だった。アルバイト代の大半を本代に使っていたから、貯金は少ししかなかった。

「足りない分は俺が出すからさ」

「冗談でしょ。そうはいかないよ」

「出世払いで返してくれればいいから、な？　頼むよ」

天ヶ瀬は家庭教師のアルバイトでかなり稼いでいるらしい。秋田県内で秋田大学医学部といえば最高峰の学歴だから、時給が高額だという。そのうえ、担当している大金持ちの家の息子の成績が大幅に上がり、親からボーナスまでもらったらしい。

「そこまで言うなら電話を引くよ。でも、必ずお金は返すから」

そう言うと、天ヶ瀬はホッとした顔をしてから、「北園さんはいいよな」と、羨《うらや》ましそうに言った。

「いいって、何が？」

「東京で学生時代を送れることだよ」

医者になる道が開けたことには満足しているようだが、大都会東京への未練があるらしい。

「そうは言うけど、都会で暮らす女子は色々と大変だよ」

「手紙にも書いてあったトイレの防犯ベルのこととか？」

「それ以外にもたくさんあるんだよ」と私は言い、電車での痴漢のこと、そしてケーキ屋の店主のセクハラのことなどを話した。

「ええっ、そんなことがあるのか」

「私、以前にも増して男が嫌いになりそうだよ」

「でもさ、もうケーキ屋も辞めたんだし、銭湯に行くとき用に自転車も買ったんだろ？　だったらあとは、満員電車を避ければいいだけじゃん」

「どうやって？」

「一限目から授業があるときは始発電車に乗ればいいよ。始発なら空《す》いてるだろ？」

自分の思いつきを得意げに語る天ヶ瀬から目を逸らし、私は言った。

「そうね。天ヶ瀬くんの言う通りだね。朝四時台の電車に乗れば済む話よね。大学に着いてから一限目が始まるまで二時間半くらい待てばいいだけだから、簡単なことだよね」

そう言ってから、これ見よがしにハアッと深い溜め息をついてみせた。

「え？　あ、ごめん。さっきの俺の発言、忘れてほしい。それにしても……」と、天ヶ瀬は宙を見つめながら言った。「女の人って、そこまで警戒して暮らさなきゃならないとは、俺、今まで気づいていなかった」

「あっ、そう。六十三歳までの人生経験があるわりにはお気楽なものね。結婚してたんだから、奥さんの生活も間近で見てきただろうに」

「そう言われればそうだけど、いくらなんでもそこまでとはね」

「令和の時代はＳＮＳが広がって、男性の卑劣さが露《あら》わになったでしょう？」

「そうだっけ？　例えば？」

「例えば大学共通テストの日に女子の受験生に痴漢するとか。絶対に遅刻できないから我慢するしかないのを狙っているのよ。それに、車椅子の女性が自力で逃げられないのをいいことに、電車の中で目をつけて家まで尾行して卑劣な行為に及ぶとか、それに……」

「ちょっと待てよ。そういう事件があったのは知ってるけど、男がみんな卑劣なわけじゃないよ。少なくとも俺は違う。絶対に違う」

天ヶ瀬は怒ったように、そう言った。

ああ、この光景だ。

同じような顔つきの男を、今まで何度見てきただろうか。男たちはみんな「俺は違う」と声を揃《そろ》える。その中には、侮辱されたと勘違いして女を敵対視するようになる男もいる。

「あのさ、天ヶ瀬くんがそんな男じゃないことは知ってるよ。いつの時代も、一定数のクズ男が存在するってことよ。そのクズ集団の中に天ヶ瀬くんは入ってないよ」

そう言うと、天ヶ瀬は少し安心したような顔になった。

類は友を呼ぶの言葉通り、天ヶ瀬の仲の良い友人たちや親族の男たちの中にも、そういった卑劣なクズ男が一人もいない確率は高い。つまり、天ヶ瀬のような善良な男たちは、卑劣な男たちと接点がないまま人生を終えるのだ。だが女は違う。ほとんどの女が、卑劣な男たちと接点を持たずに暮らすことは不可能だ。だって、東京の満員電車で痴漢に遭ったことのない女がいるだろうか。

そのことを、天ヶ瀬に丁寧に説明してみることにした。前の人生では、納得いくまで夫と話すという姿勢が抜けていたからだ。それが以前の人生での最大の反省点だ。

「……なるほど。女の人は想像以上に大変な生活を送ってるんだね」

「そういった卑劣な連中は、女の抗議に耳を傾けたりしないのよ。徹底的に女を下に見ているからね。だけど、男の言うことなら聞く場合もあると思うの。だから、せめて痴漢を目撃したときは女の人を助けてあげてほしいのよ」

「そう言われてもなあ」

「え？」

俺はいつだって弱きを助けているよ、などという言葉が返ってくると思っていたので、びっくりして天ヶ瀬を見つめた。

「だってさ、世の中にはとんでもなく野蛮な男がいるだろ。こっちが刺されたりしたらバカを見るよ」

「とばっちりを受けるのは真っ平ごめんってこと？」

「そういう言い方すんなよ。まるで俺が卑怯《ひきょう》みたいじゃないか」

「卑怯よ」

「なんでだよ。俺は何も悪いことしてないだろ。それなのに刺されて死ねって言うのかよ」

「天ヶ瀬くんのこと……嫌いになりそう」

「それはひどいよ。俺に、正義の味方のスパイダーマンになれとか言ってんの？　身を挺《てい》してまで？」

こういう男性が一般的なのだろう。

天ヶ瀬に向かって、他人の犠牲になれとまでは言えない。

となると、女はどこに救いを求めればいいのか。

「天ヶ瀬くん、私、言いすぎたかも。ごめんね」

「いや、謝らなくてもいいけど……」と、天ヶ瀬は歯切れが悪い。

「高校生のときに護身術を習っておいて正解だったよ。やっぱり頼れるのは自分だけだ。いくら女が非力だからって、それでも赤の他人の男に期待するのは間違ってるんだね」

そう言うと、天ヶ瀬は黙って私を見つめた。

防犯ブザーを売っている店は見つからなかったが、体育教師が持っているような笛は手に入れていた。鋭い音が鳴るタイプの物を買い、いつもポケットに忍ばせておくことにしたとアケタに話したら、「私も欲しい」と言って、同じものを買ったのだった。

田舎で暮らす両親は、満員電車に乗ったこともなければ、夜遅く銭湯に出かけることもない。自分の娘が四六時中警戒して暮らしていることになど、考えも及ばないだろう。

11　大学四年生　内定がもらえない

就職が決まらなかった。

クラスの男子は何社も内定をもらっているのに、私とアケタは面接を受けることすらできなかった。それというのも、就職課に貼り出された求人票のすべてに、「女子は自宅通勤に限る」と朱書きがあったからだ。信じられない思いで、その数百枚もの求人票を隅から隅まで何度も見返してみたが、本当に一枚残らず、その旨《むね》の朱書きがあった。

これは、いったい、どういうこと？

田舎者の女は採用しないと言ってるの？

どうして？

気になって男子学生用の掲示板も見に行ってみたが、そんな但し書きはどこにも見当たらなかった。どうやら男子学生は、どこの県の出身だろうが、どんな山奥の田舎者だろうが不問らしい。

そういえば以前の人生でも、こういった噂を聞いたことがあった。だが自分は短大の英文科を出たあと就職活動はせず、親戚の経営する社員十数人の小さな貿易会社に勤めたから、大手企業の就職事情についてはほとんど知らなかった。それどころか、就職する前から、自分はきっと数年だけ勤めて、そのあと結婚退職するのだろうと、ぼんやり考えていた。まるで他人事のような人生だった。だが言い訳させてもらえるならば、そんなのは自分だけではなかった。短大時代の友人たちのほとんどがそうだった。

それにしても、建築関係の仕事なら女も男も関係ないではないか。現場で力仕事をするわけではない。地盤を調査し、構造計算をし、家の設計をし、内装を工夫するといった仕事なのだ。

だが、どうやら世間の見方は違うらしい。仕事の内容や能力がどうのこうのといった問題ではなく、女で、しかも地方出身者で、しかも四大卒となれば、就職においては最悪のハンデを負っているようだ。自分の考えや能力をアピールしたくても、土俵《どひょう》にさえ上がらせてもらえない。

アケタもまた、この理不尽な扱いにショックを受けていた。

「私は田舎から出てきて、親の仕送りなしで頑張ってきたんだよ。それなのに私が蛙子《かえるこ》より劣るなんておかしいよ」

蛙子というのは、アケタがこっそりつけた綽名《あだな》だ。本名は薫子というらしい。アケタの幼馴染みでもあり宿敵でもある彼女は、一見大人しそうだが子供の頃からアケタに対してだけ意地悪だったという。教師や地域での蛙子の評判は良かった。なんせ目鼻立ちが整っていて、黒目勝ちの目が聡明そうに見えた。アケタの母親も、何かというと「薫子ちゃんを見習いなさい」と言ったそうだ。蛙子は、地元の短大を出てから地元にある都銀の支店に就職した。そして二年後には東京本店から転勤で来ていた銀行員と結婚し、寿退社したのだった。会ったことはなくても、アケタの思い出話に頻繁《ひんぱん》に登場する人物だから、私まで知り合いのような気がしていた。

「私は蛙子の十倍、いや百倍は努力してきたはずだよ」

アケタは右も左もわからない大都会に単身で出てきた。それまで喫茶店にさえ入ったことがなかった田舎の女の子が、場末のバーでホステスとして働くのに、どれほどの勇気が要《い》ったかと、アケタは切々と訴えるのだった。

「私の今までの頑張りは無駄だったんだろうか」

いつもは明るくさばさばしているアケタが、弱音を吐くのは珍しかった。

「ねえ雅美、この国はどこまで女をバカにしたら気が済むんだろう」

「本当に虚しい。人生に絶望しそうだよ」

そう応えたとき、ふっとアイデアを思いついた。

自宅通勤を装えばいいのではないか。両親の住民票を東京に移そう。転入届を出して住民票の写しを取ったあと、すぐに田舎に戻せば問題ない。

このアイデアを話すと、アケタも賛成してくれた。

嘘をつくことに罪悪感はあったが、「女子は自宅通勤に限る」などと、わけのわからないことを言う方がよっぽど罪深い。そんな差別的な企業に対抗するためなら、住民票を移すくらいの工作をしたって罰は当たらないはずだ。

既に大学四年の秋だった。

絶望感に浸っている時間はない。もっと図々しく戦略的にならねば、自分の人生を思う存分生きることなんてできない。せっかく二度目の人生を与えられたというのに。

この時代の就職協定では、大学四年の十月から一斉に会社訪問が解禁となり、数ヶ月で就職が決まるのが普通だった。そもそも卒業まで時間がなかったのだ。

既に十一月に入り、私とアケタは焦《あせ》りまくっていたが、クラスの男子たちのほとんどが内定をもらい、晴れ晴れとした表情をしていた。

秋と言えば大学祭だ。キャンパス内の浮足立った空気が、私とアケタの気持ちを更に暗くしていた。男子たちは、残り少ない学生生活を目いっぱい謳歌《おうか》しているように見えた。近所の女子大の学祭を次々に見に行く計画を立てる弾んだ声が、教室内のあちこちから聞こえてくる。

「就職、まだ決まらないんだって？」

そう話しかけてきたのは、クラスの上田だった。

声が小さいのは、気を遣ってくれたのだろう。上田の実家は北千住の工務店で、あれからずっと事務兼雑用のアルバイトとして私を雇ってくれている。

先月あたりから、私とアケタに話しかけてくる男子は上田だけになっていた。他の男子は、遠目にちらちらと見ているだけだった。内定が出ていないのが、クラスで私たち二人と数人の男子だけだったからだろう。

「うちの父ちゃんが言ってたけど、もしもこのまま就職がアレだったらさ」

アレとは何なのか。絶望を意味するのか。

「アレだったら、このままうちの工務店に勤めてもらってもいいって」

「上田工務店に？　アルバイトじゃなくて正社員として雇ってくれるってこと？」

「うん、そう言ってた。北園さんは仕事が早いから助かるって、お袋も褒《ほ》めてたよ」

上田工務店は、上田の両親と社員が二人だけの小さな工務店だ。大手の三次下請けの仕事か、近隣の戸建ての修繕などの仕事が多かった。どこからも内定がもらえない自分にとってはありがたい話には違いない。だが、上田工務店で受注するのは、小さくて遣《や》り甲斐のない仕事ばかりで、咄嗟《とっさ》にいい返事ができなかった。

「上田君は、ゆくゆくは実家を継ぐの？」と、アケタが尋ねた。

「たぶん親父はそう願ってる。でも僕は世界を駆け巡る仕事がしたいんだ」

上田は、テレビＣＭで頻繁に見かける大手ゼネコンから内定をもらっていた。

「世界を駆け巡る仕事って、例えば？」とアケタが尋ねた。

「例えば発展途上国の貧しい村に橋や公共住宅を作るとか」

「つまり、ＯＤＡ関連の仕事ってこと？」と、私は尋ねてみた。

「まあ、そんなとこ」

「いいねえ。夢が広がって」と、アケタは溜め息交じりに言った。

そのとき、「女子は仕方がないよね」と、背後から声が聞こえてきた。

振り返ると、岩手訛《なま》りがなかなか抜けないソッタラが立っていた。普段はシティボーイを気取っているが、ある日つい慌てて「そったらごど言っだって」と口走ってしまった。そのときクラス中が大爆笑したのがきっかけで、ソッタラと呼ばれるようになった。

「ちょっと待ってよ。女子は仕方がないって、それ、どういう意味よ」

そう尋ねたアケタは、ムッとした表情を隠さなかった。というのも、ソッタラはクラスで最も成績が悪いからだ。そもそもどうやってこの大学の入試を突破できたのかと思うほど読解力も計算力もないし、英語も中学二年生レベルだった。本当かどうか、親戚に有名な評論家がいて、その口利《き》きで裏口入学したのではないかという噂もあった。

「そんな怖い顔するなよ。女は結局は嫁に行くんだから、就職したところで、どうせ二年くらいの腰掛けだろ。新入社員なんて、すぐに役立つわけじゃなし、少なくとも最初の一、二年は、業務を教えてもらいながら給料もらってるような立場なんだぜ。やっと少し役立つようになったと思ったら寿退社するなんて、企業側もやってらんないよ。はっきり言って女は迷惑なんだよ」

上田以外の男子たちが、私やアケタに話しかけてこなくなったのは、私たち二人よりずっと成績が悪いのに、内定をいくつももらっていることを申し訳なく思ってくれているのだ、などと考えていた私はオメデタイ人間だったらしい。

私はすぐに立ち上がり、教室のドアに向かって突進した。ソッタラの言葉を、これ以上聞きたくなかった。頭の悪い男から屈辱的な言葉を浴びせかけられると、何日もの間、嫌な気持ちから抜け出せないことを経験から知っていた。それどころか、痴漢に遭ったときと同じで、一生涯ことあるごとに思い出してどうしようもないほど気持ちが沈むのだ。そういった類いの悔しさは、決して明日への原動力になったりはしない。なけなしの自己肯定感を更に下げる。

廊下に出たとき、背後でアケタの叫び声が聞こえてきた。

「ソッタラみたいなポンコツに言われたくないよっ」

男子にソッタラと呼ばれるのはまだ我慢できても、私やアケタに呼ばれるのは許せないのだった。そんな彼の気持ちにはとっくに気づいていたので、私はソッタラに話しかけるときは（話しかけることなど滅多になかったが）、本名の「佐々木くん」と呼ぶように気をつけていた。それはアケタだって同じだったはずだ。

「私がソッタラに構造計算を教えてやったこと、もう忘れたの？　繰り返し説明しても理解できなくて、結局は私の課題を丸写ししたくせに」

「なんだよ、女のくせに」

ソッタラの言葉が聞こえた途端、私は廊下の途中で凍り付いたように立ち止まってしまった。

そうだ、こういう時代だったのだ。頭の悪い男が優秀な女子に向かって、「女のくせに」などと平気で言ってしまえる時代だった。

「お前、女のくせに偉そうなんだよ」

「偉そう？　私が？　全くどの口が言ってんだか」

「お前、やんのか？　あん？　やってやろうじゃねえか」

びっくりして身体が硬直した。

「ソッタラ、やめろってば。女の子に向かって拳《こぶし》を振り上げたりすんなよ」

上田の大声が廊下まで響いてきた。

女に言い負かされたら暴力を振るう。そんな男を容認していた昭和時代の風潮を、長い間忘れていた。


その日、アパートに帰ってからも、ソッタラの言葉が繰り返し脳裏に蘇ってきた。

壁にもたれて脚を投げ出して座り、正面の本棚をぼうっと見つめていた。

悔しくてたまらないのは、ソッタラの言った「就職したところで、どうせ二年くらいの腰掛け」という見方が、この時代の風潮を考えると間違っていないからだった。

——女はクリスマスケーキ。

そう言われた時代は長く続いた。

四年制大学に進学すれば、卒業時には二十二歳になる。クリスマスケーキ論に従うならば、二年後の二十四歳で寿退社するのが女の王道だった。アケタなどは学費を貯めるために入学前に二年間働いているから、既にクリスマスケーキは腐りかけている。だが、六十三歳まで経験した私にはわかる。二十代というのは、仕事に真摯(しんし)に向き合う大切な季節だったのだと。決してその時期を逃してはならなかったのだと。

大学に入ったらゴール、結婚したらゴール、などと思っていた自分は大バカ者だった。

人生にゴールなんかない。あるとしたら死ぬときだ。

そのとき、本棚に並んだエッセイ集の背表紙が目に飛び込んできた。憧れの建築家が書いたものだ。彼は大学卒業後、工務店でしばらく働いてお金を貯め、世界中の建築物を見て回った。二十代の感性と体力があるからこそ様々なものが吸収できたのだろう。

こんな感受性豊かな時期に、女は寿退社して家事育児に専念しろって？

どうかしている。

この昭和時代は、結婚、出産こそが女の幸せという考えが根強くあった。男はといえば、ヨメをもらって一家を養って一人前とされていた。そんな世間に縛《しば》られ、窮屈な思いで生きる男女がたくさんいた。だが、平成、令和と時代を経るにしたがって、多様性の時代と言われるようになるのを私は知っている。

あの当時、結婚しない人生など考えられなかった。遣り甲斐のある仕事に就いていれば違ったかもしれないが、安月給の事務職だった私は、将来が心細くてたまらなかった。

独身のまま二十代後半になってしまったら？

三十代に突入してしまったら？

その先に何が待っているのか具体的な想像ができず、不安に襲われた。

周りの友人たちは、結婚、出産、子供の入学や卒業、自宅の購入……などと数年ごとにイベントが目白押しなのに、自分には何もないとしたら？

もしもあの頃、独身で生き生きと働く女性が身近にいたらどうだっただろう。例えば、何人もの叔母や従姉たちが、着々とキャリアを積んでいたら？　いつ会っても明るく華やかな笑顔で、私に仕事の面白さを語ってくれたとしたら？

きっと私は彼女らに影響され、今後の長い人生をどう生きようかと、真剣に考えたに違いない。それとも、彼女らがいくら自由で楽しそうであっても、結婚していないから女としてはダメだ、などと思ったのだろうか。

思ったかも……しれない。

いや、きっと思った。当時の風潮からくる偏見に、骨の髄《ずい》まで侵食されていたからだ。いつの時代も少数派は肩身の狭い思いをする。未婚の人間は、結婚「しない」のではなくて、結婚「できない」と思われていた。

だが、この時代にも先を見越して結婚しない聡明な女もいたはずだ。結婚後の生活を想像すると、自分らしく生きられないことが容易に想像でき、世間の執拗《しつよう》な「結婚はまだか」の質問も軽やかにかわし、独り身の幸せな生活を味わい尽くしたのではないか。

結婚すれば老後も安心と言われていた。だが令和時代には独居老人が七百万人近くになり、子供が親の面倒を見るどころか、高齢の親の年金で暮らす中年の子供が出てくる。離婚率は上がり、出生率は驚くほど下がる。そんなことは、昭和時代には想像すらできなかった。

――自分の好きなように生きていこう。

人間には誰しも自由に生きていく権利がある。

政府は、女が自由を求めて生きるようになるとは考えもしなかったのだろう。国会議員は二世、三世ばかりになり、その妻たちはほとんどが働いていない。リッチな専業主婦家庭となれば、庶民の考え方や暮らしの変化など想像できないに違いない。彼らの親戚や友人知人の中にも、貧乏人など一人もいないのだろうから。

庶民の生活は大きく変わった。あろうことか、令和時代には専業主婦が社会保険のお荷物扱いされる風潮が出現するのだ。ついこの前まで良妻賢母が重宝されていたのに、令和になると稼げる女の方がヨメとして好まれるようになる。そして、自分の人生を全うするのに必要な武器――自分の気持ちに正直に生きる強さと経済力と知性――を身につけた女が日々増えていく。

しかし、国会議員の多くは、古い考えの老齢男性で、昭和から令和になっても何の変化もないままだ。


その夜、母から電話がかかってきた。

――雅美、就職の方、どうなっとるの？

「うん……えっとね、まだ決まってないんだよね」

——えらくのんびりしとるね。テレビでは内定が出てヒャッホーって飛び上がっとる学生さんが映っとったけどね。

「それは男子でしょう？」

——ん？　ああ、男の子だったかもね。ほんでも雅美の大学は、就職に有利だって近所の人が言うとったけど？

「だから、それは男子のことだってば。女はそうもいかないのよ。特に私みたいな地方出身者で四年制大学ともなるとね」

 つい正直に現実を話してしまった。

「それってどういう意味やの？　地方出身者で四年制大学の女がなんで就職できんの？」

「えっとね、東京の会社っていうのはね」と、状況を説明してみた。

きっと母は言うだろう。そら見たことかと。だから言うたやろ、親の言うこと素直に聞いて、短大の幼児教育に行っときゃよかったんに、と。

母に叱られるのを覚悟していたときだった。

——東京生まれがなんぼのもんじゃい。

受話器からいきなり父の大声が響いてきた。

——都会のもんは狭っ苦しい家に住んどる癖に、ええかっこしいばっかりで、威張れたもんやないわ。それに比べて田舎は家も広いし畑もあるし、採れたての野菜はごっつい旨いのに、バカにしやがって、アホらしてかなわん。

父の意見はかなりズレていたが、私のために憤《いきどお》ってくれたことで、それまでの絶望感が少し和らいだ。

「ところで、お願いがあるんだけどね」

ここぞとばかり、両親に住民票を東京に移すことを頼んでみた。私の住民票も田舎に置いたままだった。当時、地方から出てきていた学生のほとんどがそうだった。

すると、怒りが収まらぬままの父は、「お安い御用だ。田舎もんだとバカにされたままでたまるかっ」と、すぐに了承してくれた。これで、親子三人の住所が東京になる。

ああ、やっと内定がもらえる。

住民票の写しという紙切れ一枚のことで、建設会社だろうが、設計事務所だろうが、有名なアトリエ事務所だろうが、少なくとも門前払いされることはなくなった。

何日も続いていた沈んだ気持ちは雲散霧消し、久しぶりに食欲が出てきた。

面接の朝は早起きした。

この時代の就職活動は、みんな紺かグレーのスーツかブレザーがほとんどで、髪をショートにするのが暗黙の了解だった。男子学生も同様だった。それまでは長髪でパーマをかけている子も多かったが、短くして七三分けにした。

大手町にある巨大な本社ビルを見上げた。私もこういった立派な会社の一員になれると思うと、腹の底から歓びと緊張感が込み上げてきた。

大理石造りの吹き抜けのロビーに一歩入ると、にこやかな受付嬢が取り次いでくれた。三人とも美人で、椅子に座っているのにスタイルがいいのがわかる。

案内されて会議室に入ると、四十代と見える男性の面接官が長机を前にぽつんと一人座っていた。

「失礼いたします」

お辞儀をしてから大学名と氏名を言った。

「どうぞ、お掛けください」

さすがに大企業だけのことはある。見るからに育ちのいい紳士といった感じで、上質なスーツを身に着け、話し方も落ち着いている。

「我が社に入社を希望された理由を教えてください」

私は、あらかじめ調べておいた会社の業績や、新たに開発された建材を褒め讃《たた》え、是非とも御社に入社したいと答えた。

「それは嬉しいですね。あの建材は画期的だと私も誇りに思っています」

面接官はそう言って笑顔を見せた。

いい感じではないか。この調子なら内定がもらえるかも。

一部上場のこんな有名な会社に就職できたらどんなにいいだろう。給料もいいし、ボーナスも六ヶ月分出るという。アパート暮らしの身には、親元から通勤する人と違って生活費が嵩《かさ》むから、給料の多寡《たか》は死活問題だった。麗山大学のレベルでは、この会社の研究室に配属されるのは無理だろうが、設計チームに入れれば遣り甲斐があるだろう。そうなったら一生懸命頑張るつもりだ。同じクラスの和田と高木は、この会社から既に内定をもらったと聞いた。気心の知れた彼らと一緒のチームになれたら更に嬉しい。

そんな妄想に浸っているときだった。

「あれ？　この住民票って……」

面接官は、履歴書に添付した住民票の写しを穴があくほど見つめていた。

「ご両親は、つい先週、地方から上京されたってことですか？」

住民票には前住所が記載されている。だが、そんな細かいところに目が行くとは思っていなかった。

「……はい、そうです」

「お父様はどこにお勤めですか？」

咄嗟に嘘が思い浮かばなかった。そこまで聞かれるとは考えていなかったからだ。だが、面接で親族のことを根掘り葉掘り聞くのは就職差別にあたるから控えるよう厚生労働省から言われているにもかかわらず、令和時代になってからも続いているのを私は知っている。カフェでモーニングを食べていたとき、隣の席で採用の面接をしているのを何度か見聞きしたことがある。

それにしても、迂闊《うかつ》だった。両親が上京した理由について、嘘で固めたストーリーを前もって組み立てておくべきだった。

「えっと……父は商事会社に勤めておりまして」

「何て言う名前の会社ですか？」

「長谷川商事です」

「どこにあるんですか？」

私が答えに詰まっていると、「ここに記載されている前住所の近くですか？」

「……はい」

「ああ、なるほど。そういうことね」

面接官はそう言うと、天井を見上げて、ふうっと息を吐いた。

「そういう女子学生さん、たまにいるんですよ。うちは自宅通勤のお嬢さんしか採らないんです。ですので、これでお引き取り願えませんか」

面接官の目には、はっきりと憐《あわ》れみが表れていた。

「見なかったことにしておきますから」と言い、彼は静かに続けた。「もうこういう虚偽はやめた方がいいですよ。簡単にバレますから」

最大限の優しさなのだろう。「お前はズルい、詐欺《さぎ》だ」などと詰問する面接官もいるだろうから。

ひどく萎縮してしまった。身体が小さく萎《しぼ》んだような気がした。

見るからに都会的でサラブレッドといった感じの面接官の前にいると、自分が田舎者で、ダサくて、親からロクな躾《しつけ》も受けていない女だと突きつけられているようだった。さっき受付で見たばかりの、いかにもお嬢様然とした三人の女たちを思い出し、穴があったらすぐにでも飛び込んで身を隠したくなった。

いや……違う。

違うんだよ。

そうじゃないんだってば。

ここで負けてどうするんだよ、自分。

項垂《うなだ》れた体勢から私はキッと頭を上げ、真正面から面接官を見つめた。

「私の成績表を見てください。オールAを取ったのはクラスで二人だけです」

「成績、ですか。確かにオールAですね。ですが、女性は自宅通勤に限るというのは我が社の決まりですし、そもそも女性の場合、ほとんどが短大卒なんですよ。四年制大学の女性は、毎年ほんの数人採用するかどうかという程度なんです」

この時代は、女性の総合職がまだなかった。

「それはつまり、四大卒の場合は得意先のお嬢さんか、自民党の国会議員のコネがないとダメだってことですか？」

素朴な質問だった。そういう噂を聞いたことがあったので、本当かどうか確かめてみたかっただけで、面接官を攻撃する意図などなかった。

だが面接官の顔つきがさっと変わった。そして、鋭い目つきで私を一瞥《いちべつ》してから言った。

「次の面接がありますので、お帰りくださいますか？」

本来の私ならば、「すみません」を連発して小走りでドアに向かうところだ。そしてそのあと何日もの間、惨めな気持ちで日々を送るのだ。壁に向かって「もう死んでしまいたい」と呟《つぶや》きながら。

しかしそのときは、いつもとは違って捨て鉢な気持ちになっていた。

もうどうなってもいい。

だって私の人生、もうどうしようもないんだから。

「だったら聞きますけど、今日はどうして私のようなコネなし四大卒女子と面接したんですか？」

そう問うと、面接官は大きく頷いた。

「僕もさっきから疑問だったんです。たぶん事務の女の子の手違いだと思います」

事務の女の子……女性社員を「女の子」呼ばわりする時代だった。いや、それは令和の世の中になっても続くのだ。

「もうひとつ教えてください。なぜ短大卒ばかりを採用するんですか？」

「さっきから、お引き取りくださいと言ってるでしょう？　しつこいですよ」

「四大卒より短大卒の方を採る理由を正直に言ってくれるまで帰りません」

「そんなのわかりきったことじゃないですか。短大卒の方が二歳も若いし、短大にはあなたのように生意気な女性はいないからですよ」

「生意気って……」

「我が社は、社内恋愛で結婚する社員がとても多いんです。ですから女子社員を採用するときは、我が社の男性社員の結婚相手として適切かどうかを見極めることになってるんです」

「つまり、花嫁候補を探しているということですか」

「なんだ、わかってるじゃないですか。あなたのような優秀な女性は我が社には必要ないんです。仕事をするのは男性の役割ですからね。じゃあ、これでお帰りいただけますね？」

「もうひとつだけ質問させてください」

「しつこいなあ。僕も忙しいんですよ」

「自宅通勤に限るのはなぜですか？　男性はどの都道府県の出身でも関係ないですよね？」

「だから花嫁候補だと言ったでしょう。親の監視の目が行き届いた、穢《けが》れのない女の子じゃないとダメなんですよ」

「なんですか、それ。まるで一人暮らしの女子は、夜な夜な男をとっかえひっかえアパートに引っ張り込んでいるとでも妄想してるんですか？」

「そうは言ってないですよ。ただ、そういう可能性がなきにしもあらずだし、これは男性社員の好みの傾向を選考に取り入れているだけで、僕個人が勝手に決めているわけじゃないから、僕を責められても困るんだよ」

　面接官の物言いが、だんだんくだけてきた。

「百歩譲ってアパート暮らしの女がみんな男にだらしないとします。ですが、そんなプライベートな事情と仕事の出来不出来とは何の関係もないでしょう？」

「仕事の出来不出来？　女の子に仕事なんて期待してないですよ」

「えっ？」

「お茶汲みとコピー取りで給料がもらえるんなら御の字でしょう？　僕ら男からすると羨《うらや》ましいくらいですよ」

「それはまさか、四大卒もお茶汲みとコピー取りしかさせないということですか？」

「もちろん、そうです」

悔しくてたまらなかった。二年と四年という年数の違いだけではない。受験勉強の大変さに雲泥の差がある。青春を犠牲にして得た大学合格なのだ。

「何よりも、自宅通いの女の子なら家賃や光熱費や食費が親がかりだから、その分の給料が少なくて済むんです。それだけじゃありません。男性社員も東京育ちのお嬢さんを望んでいるんですよ。上品な子が多いし、何と言っても結婚後も子育てを実家に頼れて便利ですからね。男は深夜残業も徹夜もあるから、家事育児は妻の役割となるでしょう？　奥さん一人だけじゃ大変だから、実家の母親の出番となるんですよ」

この八年後に、あの有名なＣＭがテレビで流されるのだ。

――黄色と黒は勇気のしるし　二十四時間戦えますか

溜め息が漏れた。誰が考えたって、同じ仕事内容なら安く雇える方がいいに決まっているし、二十四時間戦う男性社員を支えるだけの役割なら、私のような女は論外だ。

「そもそも短大卒と四大卒と、どちらが男にモテると思いますか？」

びっくりして面接官を見た。こういった下世話な話をするタイプだと思わなかった。私が「東京のお嬢さん」ではなくて「アパート暮らしの穢れた女」に見えたから、気を許したのか。

「どちらがモテるかと聞かれても……もしかして短大卒ですか？」

「当たり前です。若い方がフレッシュですし、四大卒なんて、いわば年増《としま》ですよ。それに、男と同じ仕事をさせてくれと、とんでもないこと言い出すことがあって、手を焼いてるんです。早く寿退社してくれたらいいのに、そういうのに限って男にモテないから三十過ぎても居座るんですよ。まったく勘弁してほしいですよ」

面接官は、どんどん饒舌《じょうぜつ》になってきた。

「悪いことは言いません。この会社はよした方がいいですよ。だって、あなたと同じ大学の男子を今年も何人か採用したからね」

「それは、つまり？」

「つまりね、同じ大学なのに男子は遣り甲斐のある仕事をして、どんどん出世していく。その一方、あなたはお茶汲みで、そのうえ年増だから男性社員にモテない。そうなるとオールドミスまっしぐら。ほら、もう未来が見えてるでしょう？」

そう言うと、面接官はさっと立ち上がってドアに向かって歩いた。

「もう一つだけ聞かせてください。建築物は、それが公共施設であれ一般の住宅であれ、女性も使いますよね？　人類の半分は女性なんですから」

面接官はドアの前で振り返り、「だったら、何ですか？」と言い、醒《さ》めきったような目で私を見た。

「女も使うんだから女の意見も大切じゃないですか。女から見た使い勝手というのも考慮に入れるべきですよ。だから設計者に女が必要だと……」と言いかけたとき、面接官が「不要です」と遮《さえぎ》った。

「どうして女の意見や感性が不要なんです？」

「男性の設計したものに、女性の方が合わせれば済む話です」

そう言い放つと、ドアを大きく開けて、「次の面接の方、どうぞ」と呼び、顎《あご》をくいっと上に向けて、私に出ていくよう促した。

「私の気持ちを想像してみてくれませんか」と、私は往生際悪く、なおも言い募った。

面接官は無視したが、私は構わずしゃべり続けた。「成績はオールAなのにどこからも内定がもらえないから、自分のどこが悪いのかわからない。面接で落ちるたびに人格を否定されているようでつらくてたまらない。同じクラスの成績の悪い男子たちが次々に名のある企業から内定をもらっている。私が採用されない理由は女だからです。この絶望感が、男のあなたにわかりますか？」

少しは何かを感じてくれるかもしれないと期待したが、面接官は平然とした表情で言った。

「これ以上居座るなら警備員を呼びますよ」

本社ビルを出ると、すぐに公衆電話からアケタに電話した。

「今からアケタのアパートに行っていい？」

——いいけど？　いったいどうしたの？　鬼気迫る声だね。でも、ちょうどよかったよ。すき焼きの残りがあるから一緒に食べよ。

「すき焼き？　ずいぶん豪勢だね」

聞けば、昨夜アケタの弟が遊びに来たという。アケタが言うには、弟は子供の頃から秀才で、今は神奈川県にある国立大学の二年生だ。

駅前でケーキを四個も買った。緊張と怒りから来るものなのか、今までになく口の中が苦かったからだ。

ケーキの箱をぶら下げて、アケタが住む木造モルタル二階建てアパートの外階段を上った。鉄製のそれは、ところどころ錆《さび》が浮き出ていた。自分のアパートも似たりよったりで、古くて上下階の音が響く安普請《やすぶしん》だった。

そんな暮らしも四年間の辛抱だと思っていた。卒業後は名のある企業の正社員となり、風呂付きのマンションに住み替える予定だった。

だけど、たぶん……この錆ついた鉄階段とは離れられそうにない。

それは当分の間だろうか。

いや……一生涯かもしれない。

「いらっしゃい。どうしたの雅美、そんな暗い顔しちゃって」

アケタの部屋のドアが内側から開いた途端、炊き立てのご飯の匂いがした。

「すき焼き丼、食べるよね？」

そう聞きながら、アケタはボウルに卵を三つ割り入れた。

食事が出来てからゆっくり聞いてもらおうと思っていたが、すぐに話したくてたまらなくなった。フライパンを熱しているアケタの隣に立ち、今日の面接の様子を機関銃のごとくしゃべった。

「あんたは素晴らしいよ。粘ってくれたお蔭で、企業のカラクリが見えてきたじゃん。やっぱり雅美はそんじょそこらの女とは違うよ。さあ出来たよ」

奥にある和室の六畳間に移り、小さな折り畳み式の卓袱台《ちゃぶだい》に向かい合った。

「美味しい」

熱々のすき焼き丼をふうふう言いながら食べた。

「食欲をなくしたら終わりだよ。雅美、そんなオヤジどもに負けずに頑張っていこうよ」

「……うん」

だけど、いったい何をどう頑張ればいいのか。

私はもうこれ以上……頑張れない。

食後は、私が持参したケーキと、アケタが淹《い》れてくれた紅茶が卓袱台に並んだ。

「実は、私さ……」と、アケタは言いかけて、ふっと窓の外を見た。

嫌な予感がした。就職はあきらめて田舎に帰ると言い出すのではないか。アケタは上京後ずっと働き詰めで苦労して大学に通い続けた。それらが何ひとつ報われないのか。

「アケタ、何よ。もったいぶらないで言いなよ」

そう言って、私はこわごわアケタの目を見た。

「……うん、私ね、アパレルの面接に行こうと思うんだよね」

「アパレルって、まさか、あのアパレル？　ファッション関係の？」

「そうだけど？」と、アケタは苦笑いした。

——私たちは建築学科だよ。それなのにアパレルに行くの？

本当ならそう言いたかったけれど、とてもじゃないが口には出せなかった。

男女を問わず、どこからも内定がもらえない学生にとって、業種を絞るなんて贅沢《ぜいたく》なことは言っていられない。日本の会社は終身雇用制なのだから、卒業する前に内定をもらえなければ、就職の道そのものが閉ざされてしまう。この時代は派遣会社もなかった。

「どこでもいいから内定が欲しいよ」

腹の底から絞り出すようなアケタの声を聞いて私は泣きそうになったが、目に力を入れてぐっと涙を堪《こら》えた。

「で、アパレルって、どこ受けるの？」

「鈴倉商事」

「あ、知ってる。新宿店でカーディガン買ったことある」

「アパレルだったら自宅通勤とか短大とか、そんなわけのわかんない条件はないみたいだから」

「ふうん」

「雅美、いま私を軽蔑したでしょ。易《やす》きに流れてるって」

「まさか。軽蔑するどころか私もアパレルを受けようかって考えてた」

そう答えると、アケタは笑った。

「ところでアケタ、アパレルに入ってどんな仕事をするの？」

「要は洋服屋の店員だよ」と、アケタは吐き捨てるように言った。

「大卒なのに店員？　最初の一年くらいは仕方ないとしても、そのあとは本社勤務になって企画とか宣伝とか、やらせてもらえるんだよね？」

「本社勤務は男ばっかりだよ」

「そんなこと……親に言えない。今まで高い学費を出してもらってきたのに店員になるなんて。だって高校生のアルバイトの子と同じ仕事でしょう？」

「そんなの東京では普通のことだよ。大卒の女性店員なんて、いっぱいいるよ。運が良ければ店長になれることもあるみたいだし、仕入れの決定権を持たせてもらえるかもよ。給料は安いけどね」

「そうか、やっぱり給料は安いんだね。だったらアケタは今まで通りホステスのアルバイトをやった方がいいんじゃないの？」

「給料のことだけ考えたら、そりゃホステスの方がいいけど、でも私、もうああいった仕事は金輪際やめるって決めたんだよ」

「どうして？」

「媚《こび》を売って、お世辞を言いまくって、男をいい気分にさせるのは罪だと思うようになった。女がもっと堂々としてなきゃ世の中は変わらないと思う」

「でも、そうなると、ホステスの仕事ってどうなるの？」

「ああいう店は全部なくなればいいんだよ。男尊女卑の男しか来店しないんだから。男と対等なホステスなんて寛《くつろ》げないでしょう？　つまり男より劣る女っていう生き物がいてくれるからこそ、いい気分になれるんだよ。モテない男たちは、ああいった店でしか女に優しくしてもらえないでしょう？　だから可哀想なヤツらだと同情してたんだけど、もうそういう温情は捨てる。だって男に媚を売る女がこの世からいなくならない限り、対等な社会は訪れないと思うから。だからね、雅美、あんたいつか結婚するときは、バーやキャバレーに出入りするような男を選ばないようにしなよ」

「うん、わかった。肝に銘じるよ」

12　どこまで妥協すればいいのか

鈴倉商事の面接の日が来た。

鈴倉商事はこぢんまりした四階建てだった。

ガラス張りの立派な建設会社とは違い、外壁が薄汚れていて、驚いたことにエレベーターもなかったから、面接会場の四階まで階段で上らなければならなかった。ただでさえ狭い階段に、生地見本や段ボール箱などが壁に寄せて置かれていて歩きにくく、何度もよろけそうになった。

大手建設会社との建物の差が、給料その他の待遇の格差に如実に表れている。

——お前にはこのくらいがお似合いなんだよ。

——お前にはこれくらいの価値しかないんだよ。

そう言われている気がした。

面接会場とされた部屋にも、所狭しと商品が積まれていた。パイプ椅子に座って呼ばれるのを待っていると、ドアからアケタが入ってくるのが見えた。

目が合うと、アケタは小さく頷いた。知り合いではないふりをしようと前もって約束していた。一人では心細くて友だちと一緒でなければ面接を受けられないといったような子供っぽい女子学生だと誤解されたら困るからだ。

「全員こちらへお入りください」

どうやら集団面接のようだ。

長テーブルにずらりと並んで座り、長机を挟んだ向かいには、男性面接官が五人も待機していた。

女子学生の全員が紺かグレーのスーツ姿で、髪型もみんなショートカットだ。この似たり寄ったりの中で、何を基準に選考するのだろう。どうせ女子の能力など期待していないのだろう。となれば判断材料は美人かブスかなのか。

「では右端の方から順に自己紹介をお願いいたします」と、最も若そうな三十歳前後と見える男性が言った。

「私は山際短期大学家政学部二年の大山里美と申します。よろしくお願いいたします」

「私は我妻短期大学英文科二年の山下聡子と申します。よろしくお願いいたします」

ここでは目立たないことが得策なのかもしれない。咄嗟《とっさ》にそう判断した私は、余計なことは言わず、同じように挨拶した。

そのあと短大生が二人続き、その次はアケタの番だった。

「麗山大学工学部建築学科四年の明田芳子と申します。よろしくお願いいたします」

それまで笑顔だった五十がらみの面接官が、ふと顔を顰《しか》めたように見えた。

アケタのどこがそんなに気に入らないのか知らないが、短い自己紹介をしただけで、既に勝敗が決まっているのを私は直感した。

アケタは就職活動のために、別人かと思うほど外見を変えていた。髪をばっさり切り、口紅を深紅から薄ピンクに変えた。いつもは猫背だが、今日は背筋をピンと伸ばしている。長身の細身ということもあり、紺のスーツがよく似合っていた。いったいどこまで器用なのか、アケタは話し方まで真面目な女子学生風に変えたうえに、声のトーンまで高くしていた。

六人の女子学生の中で、四年制大学は私とアケタだけだった。

「みなさん、自己紹介ありがとうございました。次は質問に移りますね。まず山際短大の大山里美さん、この会社を選んだ理由は何でしょうか」

「私は高校生の頃から御社の洋服が大好きで、是非とも御社で働かせていただきたいとずっと憧れておりました」

「嬉しいことを言ってくれるねえ」

五十がらみの面接官が、それまでと打って変わって満面の笑みを見せたからか、部屋の空気が少し緩んだような気がした。

「うちの洋服を気に入ってくれてるんだね。それはどうもありがとう」

もう一人の年配の男性がそう言うと、他の男性たちにも笑みが浮かんだ。社の商品を褒められて嬉しいというよりも、若い美人を見て脂下《やに》がっているようにしか見えないのだが、考えすぎだろうか。いや、きっと考えすぎではない。六十女の直感は鋭いのだ。

「僕からも質問していいかな」と、脂下がった表情のまま年配の男性が言った。

「どうぞ、部長、お願いいたします」

「この中で彼氏のいる人、手を挙げて」

セクハラという言葉のない時代だった。怒りで身体が震えた。盗み見ると、女子学生たちはみんな曖昧に微笑んでいるが、アケタは唇を一文字に結んでいた。

当然だが誰も手を挙げなかった。それはお約束だった。仮に彼氏がいると答えたら、次は「結婚の予定は」と質問が続く。そんなことは女子学生ならみんな知っていた。そもそも人事のオジサンたちは、彼氏がいるような「穢れた女」は好きではない。そんなことは若い女なら誰でも日々感じ取って生きていた。

この当時、女性社員は「腰掛け」だと揶揄《やゆ》されることが多かったが、それは会社側が望んでいることでもあった。毎年四月になると、フレッシュで若い女性社員が入社してくる。その時期は、未婚既婚に関係なく男性社員たちが浮ついた雰囲気になるのを、私はパート先などで毎年のように目にしていた。会社側としては、女性社員の入れ替わりが激しい方がありがたいのだった。どうせコピー取りとお茶汲みしかさせないのだから、若くて美人で自己主張しない女の方がいいに決まっている。

悔しくてたまらなかった。

この時代の女は、いつでもどこでもこういった辱《はずかし》めを受け続けたのだ。

この時代にＳＮＳがあれば暴露してやるのだが、インターネットそのものが存在しない時代だった。

「正直に答えてよ。本当にみんな彼氏はいないのかな？」と部長はしつこかった。

こんな会社では絶対に働きたくない。

強くそう思った。ここはセクハラの巣窟《そうくつ》に違いない。ワンマン上司の考え方や雰囲気は、部下や会社全体に伝染するものだ。

「では、次の質問に入りますが、部長、よろしいでしょうか」

「おお、すまん。先に進めてくれ」

「明田さん、あなたは大学入学までに二年間のブランクがありますが、留学か何かですか？」

「いえ、学費を貯めるために働いておりました」

「ほお、女性で苦学生とは、すごいね」

部長はそう言ってから、バカにしたように笑った。錯覚ではないと思う。

アケタ、負けるな。私はアケタのことを立派だと思ってるよ。頭の回転が速くて、機転も利くし、私にとっては頼りになる姉御なんだからね。

「明田さんは栃木県の出身なんだね」と、部長が履歴書を見ながら続けた。「宇都宮市内なの？」

「いえ、川下郡です」

「川下郡？　聞いたことあるよ。へえ、あんな田舎の出なんだ」

信じられないことに、部長は、今度ははっきり見下すように笑った。

びっくりしてアケタの横顔を盗み見たら、屈辱に耐えかねるといった表情をして下を向いていた。いま顔を上げたら、「お前、いったい何様だよ」くらいは言ってしまうかもしれない。

アケタ、こんなことなら、奮発して買ったＬｅｅのジージャンを着てきてやったらよかったんだよ。なんせここはアパレルの会社なんだから、個性的な格好《かっこう》の方が本来は評価されてしかるべきだろうからさ。

「あれ？　二人とも麗山大学じゃないの。もしかして知り合い？　いい大学だし、それも建築学科。どうしてうちの会社を志望してるの？　あ、もしかして建築関係の会社が全滅だったから仕方なく、とか？」と、部長が尋ねた。

そのときアケタはすっと顔を上げて言った。「子供の頃から洋服に興味を持っておりました。建築学科で学んだデザインや内装なども、ファッションに通じるものがあると思っております」

「へえ、そうなの」と、部長は興味なさそうに言ってから腕時計を見た。「もうそろそろ、終わりでいいんじゃないかな」

私は一度も質問されなかったのだが、もう面接は終わりなのか。

いったいこの面接で何を確かめたのか。学歴と年齢は履歴書を見たらわかるはずだ。添付した顔写真だけではわかりにくいからと、顔の美醜とプロポーションを現物を見てはっきり確かめたかったのか。

そして、おとなしそうな女か、それとも気の強そうな女かを見たかったのか。

「時間ですね。それでは、みなさんご苦労様でした。結果は追って書面で通知します」

司会役の男はさっぱりした表情で言った。

質問し忘れたことなど何一つないとでもいうように。

その数日後、アパレルの鈴倉商事から封書が届いた。

アケタも私も不採用だった。

こんなことなら、「田舎者のどこが悪い?」とアケタは怒鳴ってやればよかったのだ。

「そういうあんたはどこの出身なんだ」と聞いてやればよかったのだ。

もうウンザリだった。

いったい、どこの会社なら内定がもらえるのか。

部屋の隅に立てかけてある製図道具を見つめた。平行定規を備えた製図板ひとつ取ってみても三万円もしたのだ。図面ケースや製図ペン、そして製図用シャープペンさえ学生の身には高額だった。これらは全部無駄な出費だったのか。

授業料や四年間のアパート代、電気代、ガス代、水道代……総額いくらになるだろう。

私が進学しなかったら、今頃両親は沖縄旅行や北海道旅行や、もしかしたらハワイにだって行けたかもしれない。

気分転換をしなければ頭がおかしくなってしまいそうだった。

そんなどうしようもない気分の夕刻、面白そうな二時間ドラマが放映されることをテレビの番宣で知った。探偵が登場するミステリーだというから、嫌なことを忘れるにはぴったりだ。

放映時刻となり、煎餅《せんべい》と熱いほうじ茶を用意して、十四インチのテレビの前に陣取った。

「ええっ、若いときは、こんなにかっこよかったの？」

ドラマが始まってすぐ、誰もいない部屋で思わず驚嘆の声をあげていた。

「この女優さんが、ここまで美しくて可憐《かれん》だったとはね」

平成時代に亡くなってしまった俳優も多かった。その一方で、老人役として令和時代にも活躍し続けている俳優も何人かいた。

みんな平等に歳を取る。そんな当たり前のことをしみじみと思った。

若い頃は人間の一生を長いと感じていたが、六十代になって振り返ってみると、その短さに驚き、後悔の念でいっぱいになる。

いよいよ犯人を追い詰めるシーンになった。

草木の生い茂る山道で、探偵たちが茂みに隠れ、息を殺して犯人の動きを観察している。

あれ？　このシーン、知ってる。

そのとき初めて、過去に見たことのあるドラマだと気がついた。そして、突如として次の展開を思い出し、胸の奥からどすぐろい感情が込み上げてきた。

犯人に気づかれないよう、決して音を立ててはいけない場面なのに、探偵助手の若い女が、車のドアをばたんと音をさせて閉めるのだ。

――やっぱ女ってバカだな。

当時つきあっていた男がそう吐き捨てたのがきっかけで、その三分後には男をアパートから追い出し、生涯二度と会わなかった。

そんなことを、六十代になっても昨日のことのように鮮明に憶えていた。もう四十年以上も前のことだ。

女が音を立てたせいで、犯人は追跡されていることに気づき、素早くバイクにまたがって一目散に走り去る。

――何やってんだよ、お前。

探偵助手の若い女はさんざん仲間に非難されて泣きだしてしまう。

泣いてる場合じゃないのだ。すぐに犯人を追いかけなければならないのに、女がぐずぐずしているせいで、犯人を見失ってしまう。

この当時のドラマや映画では、ドジを踏むのはいつも女だった。そして、事件や事故のシーンでは、パニックに陥って泣き叫ぶ女が必ず出てくるのだ。

現実は違う。

いざとなったとき、恐ろしいほど冷静に行動できる女が多いのを、世間は知らない。

私はすぐにチャンネルを替え、棚に置いてあるスヌーピーの便箋に手を伸ばした。

13　天ヶ瀬の妻と会う

暗い気持ちのまま大学に行った。

大学に来るのは四日ぶりだった。三年生までにほとんどの単位を取ってしまったので、四年生になってからは週に二回しか通っていなかった。その他の時間は、アルバイトと就職活動に明け暮れていた。

こんな沈んだ顔でゼミに出たら、男子たちは私がまだ内定をもらえていないことを一瞬で見抜くだろう。同情の視線も鬱陶《うっとう》しいが、「女だから仕方がない」として、気にも留めない表情を見るのも嫌だった。

最近になって、ソッタラのにやにや笑いがぽっと頭に浮かぶ回数が増えた。頭を左右に振って追い払おうとしたが、しつこく脳裏にへばりついて離れない。

ゼミが始まるまでにまだ時間があったので、コーヒーでも飲んで気分を切り替えようと決め、胸を反《そ》らして深呼吸しながらキャンパスを斜めに横切り、大学生協の喫茶室に向かった。

薄汚れたガラス扉を押して中に入った。遠い席が霞《かす》んで見えるほどのだだっ広さの中、学生はまばらだった。ここに来るたび資材置き場のようだと思う。殺伐《さつばつ》としていて温もりは全く感じられない。セメントで固めた床に、折り畳み式の会議机のようなガタついた代物と、パイプ椅子の方がまだマシかと思える安っぽい椅子が、何の規則性もなく乱雑に置かれている。

女子大やミッション系の大学では、食堂も喫茶室も西欧風でお洒落《しゃれ》だと聞いたことがある。この大学の喫茶室も、いくら何でももう少しどうにかならないのかと、来るたびに思う。建築学科の学生に授業の一環としてリフォームさせてくれればいいのにと、入学当初から思い続けてきたことを今日もまた思った。

こんなオンボロ喫茶室でも有線放送だけは流れていて、雅夢《がむ》の「愛はかげろう」のサビの部分がいきなり胸に突き刺さった。二十代で聞いたときより、六十代まで経験した今の方が胸に切なく響いて泣きそうになる。

喫茶室にいる学生たちに向かって大声で呼びかけたくなった。

――ねえ、みんな、愛なんて陽炎《かげろう》みたいなもんだよ。特に男女の愛なんて、錯覚にすぎないんだからさ、恋愛なんかで自分を見失わないように気をつけるんだよ。だって恋の賞味期限は短いけど、人生は長いからね。

コーヒーカップの載ったトレーを持ち、どこに座ろうかと見渡していると、窓際の席で大きく手を振っている女がいた。目を凝《こ》らして見ると、アケタだった。

向かいに座るやいなや、「ねえ雅美、『ぴあ』に載ってたんだけどさ」と、アケタはいきなり勢い込んで話し出した。この期に及んで無邪気な笑顔を作れるのがすごい。感心しながらアケタを見つめた。

「あのね、陽水がね、近所の大学でコンサートやるらしいんだよ。雅美も一緒に行こうよ、ねっ？」

中学時代から井上陽水の大ファンだというアケタは、興奮気味に言った。

「そうか、『ぴあ』……」

雑誌『ぴあ』は、中央大学の学生が創刊した、小冊子と言ってもいいほど薄い月刊誌だった。映画やコンサートなどの情報が載っていて、それまでそういった情報誌がなかったから、若者にとっては画期的で重宝するものだった。この「ぴあ」が、のちに全国展開し、チケットも販売する有名企業に成長することを私は知っている。だがこのとき、いったい誰がそんなことを想像しただろうか。

就職先が見つからなかったら、「ぴあ」のように起業するという手もある。というのも、兄は調理師専門学校を出てから京都の料亭と大阪のレストランで修業したあと、実家近くの空き店舗を安く買って改装し、レストランを開いた。それまで田舎にはお洒落な店が一軒もなかったこともあり、順調に売り上げを伸ばしている。

そして去年の春、兄は京都の修業時代に知り合った女性と結婚した。オープンしたばかりの結婚式場は、白亜の殿堂と銘打った西洋のお城のような建物だった。素敵だとみんな声を揃《そろ》えたが、私は張りぼての安っぽさを感じていた。だが、披露宴そのものは、私が見た中で最も豪華だった。新婦は三回もお色直しをしたし、招待客も多かった。

それまでの田舎の披露宴といえば、公民館や自宅でやるのが一般的だったが、都市部では既に大型の結婚式場が普及していた。やっとここに来て、田舎にもオープンしたのだった。芸能人でもあるまいに、一般人が披露宴に数百万円もの費用をかけるのが普通のことになっていた。

新郎となった兄は、気弱だった子供の頃とは違い、自信に満ちた顔をしていた。遣り甲斐のある仕事や経済的余裕が顔つきをこうも変えるのかと、万感の思いで蝶ネクタイの兄を見つめた。これは去年のことで、自分の就職がうまくいかないなどとは夢にも思っていなかった時期だから、私も兄に負けないよう頑張ろうと心に誓ったのだった。

新婚旅行は当時定番だったハワイではなく、新婦のたっての希望でイギリスに旅立った。新婚カップルだけを募集した贅沢《ぜいたく》なツアーで、ホテルは五つ星で、食事も最高級だと兄は語った。

兄の幸せそうな姿を見て、私は胸を撫で下ろしていた。

――お兄ちゃん、寿司職人になればいいのに。

――そうなると僕は大学はどうするの？　行かなくていいのか？

――行かなくていいんじゃない？

うろ覚えだが、そんなような会話をしたことがあった。私が余計なことを言ったばかりに兄が不幸になったらと考えると気が気でなかった。しかし、これほどまでに良い方向に転じたのだ。

　私は四十代になった頃、自分の結婚式のことをときどき思い出すようになった。子供の学費や住宅ローンに追われ、土日までパートを入れて心身ともに苦しい節約生活を送っていたときだ。いつも思い出すのは、チャペルのヴァージンロードに沿って両脇を飾る小さな花束の代金のことだった。

　――このブーケ一つが二万円でございまして、一列が六個で、それが両脇にありますので全部で十二個になります。ですから合計二十四万円になります。

　結婚式の打ち合わせで、係の女性がそう言った。

　その他にも招待状が一枚八百円だとか、引き出物の紙袋代だけでも一枚三百円だとか、ありとあらゆる細かなところまで代金を請求され、積算額を見たときは目が点になった。花なんかどうせ使い回すくせにと悪態をついて席を蹴飛ばして帰りたくなったのを、昨日のことのように憶えている。

　そもそもヴァージンロードって何なのよ。「処女の道」なんて、聞くたびに鳥肌が立って吐き気がする。だが外国の習慣だから仕方がない。今までずっとそう思ってきた。それなのに、あるとき和製英語だと知って驚愕《きょうがく》したのだ。英語ではウェディングアイルと言い、訳せば単なる「結婚式用通路」なのだ。

　本当は結婚式も披露宴もしたくなかった。お金ももったいないし、花嫁を品定めしようとする夫側の親戚や友人知人たちの視線も耐え難かった。だが式場の打ち合わせのときでさえ、夫の両親は頼みもしないのに勝手についてきて、細かなことにまで口を出したので、言いたいことは何ひとつ言えなかった。

ああ、夫の両親ときたら……お金は出さないが、遠慮なく口を出すタイプだった。そしてその後も、そういったことが何十年も続いて私を苦しめたのだ。

あのとき地味婚にしておけば……。

あのとき夫が毎晩のように飲み歩かなければ……。

あのとき夫が中古の車で我慢してくれていれば……。

ああ、後悔したらキリがない。あのとき私が自分の意見を押し通していれば、もっと経済的に余裕のある人生が送れたはずだ。

見栄を張れば張るだけ、あとで苦しむことになる。今後一切余計なことにはお金を使いたくなかった。納得できないことには一円だって払いたくない。お金は上手に使いたい。大金持ちではないのだから。

兄は新婚旅行のお土産だと言って、高級なティーカップのセットを東京の私の元へ送ってきた。私はそのとき初めてミントンというブランドを知り、その価格を知り合いに教えてもらったときは驚いた。割ったらどうしようと思うと恐ろしくて使えず、今も押し入れの奥にしまったままだ。

兄は贅沢しすぎなのではないか。

この先に不景気が来るのを私は知っている。

だから兄から電話で用事——東京で売っとるイギリス製の洒落たペーパーナプキンを大量に買って送ってくれ。田舎じゃ売っとらんから頼むわ。代金はあとで振り込むけん——を頼まれたとき、私はついでを装って遠回しに忠告した。

「お兄ちゃん、儲かっているときこそ財布の紐《ひも》を締めて、しっかりお金を貯めた方がいいよ」

——なんで？　自営業は定年がないから、ずっと働けるのに。

「その町は過疎になるんだよ」

——カソって？

「だんだん人口が減って、高齢者が五十パーセントを超えるのよ」

——ああ、その過疎か。そういや来年度から小学校のクラスがひとつ減るって聞いたわ。

「でしょう？　もう既に少子化が始まってるんだよ」

——ショー鹿？　フランス料理？

「ふざけないでよ」

——え？　俺、ふざけとらんけど。

この時代、少子化という言葉はなかったのだろうか。それとも兄は相変わらずバラエティ番組ばかり見て、ニュースは一切見ないのだろうか。

お兄ちゃん、新型コロナウイルス感染症が流行るんだよ。そしたら営業できなくなるよ。そう言いたかったがやめておいた。言ったところで誰が信じるだろう。ペストのように大勢の人が死ぬのよ、などと言えば、過疎や少子化までもが、占い師か何かの怪しい予言に聞こえてしまう。

このまま内定が出ないのであれば、兄のように私も起業したかった。

だが資本金がない。アルバイト代は生活費に消え、銀行の残高は十万円にも満たない。「ぴあ」のような小冊子とは違って、建築関係ともなれば、何をするにもまとまった資本金がいる。兄は田んぼの中の安価な居抜き店舗を担保にしてローンを組んだが、私には担保となるものは何もない。それ以前に、上田工務店でのアルバイト経験だけでは何をするにも無理がある。

夢中になって書いたあのマンダラチャートは何だったのだろう。

女性が住みやすい家を作りたいという願いは、このまま夢と消えるのか。

――そら見たことか。

すぐ耳元で、意地悪そうな顔をした夫が囁《ささや》いた気がした。

そういえば、あの日……。

――本気で言ってんのか？　自分と大谷選手を比べるなんて、お前のその自惚《うぬぼ》れって、いったいどこから来てんの？　信じられない。

――そんなこと絶対に他人《ひと》に言うなよ。頭がおかしいと思われるぞ。大谷選手と自分を比べて落ち込む主婦なんて滑稽《こっけい》だよ。こっちまで恥かくよ。

夫はそのようなことを言ったのだった。

ああ、悔しい。

一つも内定がもらえない現実は厳しかった。まさか零細《れいさい》企業のアパレルからも不採用通知が届くなんて思いもしなかった。あの日、鈴倉商事での集団面接の途中から私は決心していた。内定をもらっても蹴ってやると。こんな差別的な男たちが牛耳《ぎゅうじ》っているくだらない会社はこっちから願い下げだと。

あの集団面接のメンバーと比べたら、アケタと私だけが飛びぬけて偏差値の高い大学の学生だったのだから、採用されないわけがないと思っていた。

それなのに……。

ああ、せめて一級建築士の資格さえあれば、雇ってくれる会社があるかもしれないのに、受験資格には実務経験が二年以上必要だった。信じがたいことだが、女子大の建築学科卒ならば三年以上と決められていた。そんな法律が改正され、大学を出てすぐに試験を受けられるようになるのは令和時代になってからだ。

「雅美、ぼうっとしちゃって、どうしたの？　行こうってば、コンサート」

「よくそんな気分になれるね。内定ひとつも出てないのに」

「だから行くんだよ。心をぱあっと解放して心機一転するの」

「心機一転か……いいかもね。もうヤケクソだね。行っちゃうか」

もしも突破口があるのなら、何でもいいから縋《すが》りつきたい気持ちになっていた。

アケタとそんな会話をした日の夜、天ヶ瀬から電話があった。

「北園さん、就職、どこに決まったの？」

天ヶ瀬に悪気がないのはわかっていた。単なる挨拶代わりだろう。彼は医学生で大学は六年制だから、就職はまだ先のことだし、こちらの事情を知っているはずもない。

だから話題を変えた。

「そういえば天ヶ瀬くんは高校時代から陽水のファンじゃなかったっけ？」

「今だって熱烈なファンだよ」

「大学祭でコンサートやるから友だちと行くの。羨《うらや》ましいでしょ」

——ええっ、俺も行きたい。俺の分のチケットも取ってくれよ。

「だって天ヶ瀬くん、秋田にいるんでしょう？」

「コンサートに行けるなら一泊でとんぼ返りするよ」

「そこまで言うなら一応頼んでみてあげる。取れるかどうかわからないけど」

そう言って電話を切った。


アケタが指定した待ち合わせ場所は、国鉄の駅前にある噴水広場だった。

私とアケタは、天ヶ瀬が来るのを待っていた。コンサート会場はここから歩いて五分くらいだという。まだ日が高かった。コンサートは夕刻からだが、早めに行って学祭の模擬店で腹拵《ごしら》えしようとアケタが言ったからだ。

「はい、これ。雅美と雅美の友だちの分のチケット」

「ありがとう。あれ？　まさか、この会場って……」

アケタから渡されたチケットを、思わず凝視していた。

「コンサートの会場って、東華講堂だったの？」

天ヶ瀬の妻は、ミス東華女子大ではなかったか。

「そうだよ。東華女子大って、雅美、聞いたことある？　良妻賢母を目指す大学でね、自分の名前を漢字で書けさえしたら入学できるってくらい偏差値の低いとこだよ」

この当時は「Fラン大学」という言葉がなかった。その代わり、「自分の名前を漢字で書けさえしたら入学できる大学」という言い方が一般的だった。

アケタがそんな差別的な言い方をする理由は、すぐにわかった。

「この女子大の子はね、自宅通勤なら大企業に就職できるらしいよ。特に短大の方は引く手あまただってさ。日本ってのはおかしな国だね。あんなに必死で受験勉強して、やっと名のある大学に入れて喜んだ過去の私が可哀想になるよ」

私もアケタも世間知らずの田舎者だったのだ。そのことを、上京後すぐではなく、大学四年も終わり頃になってから思い知った。

高校生のときの受験校選びは、『螢雪《けいせつ》時代』や、分厚い『大学受験案内』を参考にするしかなかった。ネットのない時代の指標といえば偏差値だけで、それ以外の情報は田舎にいれば皆無だった。予備校どころか学習塾さえ田舎にはなかったのだ。そのうえ麗山大学は女子が極端に少ない大学で――そのことにしたって入学式で初めて知ったのだったが

――女性の先輩と親しくなって就職の情報を得る機会にも恵まれなかった。だからまさかFランクの女子大が「お嬢様大学」として東京では価値があるなどとは思いもしなかった。そして、就職に際して女子に期待されているのは技能や能力ではなく、美しさと「穢《けが》れなき」若さだったなんて。

「雅美、あそこ見てよ。すごくかっこいい人がいる」

そう言ってアケタは私を肘《ひじ》でつついた。雅美が指さす方を見ると、ジーンズにTシャツといった若者らしい格好《かっこう》をした天ヶ瀬が改札を出てくるところだった。

「あれが天ヶ瀬くんだよ」

「ええっ、本当？　雅美とどういう関係？　まさか彼氏とか？」

「違うよ。単なる同級生だって言ったでしょ」

「だよね。かっこよすぎるもん」

「はいはい、私とは不釣り合いですよ」

天ヶ瀬が私に気づき、ぱっと笑顔になった。女のハートを鷲摑《わしづか》みにする優しそうな笑顔は相変わらず健在だった。コカ・コーラのCMに抜擢されてもおかしくないほど爽やかで、清涼感が溢れている。

「まずい。私、惚《ほ》れちゃいそうだよ」とアケタは言った。

恋愛において誰しも外見の好みに大きく影響されるのは、男女を問わず人間の本能かもしれない。だが、それを就職の採用基準にすれば、美醜がまるで人格そのもののような錯覚を世間に広め、じわじわと人々の物の見方を歪《ゆが》めていくのではないか。時代が進むと、気軽に美容整形手術を行う風潮が広がり、顔だけでなく脂肪吸引や豊胸手術にも人々は驚かなくなる。男も肌に気を遣うようになって男性用化粧品が発売されたり、植毛したり、プロテインを飲んで筋骨隆々の身体になろうとしたりする。そんな世の中になるのを私は知っている。

「北園さん、久しぶり」と天ヶ瀬は言ってから、すぐにアケタに向き合い、「僕の分のチケットまで取ってくださってすみません。ありがとうございます」

そう言って、天ヶ瀬は丁寧に頭を下げた。

「天ヶ瀬くん、これ、チケット」

私はチケットを渡しながら、天ヶ瀬の表情を観察した。

「あ、この大学の講堂だったのか。そうか……東華女子大でやるのか」

妻の出身校だとわかったようだが、特に表情の変化は見られなかった。

大通りを下っていくと、ほどなくしてレンガ造りの校舎が見えてきた。ヨーロッパのおとぎ話に出てきそうな外観だ。門を潜《くぐ》ると、たくさんの模擬店が並んでいるのが見えた。

「何か食べようよ。たこ焼きか焼きそばか、ソフトクリームも食べたいし」

珍しくアケタが子供のようにはしゃいでいるのは、天ヶ瀬のようなかっこいい男がすぐそばにいることも一因なのだろうか。

模擬店の売り子役だけでなく、キャンパス中の女子大生がハマトラの格好をしていた。

ハマトラとは横浜トラディショナルの略で、フクゾーのトレーナー、ミハマの靴、キタムラのバッグが女子大生の三種の神器と言われていた。見回してみると、ジーンズ姿の女は私とアケタだけだった。

しばらくすると、マイクを通した男性の声がどこからか響いてきた。

「今からミスコンを始めますので、みなさんステージの方にお集まりください」

ここは女子大のはずだが、男が取り仕切っているらしい。

「ミス東華女子大コンテストだってさ。見に行こうよ」

買ったばかりのたこ焼きとみたらし団子で両手を塞《ふさ》がれたアケタが、ずんずん進んでいく。見ると、キャンパスの真ん中あたりにステージが作られていて、水着姿の若い女がずらりと並んでいた。審査員席の男子学生たちは、これ以上ないといったほどニヤけている。

胸に名札がつけられていた。もしかして天ヶ瀬の妻がこの中にいるのではないか。いや、いくら何でもそんな偶然はないだろう。そう思いながら端から順に名札を見ていった。

そのとき「伊藤里奈（20）」と書かれた名札に目が留まった。

リナ……どこかで聞いたことがある。

突如としてケメコの言葉が脳裏に蘇ってきた。

――天ヶ瀬と結婚した人はね、リナっていう名前なんだってさ。ハイカラだよねえ。そんな名前、田舎じゃありえんわ。顔だけやのうて、名前まで私ら完全に負けとるがな。

二十代後半のときの同窓会でケメコはそう言い、みんなで溜め息をついたのだ。

いま目の前にいる伊藤里奈という女が天ヶ瀬の妻となった人物なのだろうか。女子学生に人気のファッション雑誌『JJ』の表紙を飾ってもいいほどのすらりとした美人だった。見るからに都会育ちと言った垢《あか》ぬけた雰囲気がある。その笑顔は愛想笑いではなく、自然の笑顔であり、本当に楽しそうだった。その華やかさや明るさは生まれ持ったものなのだろう。この女は、私にはないものをたくさん持って生まれてきたらしい。

背後にいる天ヶ瀬を振り返ると、私は何も言っていないのに、「うん、そうだよ、あいつだよ」と言ってから、鋭い視線を舞台に戻した。

候補者の自己紹介や質疑応答などがあった。それが終わると審査発表が行われた。

「それでは発表しまーす。今年度のミス東華女子大は、ダダダダダダ」

ドラムの音を口で表現しているらしい。

「ダダダダダ、伊藤里奈さんでーす」

振り返って天ヶ瀬を見ると、口を真一文字に結んで冷静そのものの表情で舞台を見つめていた。

「そろそろコンサート会場に行こうよ。開演の三十分前だから」

アケタの声で、はっと夢から覚めたように天ヶ瀬は視線をアケタに移し、「そうですね。もう行きましょう」と言って歩き始めた。

大理石造りの立派な講堂に入り、会場の真ん中あたりの列に、天ヶ瀬、私、アケタの順に三人並んで座った。

若い頃の妻を見て天ヶ瀬はどう感じたのだろうか。聞いてみたい気もしたが、天ヶ瀬がずっと硬い表情のままだったので聞けなかった。

開演の数分前になって、前ドアから慌ただしく五人ほどが駆け込んできた。男子学生たちに囲まれた里奈だった。隣の天ヶ瀬を見ると、彼はとっくに里奈を視界に捉えていたようだった。

コンサートの間、最前列に座っている里奈たちの一団にときどき目をやった。後頭部から肩までしか見えなかったが、彼女が拍手をしたり、身体を左右に揺らしたりしているのが、なぜかいちいち私の神経を逆撫《さかな》でした。

嫌いなのか。

そうか、どうやら私は里奈が大嫌いであるらしい。

六十代にもなって、二十歳やそこらの女子短大生を私は目の敵《かたき》にしている。いい年をしてみっともないと思いながらも、私の胸は敗北感でいっぱいで、その劣等感を宥《なだ》めるには、自分をどういう言葉で励ませばいいのかがわからなかった。

コンサートが終わって、ぞろぞろと外へ出た。

夜の八時を回っていて、外は真っ暗だった。

「久しぶりに会えたんだし、飲みに行こうよ」と天ヶ瀬は言った。

「じゃあ私はここで」とアケタは気を利かせたつもりらしく、帰ろうとしている。

「明田さんも一緒にどうですか？　チケットを取ってくださったお礼にご馳走させてくだ

さい」

天ヶ瀬がそう言って誘うと、アケタの私を見る目が、「私も行っていいの？　お邪魔だよね？」と問うていた。

「アケタも行こう。一緒の方が楽しいよ」

私がアケタの腕を取って校門を出ようとしたときだった。校門のところに、里奈を取り囲む集団が立っているのが見えた。横を通りすぎようとしたとき、その集団の中から女の子が一人抜け出し、「芳子ちゃん」とアケタに向かって小さく叫んだ。

「あ、順子ちゃん。陽水のチケットありがとね。すごくいい席だったよ」とアケタは言い、私と天ヶ瀬を振り返って言った。「この子は私の従妹《いとこ》の順子で、東華女子大英文科の二年生なの。無理を言ってチケットを取ってもらったのよ」

「北園雅美です。アケタと同じ大学です。チケットありがとうございました」

「いえ、どういたしまして。私は明田順子です」

「順子ちゃんも私たちと一緒に飲みに行かない？　伯父さんの葬式以来だから積もる話もあるし」

「行きたいのはやまやまなんだけど、でも」

そう言いながら、順子は後ろを振り返った。背後には里奈と取り巻きの男子学生たちがいた。これからどこかへ行く予定があるらしく、順子と私たちの話が終わるのを待っているようだった。

そのときだった。里奈がさっとグループから抜け出てきて順子の隣に並んで言った。

「順子ちゃん、こちら、紹介してよ」

里奈の視線は、はっきりと天ヶ瀬に向いていた。のちに結婚したくらいだから、やはり好みのタイプなのだろう。

天ヶ瀬も里奈を見ていた。若き日の妻の姿を間近で見て、どんな思いでいるのか。

「私の従姉と、そのお友だちよ」

順子の紹介が簡単なのは、ここでわざわざ里奈に詳しく言う必要はないと思ったからだろう。里奈も「どうも」と軽く会釈しただけで、再び天ヶ瀬を真っ直ぐに見た。要は、順子の従姉やその女友だちなんかどうでもいいから、早く天ヶ瀬を紹介しろと言っているのだ。

だから私はご親切にも教えてあげた。「こちらは医学生の天ヶ瀬くん」

「あら、お医者様を目指してらっしゃるの？」

そう言った里奈の目は、一層輝きを増したように見えた。

「悪いけど里奈ちゃん、従姉と会うの久しぶりだから、こっちの飲み会に参加してもいいかな」と順子が言った。

「いいけど、でも……」と、里奈は宙に目を泳がせて、何やら考えているようだった。

「そっちは里奈ちゃんさえいればいいんだから、私なんかいなくても大丈夫だってば」

思わず本音を漏《も》らしたといった感じだった。もしかして、里奈の引き立て役ばかりさせられることに、順子はウンザリしていたのではないか。

「そもそも私は大学祭の実行委員の一人にすぎないんだし、どうして私がミスコン担当にさせられたのかもわからないし、それに……」と不満を言い募る順子の言葉を聞いているのかいないのか、里奈はすばやく後ろを振り返って男子たちに向かって言った。「ごめんね。飲み会はまた次回」

一斉に「ええっ」と取り巻きの男の子たちは声をあげて残念がったが、里奈は気にもしていない様子で、「いいお店を知ってるの」と言うと、先頭に立って歩きだした。

その判断の速さと行動力に舌を巻いていた。取り巻きの男子学生が落胆していても、まるで虫けら程度にしか思っていない心が透けて見えた。

この時代は、いや、令和の時代でさえ、将来有望な高給取りの男か、それとも実家が資産家である男を捕まえて結婚することこそが、女が安泰な生涯を送れる数少ない道の一つだったのかもしれない。その証拠に、同じクラスの男子たちはテレビＣＭでよく目にする有名企業から内定をもらい、自分やアケタは中小零細からも蹴られた。だったら自分が就職するよりも、クラスの男子をひとり捕まえて結婚した方が、安全安心な人生を手に入れるには手っ取り早いではないか。里奈のように、なりふり構わず有望株の男を必死で物色するのは、良い悪いではなくて死活問題だったのだ。

つまり……この女は若いのに賢すぎる。

それに比べて私やアケタは純粋でバカ正直な「お子ちゃま」だった。いったい、この違いはどこで生まれるのか。それを探るためにも、里奈という女をじっくり観察してみたくなった。

　居酒屋に行くものとばかり思っていたが、里奈が扉を押したのは、洒落た構えのイタリアンの店だった。学生の分際で普段からこんな高級そうなレストランに出入りしているのだろうか。マクドナルドでさえ滅多に入れない私とは雲泥の差がある。

　以前の人生では六十数年も生きてきたのだから、つき合いでそういった店に入らざるを得ないことは何度もあった。だが、出される料理が値段に見合うと思ったことは一度もない。都心の一等地にあれば場所代だから仕方がないと思い、高層ビルの中にある店なら眺望代だとあきらめた。そうこうするうち高級レストランへの憧れは皆無となった。

　だから、こんな高そうな店には入りたくなかった。バイト代が何日分も飛んでしまう。話さえできればいいのだから、どこかの喫茶店でナポリタンか卵サンドの軽食を取るくらいで私は十分満足だ。それだって学生の私にとっては贅沢なことなのだ。

　里奈が店長と思《おぼ》しき男と親しげに話をしているのが、素通しのガラス扉から見えた。

　きっと里奈は財布を開いたことはないのだろう。男たちがおごってくれるに違いない。それもこれも美人だから、あちこちから声がかかるのだろう。とすると、若くても私よりたくさんの経験を積んでいるのではないか。交友関係も広く、いろいろな場所で様々な人と話をする機会が多いに違いない。そう考えると更に劣等感が募ってきて、押しつぶされそうだった。

しばらくして里奈は店の外に出てくると、華やかな笑みを浮かべて言った。

「今夜は予約がいっぱいだけど、私の頼みだから特別に席を用意してくれるそうよ」

先頭に立っていた天ヶ瀬が動こうとしないので、その後ろに並んでいた私と順子とアケタも店に入れなかった。

「どうしたの？　さあ、早く入って」

「すみません、えっと、里奈さん、とおっしゃいましたっけ？」と、天ヶ瀬は白々しく妻の里奈に呼びかけた。「悪いんだけど、俺はこういった高級な店は苦手でね。居酒屋かなんかで焼き鳥でもつまみながら一杯やろうと思ってただけなんで」

天ヶ瀬はそう言って踵《きびす》を返したので、すぐ後ろにいた私とぶつかりそうになった。私が咄嗟《とっさ》によけようとすると、天ヶ瀬は私の肩を抱いて無理やり引き寄せ、「行こう」と言った。

「え、でも……」

戸惑う間もなく、天ヶ瀬は私の肩をつかんだまま歩くので、引きずられるようにして私もその場を離れた。

「店長、ほんとごめん。また来るから、ねっ？」

振り返ると、里奈が拝むように両手を擦り合わせているのが見えた。

私は肩の上に載っている天ヶ瀬の手を力任せに振り落とし、「私を利用しないでよっ」と、天ヶ瀬だけに聞こえる小さな声で叫んだ。

「ごめん」

恋人関係ではないとアケタに言ってあるのに迷惑な話だ。俺には既に彼女がいると見せつけるためだけの演技には高校時代から翻弄《ほんろう》されてきた。高校時代はそのことで優越感に浸った自分のいやらしい性格もどうかと思うが、今回のように里奈への復讐の匂いがする行為には巻き込まれたくなかった。

私はわざと歩を緩《ゆる》め、天ヶ瀬から数歩遅れてアケタと並んで歩いた。

背後から走ってくる足音がして、里奈が私たちに追いついた。

「本当は私だって居酒屋の方がよかったのよ。でも順子ちゃんの親戚の人もいるし、ちゃんとしたお店の方がいいかなって思ったの。これでも精いっぱい気を遣ったんだからね」

と、恩着せがましく里奈は言った。

「うん、ありがとう」と順子が静かに応えた。

里奈はスキップしそうな弾んだ足取りで天ヶ瀬の横に並ぶと、そのまま歩き始めた。

二人の後ろ姿を見ていると、不思議な思いにかられた。かつて若い頃、この二人は相思相愛だったのだ。美男美女が惹かれ合い家庭を築いて二人の子供を儲けた。それなのに天ヶ瀬は里奈を憎むようになる。里奈の気持ちはどうだったのだろう。天ヶ瀬と同じように愛が憎しみに変化したのか。

人生百年時代と言われるようになったのはいつ頃からだったろう。百歳の双子であるきんさんぎんさんが持てはやされたことがあった。あの当時は百歳まで生きる人は少なかった。ましてや双子という珍しさもあり、そのうえ頭もしゃべりもはっきりしていてユーモアまであるから爆発的な人気を呼び、まるでアイドルのようだった。

しかし令和五年頃には、百歳以上の人が九万人を超えるのだ。人生の長さに比例して夫婦である期間も長くなると、同じ相手と暮らすこと自体に無理が生じてくる。長年連れ添えば、そこには情という名の愛の残滓《ざんし》があるに違いない。だがどんなに仲の良い夫婦であっても、双方の心の奥底には少なからず積年の憎しみが確固として存在する。

駅近くの居酒屋は混んでいたが、奥のテーブル席が一つだけ空いていた。

「どうぞお先に。奥へ詰めてください」

天ヶ瀬にそう促されて、里奈はコの字型の席の奥へずれていく。里奈のすぐ隣に天ヶ瀬が座るかと思ったら、天ヶ瀬は突っ立ったままで、アケタや順子に「詰めて、詰めて」と言い続けている。「北園さんはこっち側から入って」と、天ヶ瀬に指示され、私は逆側から入った。

ふと里奈を見ると、期待を裏切られたからか、呆然と天ヶ瀬を見つめていた。

――男の子は誰だって私の隣に座りたがるのに。

顔にそう書いてある。六十数年間の人生経験が、私を読心術さえ備えた魔女に変えてしまったらしい。

最後に天ヶ瀬は私の隣に腰を下ろした。里奈はといえば、コの字型席の、いわゆるお誕生日席に座っている。酎ハイやらビールやら焼き鳥やら厚揚げやらを次々に注文し、みんなで乾杯すると、天ヶ瀬は生ビールを一気に半分ほど飲み干した。陽水に関する話題が一段落したとき、天ヶ瀬はジョッキをテーブルに置くと、唐突に尋ねた。

「里奈さんの将来の夢は何ですか？」

里奈が勘違いするに十分な質問だった。

「嬉しい。早速私の名前を覚えてくれたんですね」

そう言ってから、里奈は恥ずかしそうに微笑んだ。すぐに順子が目を逸《そ》らしたところからして、これは里奈の定番の演技なのだろうか。

「そうねえ、私の将来の夢はね、いい奥さんになって、いいお母さんになることかな」

そういう女が好まれる時代だった。

「里奈さん自身の夢は？　こういう職業に就きたいとか」と、天ヶ瀬は尚《なお》も尋ねる。

「私は夫を陰で支える縁の下の力持ちになりたいから、自分のことなんて二の次です」

またもや男受けする答えをしている。

「ってことは、就職しないってこと？」と、アケタが尋ねた。

「里奈ちゃんは大企業から内定をたくさんもらってるよ。どこに決めようか迷うくらいだよね」と順子が言った。

「うん、まあね」と、里奈が笑顔で応える。

「どういうところから内定もらったの？」

私の正面に座っていたアケタは、にこりともせず尋ねた。

「例えば、丸住商事とか東都銀行とか大製建設だとか、その他いろいろですよ」

思わずアケタと目を見合わせていた。大手建設会社の名前があったからだ。そのうえ銀行も商社も超一流企業ばかりだった。もしも私がそういった有名な会社に就職できたなら、田舎の両親は近所に自慢しまくるに違いない。そんな母の姿を想像すると、急に悲しくなってきた。

「すごいところばっかりだね」と私は言った。

「そうですか？　うちの短大ではみんな似たり寄ったりですけど」

「で、結局どこに就職するの？」とアケタは尋ねた。

「今のところ東都銀行かなって思ってます」

タイムスリップする前の人生で、天ヶ瀬は東都銀行を定年まで勤め上げた。二人が出会ったのは職場だったのだろう。

「銀行業務に興味があるの？」と、天ヶ瀬がとぼけたような顔で尋ねた。この質問は皮肉なのか。

「まさか。興味なんてありませんよ。三年くらい勤めて寿退社する予定です」

「あら、もったいないわね」と、順子が言った。

「順子ちゃんは四年制だから、あと二年あるよね。どういうところに就職したいと思ってるの？」と、アケタが尋ねた。

「私は地元に帰って役場に勤めたいと思ってる。採用人数が少ないらしいから、無理かもしれないけど」

「役場って、栃木県川下郡川下町役場？　東京では就職しないの？」

「だって四年制女子だし自宅じゃないから、どこにも就職できないもん。そのうえ私は里奈ちゃんみたいに美人じゃないから結婚できないかもって考えたら、給料は安いけど安定してる公務員になって定年まで頑張ろうかなって」

「順子ちゃんて堅実だ。子供の頃から変わらないね」とアケタが言った。

「里奈さんは、いわゆる腰掛けってやつだよね」と、天ヶ瀬が話を戻す。

「そうです。腰掛けです」と、里奈は悪びれもせず続けた。「三年も勤めたら社会勉強には十分ですよ。将来結婚したときに夫の仕事の大変さもわかってあげられるだろうし」

　里奈がそう応えたとき、天ヶ瀬は苦笑交じりに言った。「それに、東都銀行にはニューヨーク支店もあるしね」

　どういう意味なのかわからなかった。

　ニューヨーク支店とは？　いったい何の話？

「よくご存じですね。そうなんです」と里奈は続けた。「職場結婚してダンナさんがニューヨーク支店に転勤になったらついていこうと思ってるんです。すごく楽しそうでしょう？　五番街で買い物したり、セントラル・パークを散歩したり。それに子供も英語が身につくし。でも今日は天ヶ瀬さんにお会いして、お医者さまもいいかな、なんて思っちゃいましたけど」

上目遣いの笑顔が可愛いことをちゃんと計算している。

「ニューヨーク支店じゃなくて青森支店になったら、すんごく嫌な顔して夫を責めるんだろうな」

みんなぽかんとした顔で天ヶ瀬を見た。いったい何の話をしているのかと問いたげだ。でも私にはわかった。里奈との結婚生活で、実際にそういったことがあったのだろう。

「天ヶ瀬さんは、お父さまもお医者さまなの？」と里奈が尋ねた。

「いえ、うちの父は司法書士です」

「そうなんですか。ご兄弟は？」

「一人っ子です」

「ああ、そうなんですね。どこの大学の医学部なんですか？」

「秋田大学です」

「えっ、秋田の出身なの？」

「いえ、出身は山陰地方ですが」

まるで身元調査だった。里奈は短大の二年生で、まだ二十歳だ。それでもしっかりと将来を見据え、条件に合う男かどうかを見極めようとしている。

「お母様は専業主婦でいらっしゃるの？」

「家でピアノ教室を開いてます」

「まあ、素敵」

「ちょっと里奈ちゃん、初対面なのに質問攻め。失礼よ」と、順子が諫《いさ》めた。

「ごめんなさい。あまりに素敵な方だから何でもかんでも知りたくなっちゃって」

里奈はそう言ってピンクの可愛い舌をペロッと出して、茶目っけたっぷりに笑った。

「その若さで、もうお婿さん探ししてんの？　末恐ろしいね」と、アケタが不愉快さを隠しもしない顔で不躾《ぶしつけ》に言った。

「そういう言い方、ひどくないですか。私、別にそんなつもりじゃ……」

泣きそうな顔をするのも演技なのか。

私にはこういった感じの友人がいないから、演技なのかどうかもわからない。

アケタもホステスのバイトをするときは、里奈のような女に豹変《ひょうへん》するのだろうか。ときどきバイト先でのエピソードを聞かせてくれるが、「あんたは気さくで不細工だから気安く話せて楽しい」などと客にからかわれることも多いらしいから、同じ男受け狙いでも、里奈とは違うキャラを演じているのだろう。

その帰り、みんなとは駅で別れて、天ヶ瀬と二人で同じ方向の電車に乗った。というのも、天ヶ瀬は私の住むアパートがある最寄りの駅前にホテルを取っていたからだ。

駅に着いて改札を出ると、天ヶ瀬は高校時代の金曜日恒例のごとく、「コーヒー飲んでいこう」と言って、私の返事も待たずに駅中にあるドーナツショップのチェーン店に入っていった。

「どうだった？　若い頃の奥さんに会って」

席に着くなり私は尋ねた。

「どうって……」と、向かいに座った天ヶ瀬は口ごもり、コーヒーを啜った。

「懐かしかった？」

今の私は、さっき身元調査めいた質問をした里奈よりさらに不躾かもしれない。人の心に土足で踏み込んでいこうとしている。

「知らない人を見てるみたいだった」

「そうなの？　不思議だね。恋に落ちて結婚したんだろうに」

「だって俺も若かったから」

「若かったから、何なの？」

「北園さん、どうしたんだよ。いつもと雰囲気違うじゃん」

「ごめん」

「だったら北園さんも若かった頃のダンナに会ってみなよ。実家も勤め先も知ってるんだから簡単に捜せるだろ？」

「会いたくない」

「ほらみろ」

「えっ、天ヶ瀬くんも里奈さんに会いたくなかったの？」

「当たり前だろ。会いたいわけないだろ」

「どうして？」

「嫌いだから」

「ずいぶんはっきり言うね」

「でも会えてよかった。選択を間違えたことがはっきりして」

「選択って？」

「二度目の人生はもっと冷静に結婚相手を選ぶべきだってわかった」

「冷静になったら結婚なんてできないでしょ」

「確かに。だから俺はたぶん二度と結婚しない。北園さんはどうなんだよ。なんでダンナに会いたくないの？」

「大っ嫌いだから」

そう答えた途端、天ヶ瀬はアハアハと妙な息継ぎをしながら笑った。

「あっぶねえ。今コーヒーが大量に気管に入るとこだった」

「選択を間違えたっていうけど、だったらどういう女が良かったの？」

「前に言っただろ。北園さんみたいな女がいいって」

忘れたりしない。高校時代に天ヶ瀬に言われたのだ。結婚は二度としたくないが、北園さんとなら結婚してもいいと。

その理由を尋ねたとき、天ヶ瀬は言った。

――北園さんは地味だから、ブランドものを買いまくったり、ママ友に見栄を張って贅沢したりしないだろ？　だから結婚相手にいいと思ったんだ。

あのときは、なんと単純な思考だろう、人をバカにしているのか、などと思ったのだが、天ヶ瀬が言いたかったことは、価値観の違いが夫婦に亀裂を入れる決定打になるということだったのかもしれない。

「俺、田舎者だったんだよ」

「えっ、田舎者？　えっと？　急に何の話？」

そのとき、店に流れていた五十嵐浩晃の『ペガサスの朝』が終わり、堀江淳の『メモリーグラス』が流れてきたから、気分が曲調に影響されて湿っぽくなってきた。

「北園さんは上京する以前に実家で暮らしてたとき、どんな服を着てた？」

「高校の制服よ」

「そうじゃなくて私服のときだよ。どの店でどんなの買ってた？」

「商店街の藤山洋品店でセーターとかスカートとか買ってもらってたけど？　あ、それと、新しくできたショッピングセンターで買ってもらったこともあった」

「そういった店に何十万円もする高級ブランドの服やバッグは売ってなかったよな？」

「もちろん売ってない。田舎じゃそんなの買う人いないもん」

「藤山洋品店とか駅前のショッピングセンターは、東京で言えばスーパーの二階にある衣料品売り場って感じだったろ？　値段も手頃でさ」

「違うよ。藤山洋品店の方がもっと安かったよ」

「どっちにしろなんで東京の人ってみんなあんな高いもの買ってカッコつけるんだろ」

「東京の人みんながみんなってわけじゃないと思うけど」

「でも人数割合は田舎に比べたら格段に高いと思うよ」

「それは経済的に余裕のある人が多いからじゃないかな。それに田舎の小さな町じゃ家族構成も経済状態もばればれだから、見栄張っても意味ないし。違う？」

私の問いに天ヶ瀬は返事もせずに深い溜め息をつき、「俺の人生を返せ」と言いながら、いきなりテーブルに突っ伏した。

「え？　何なの、急にどうしちゃったのよ。今頃になって酔いが回ってきたの？」

「あれくらいじゃ酔わねえよ。ザルって言われてんのに」

天ヶ瀬は上体を起こして座り直した。

「あいつ、フランスだかイタリアだかの有名ブランドのバッグや靴や洋服を次々に買ってたんだ。いったい誰の目を気にしてんだか知らねえけど、誰もお前のことなんか見てねえよって大声で叫んでやりたかった。そういうバッグ、北園さんも持ってた？」

「私は持ってなかったけど、同級生の中にはヴィトンの財布を持ってた子が何人かいたよ。あ、バッグも一人いたかも。大学の頃すごく流行ってたもん」

「清水の舞台から飛び降りるつもりで一つだけ買って後生大事にしてんならまだ可愛げもあるけどさ、金持ちでもないのに、老後のことも考えずに、そんなのばっかり買ってバカじゃねえの？　どう思う？　里奈って大バカ野郎だろ？」

「さあ、なんとも……」

「里奈の見栄のために俺の稼ぎが消えてったんだぜ」

だから結婚は二度とごめんだ、だけど私となら結婚してもいい。それは、私が地味で節約志向の女だからだ、ということか。

「あいつ、社内でも評判の美女だったんだ。結婚した当初はみんなから羨ましがられて俺もいい気分だったんだけど、今になって考えてみると俺が出世できなかったのは、それが一因かもしれない。俺の上司が里奈にぞっこんだったんだ。妻子持ちの四十男のくせに、俺を見る目が嫉妬《しっと》にまみれていて怖いくらいだった」

「だからニューヨーク支店じゃなくて青森支店に転勤になったの？」

「確証はないけど、たぶんね。そもそもうちの銀行は、ニューヨーク支店に行けるのは東大卒のやつだけなんだ。だから俺はニューヨークはあきらめてたけど、ヨーロッパのどこかの支店に行きたかった。ドイツとかイタリアとか。それなのに青森だった」

「家族で青森に行ったの？」

「いや、単身赴任だよ。子供の学校があるからって。青森はリンゴが美味しいし、物価も安いし、一緒に行こうって俺は何度も言ったんだけど」

「物価が安い？」

そう言って、私は噴き出してしまった。

「何がおかしいんだよ」

「だって里奈さんは野菜や肉や魚の値段なんか興味ないでしょ？」

そう言うと、天ヶ瀬はハハッと乾いた笑い声を出した。

「俺も若かったよ。あんな美女に迫られたら、男なら誰だって結婚するだろ？」

「ふうん、そういうものなのか」

一気に嫌な気分になった。だがそれはたぶん、嫉妬から来るものではないと思う。男たちから持てはやされて優遇される幸福な人生というものに釈然とせず、納得できないままの心をどうしていいかわからず、気持ちが悪くてしかたがなかった。

大企業で出世している「紅一点」と呼ばれる女たちの特集を、いつだったかテレビで見たことがある。そのとき、不自然なほど美人率が高いことに気づいて愕然としたのだった。

「あいつ四十歳を過ぎたあたりから劣化したよ」

「えっ、劣化？」

びっくりして、つい大きな声を出してしまった。

この天ヶ瀬という男は、そんなひどい言葉を使う輩《やから》だったのか。

「その言い方、人としてどうかと思う」と私ははっきり言った。

「そうかもしれないね」と天ヶ瀬は言い、白けたような目で私を見た。

「男だって老けるでしょ。太ったり禿げたり顔にいっぱい大きな濃いシミができたり。人にもよるだろうけど、女よりずっと劣化が激しい男も多いよ。それとも外見を問われるのは女だけで、男は中身で勝負だなんて言うつもり？」

「そうじゃなくてさ、劣化なんていうひどい言葉を使いたくなるくらい、俺は里奈のこと恨んでたらしい」

「らしいって、他人事みたいな言い方するね」

「うん。だって俺、今初めてそのことに気づいたから」

私はとっくに気づいてたよ。ついさっき、互いに配偶者を「嫌い」だと言ったはずだ。

そんな子供みたいな単純な言葉こそが、本当の気持ちを表している気がしていた。

「あの結婚生活は人権蹂躙《じゅうりん》だったと思うんだ。だって月の小遣いが五万円ぽっきりだったんだぜ。俺が稼いだ金だっていうのに」

私は、夫に月々三万五千円しか渡していなかったが。

「お小遣いが少ないってこと、奥さんに抗議しなかったの？」

「そんなこと言えないだろ。子供の塾や習い事や私立中高で金がかかるって言うし、住宅ローンもあったし、それもこれも俺の稼ぎが少ないせいだと思ってたから」

「……そうか」

「同僚に聞いてみても、ほとんどが三万円から五万円の間だったしね。それと、こんなことカッコ悪すぎて大きな声じゃ言えないけど……」

「何よ、言ってみてよ」

「これ言うと、北園さんにも嫌われそうで怖いけど……」

「だから何よ、言いなさいってば」

もうとっくにあんたのこと嫌いだから何を言っても大丈夫だよ。女に対して劣化という言葉を使った時点でアウトなんだから。

「つまりさ、今夜は死ぬほど鯖《さば》の味噌煮が食べたいって日があるだろ？」

「鯖の味噌煮？　いや、私にはないけど？」

「えっ、ないの？」

「カレーとかステーキとかお寿司なんかだったらあるけど」

「わかった。じゃあカレーにしよう。つまり今夜は絶対にカレーが食べたいって昼間から生唾飲み込むことって、北園さんにもあるよな？」

「もちろんあるよ」

「だろ？　だけど、家に帰ったらグラタンとサラダだったりすることもあるわけだよ。それでも我慢して出されたものを食べなきゃならないだろ」

「……そうか。なるほど」

「男たるもの、食い物に文句垂れるなって子供の頃から親に言われて育ったから、要は男は食べる楽しみを放棄しなきゃならないってことだよ。それに、そもそも……あ、これは言いすぎかな」

「何なの。この際、言いたいことみんな吐き出しちゃいなさいよ」

「里奈は料理が得意じゃなかったんだ。本人にも自覚があったみたいで、途中からデパートの総菜を買ってくるようになった」

「あーそれはお金かかる。でも人には向き不向きがあるし。いっそのこと自分の分は自分で作ればよかったじゃん」

「定年退職してからそうしたよ。嘱託《しょくたく》扱いになって時間的余裕ができてからは」

「本当に？」

「本当だよ。もっとうまくなりたくて、『男の料理教室』っていうのにも通った」

「そうか、そうだったんだね」

会社勤めは数年でやめて、結婚後は夫を支えるとはっきり言うくらいだから、てっきり料理上手なんだろうと思っていたが、実際は違ったらしい。

「それと、受験のことも意見が対立したんだ。今思っても、私立の中学に行かせる必要があったのかなと思う。自宅から徒歩二分のところに公立中学があったのに、電車で一時間もかけて通わせるなんて俺は大反対だったんだ。それよりもっと嫌だったのは、小学生が夜遅くまで塾で勉強すること」

「その気持ち、わかるよ。私たちの田舎には学習塾も私立中学もなかったし、小学生の頃は暗くなるまでドッジボールに明け暮れてたもん」

「俺の意見は何も通らなかった。意見が食い違うと、向こうの親がしゃしゃり出てくるし、そうなるともう面倒臭くなっちゃって。なんせ仕事でいつも疲れが溜《た》まってたから」

「忙しすぎると、いったい何が最も大切なのかがわからなくなるよね」

「そうなんだよ。だから俺、結婚は二度としたくないけど、仮に結婚しない奴は全員死刑なんて法律ができたとしたら、俺と同じ田舎者の北園さんと結婚したいと思うんだ」

「あっ、そう。それはどうもありがとう」

「なんだか突っかかる言い方だな」

「天ヶ瀬くん、明日の朝、早いんじゃなかったっけ？」

「あ、ヤバい。もうこんな時間だったのか」

天ヶ瀬はそう言うと、慌ただしくコーヒーカップを返却口に持っていった。

「じゃあ、また連絡するよ。元気でな」

そう言って、ウィンクを寄越した。

ドキッとするほどカッコよかった。

14　麗山大学就職課

「北園さん、このままうちで働いたらどうだ？」と、上田工務店の上田社長は言った。

「そうしなさいよ。それがいいわよ」と、社長の妻である専務も言う。

上田夫妻は、揃《そろ》って優しげな笑顔を向けてくれた。それほど私は疲れきった顔をしていたのだろう。それとも荒《すさ》みきった心の内が透けて見えたのか。

「アルバイトから正社員になっても、北園さんの学歴に見合うような給料は出せないと思う。その点は申し訳ないけど、でも俺んとこは男女同一賃金だからさ」

そう言ったときの私を憐れむような目は、社長としてではなく、父親が息子の同級生を見る目だった。

この時代は仕事内容が男性と全く同じでも、男女には賃金の格差があった。上田社長はわざわざ男女同一賃金の会社であると口にしたが、上田工務店はこれまで一度も女性の正社員を雇ったことはないと、同級生の上田からは聞いていた。

「……ありがとうございます。少し考えてみます」

ひとつも内定が出ていないくせに、何を言っているのだ。考える余地などあるのか。そう自分に突っ込みを入れたくなった。

だが、頼みの綱がひとつだけ残されていた。大学の就職課だ。そこで相談すれば、自分に合った企業を紹介してもらえるのではないかと、アケタから聞いたばかりだった。

「それとも、この前言ってたアパレルに就職するの？　せっかく建築学科を出たのにもったいないじゃないの」と、専務が言う。

「いえ……実は、そっちも落ちまして」

「ええっ、信じられない」と、専務が小さく叫んだ。

「俺は落ちると思ってた」と社長は、呟《つぶや》くような小さな声で言った。

「あなた、どうしてよ。なんで北園さんが断られるの？　こんなしっかりしたお嬢さんなのに」と専務が興奮気味に尋ねる。

「俺はさ、高卒だからさ、学歴で人を判断するヤツは好きじゃないんだけど」

そう言って社長はお茶をひと口飲んでから続けた。「そのアパレルってのは、要は洋服屋のことだろ？　中小零細の洋服屋で働いている男は、ほとんどが高卒か専門卒か、大学を出ていたとしても北園さんみたいないい大学出ている人が少ないだろ。だから北園さんのような優秀な女の子が部下になっても、うまく使える自信がないんだよ。それ以前に強烈な劣等感や嫉妬《しっと》心がある。同じクラスのアケタさん、とか言ったっけ？　その人のことを田舎もんだと言うのだって、他に見下す要素がなかったからじゃねえのか？」

社長は、工業高校を出てから現場で経験を積み、一級建築士の資格を取ったと聞いている。

「ああ、なんだか嫌だわ。私、嫌でたまんないわ」と、専務が両手で顔を覆《おお》った。

「要はさ、秀才女子はどこ行っても煙たがられるんだよ。有名大卒理系女子なんて、ある種の男から見たら腹の立つ存在なんだ。雇ってもらえるわけないいんだよ」

「そんな企業なら内定が出なくて良かったわよ。こっちからお断りよ。そもそもアパレル業界は建築学科の学生なんて欲しくないのよ」

「それはどうかな。社員の専門分野や考え方や、それこそ出身地なんかもバラエティに富んでる方が、俺は企業にとっていいと思うぜ。逆にそういう会社じゃないと伸びしろがないよ。まっ、心配せずともそんな洋服屋、すぐにつぶれるよ」

私を慰めるためもあってか、二人とも鈴倉商事に対して怒りをぶつけてくれた。

「最近になって、一戸建ての注文が来たんだよ。昔と違って今の若夫婦は家に対してこだわりを持っているからね。素人ながらも間取り図を描いて持ってきて、窓はこういう感じ、玄関はこんな風にって、雑誌の写真の切り抜きを添えてね。夢を描いて楽しそうにしてるから、俺まで嬉しくなったよ。だからさ、上田工務店も捨てたもんじゃないぞ」

そう言って、社長は是非にと勧めてくれた。

大学の就職課に相談に行ってみることにした。

そういった部署があるのは前から知ってはいたが、自分の周りには相談に行った人はいなかったし、どこにあるのかさえ知らなかった。

就職課は本館の奥にあった。ドアを開けると、ハリー・ポッターの世界に迷い込んだかと思うほど重厚感のある部屋が現れた。壁一面が木製の棚になっていて、マホガニー製の長いカウンターがある。創立以来百年間ずっとこのままだったのではないかと思われた。

棚には卒業生の就職先などの資料がファイルされてずらりと並んでいる。自由に閲覧できるようになっていて、何人かの学生が手に取っていた。カウンターには五人の職員がずらりと並び、銀行の窓口のようにひとつずつ仕切られている。その中で女性の職員は一人だけだった。五十歳前後だろうか、痩身に地味なグレーのジャケットを羽織り、刈り上げに近い短髪に黒ぶち眼鏡をかけている。こういったタイプは、きっと女子学生の味方に違いない。お洒落もせず、化粧っけもないことから、仕事一筋の姿勢が窺えた。

彼女が担当になってくれることを祈りながら、ソファに座って順番を待った。

すると、その女性職員に名前を呼ばれた。

「北園さんですね、お座りください」

「よろしくお願いします」

私はカウンターを挟んで彼女の正面に腰を下ろした。

「今日はどういった相談ですか？」

「はい、実は……」

私はこれまでの就職活動の内容を、順を追って話した。

「ふうん、なるほどね。どこに行ってもダメだったのね。そっかあ……」

何か変だった。彼女には、ヤル気がまるで感じられない。

たぶん若いときは見抜けなかっただろう。だが六十代まで経験した私には、いま目の前にいる五十歳前後の女が、頭の中で全く別のことを考えているのが手に取るようにわかった。

「いったい、どうすれば就職できるんでしょうか」

聞いたところでどうせロクな返答はないだろうと思いながらも、藁《わら》をもつかむ思いで尋ねた。

「コネはないの？　知り合いに代議士とかいない？」

「いないです」

「だったら後ろの棚のファイルを見てみて。たくさん置いてあるでしょう？　その中に気に入った企業があれば、電話をかけて先輩訪問をしてみればいいわ」

その先輩とやらは男ばかりではないのか。地方出身者のコネなし女もファイルされているのか。

きっと……ない。

絶対に……ない。

そのときだった。

「あ、徳田さん、こっち、こっち」と言いながら、彼女はいきなり満面の笑みを浮かべて立ち上がった。

　何ごとかと振り返ると、背の高い女子学生がドアから入ってきたところだった。道ですれ違ったとしたら、思わず振り返ってしまうほどの美人だった。そこにいた学生だけでなくカウンター内の職員も顔を上げて彼女を見つめている。彼女はリクルートスーツではなく、小さな花がちりばめられたシックな紺色のワンピースに身を包んでいた。

「えっと、あなたね、その上田工務店でしたっけ？　もうそこに決めちゃったら？　せっかく来てくれって言ってるんだし。ねっ？」

　そう言い捨てると、カウンターから出て美人学生に駆け寄り、親しげに話し始めた。

　えっ、私の相談はこれでもう終わり？

　これ以上は話しかけられない雰囲気だった。話しかけたりしたら邪険に扱われ、もっと惨《みじ》めな気持ちになることがわかっていた。

　今朝アパートを出るときの、期待でいっぱいに膨《ふく》らんだ気持ちが一気に萎《しぼ》んだ。こんなことならアルバイトを休まなきゃよかった。

　立ち上がって、椅子を元に戻そうとしたとき、背後から「大丈夫？」と遠慮がちに尋ねる声が聞こえてきた。見ると、紺のスーツを着た小柄で地味な佇《たたず》まいの女子学生が立っていた。

「私も同じ日に遭《あ》ったの」と、彼女は小声で続けた。「徳田さんが相談に来た日は相手にされないのよ」

「それって、どういうこと？　詳しく教えてくれない？」

「いいよ。ここ、出よう」

部屋を出て、キャンパスの中に置かれたベンチに並んで座った。

「毎年三月くらいになるとさ、週刊誌なんかに高校ランキングが載るの、知ってる？」

いきなり何の話だろう。

「知ってるけど？　どこの高校が東大や早慶に何人合格者を出したかっていう、あれでしょ？」

「そう、それ。それと同じでね、どの大学がどの有名企業に何人入社させたかを競い合ってるの。それは大学の評価に直結するし、大学入試の受験者数を左右するからね。ほら、私たちのときも受験料って高かったでしょ？」

「うん、意味がわかんないほど高かった」

「でしょ？　どこの大学も受験料でがっぽり儲《もう》けたいのよ。だから、受験者が多ければ多いほどいいわけよ」

「なるほど、それで？」

「有名企業に何人入社させたかっていうのは、大学ごとの評価だけじゃなくて、職員個人の評価にも繋《つな》がってるのよ」

「へえ、そうなんだ。それで？」

私は鈍いのだろうか。彼女の言いたいことがわからなかった。

「さっきの美人は経営学部なの。私は文学部の英文科だから彼女とは接点はないんだけど、就職課に通うようになってから彼女が有名人だと知ったのよ」

この大学は、経営学部だけが突出して偏差値が低いので、見下している学生も少なくなかった。そして、女子学生が文学部ばかりを受験するからか、英文科が最も偏差値が高かった。

「彼女、すごくきれいでしょう？　ミス日本と言っても誰も疑わないよね。だからね、どうやら彼女はどこでも就職先を選べるみたいなのよ。今のところ、都銀の秘書室か、商社の秘書室か迷ってるみたい」

「えっ、それって、まさか美人だからってことじゃないよね？」

「美人だからってことだよ」

絶句していた。

「つまりさ、私たちみたいに一流企業に就職できそうにない学生は相手にされないってことだよ。職員の昇給にもボーナスにも寄与しないから」

「ええっ」

私は思わず大声を出していた。

「だって、中小零細じゃ職員のお手柄にならないでしょう？　そんなに落ち込まないでよ」

彼女はそう言って、私の肩をポンと叩いた。

「でも、彼女は自宅通いなんでしょう?」

「地方から出てきてアパートで独り暮らしだったんだけど、就職活動をする間際になって、急遽《きゅうきょ》親戚の家に下宿したみたいよ。それで自宅通勤の扱いになってるって、噂で聞いた」

「そんなあ」

「でも、就職課はいいところもあるの。私みたいに箸にも棒にもかからない、どこからも内定がもらえない学生には就職先を世話してくれるの。といっても、社員十人くらいの零細企業ばかりだけどね」

そう言って彼女は寂しげに微笑んでから立ち上がった。「ということで、私、もう戻るね」

「いろいろありがとう」

「どういたしまして。また会ったら声かけて」

そう言うと、建物の方へ走っていった。

私って、どこまで世間知らずなんだろう。

昨日まで私はこう思っていた。就職課というのは、就職先が見つからない女子学生に同情してくれて、世間の理不尽に対して一緒になって憤慨してくれ、そのうえ学生に発破《はっぱ》をかけて励ましてくれて、「だったらこういった素晴らしい企業があるわよ」などと、大学の偏差値に見合う優良企業を紹介してくれるところなのだと。

あんた、甘いんだよ。

究極の甘ちゃんだよ。

誰しも自分のことしか考えてないんだよ。

誰も助けちゃくれないんだよ。

世間の冷たさが骨の髄《ずい》までしみ込んだ日だった。


その数日後、アケタから電話が来た。

——就職、決めたよ。

「えっ、ほんと？　どこに？」

——前に話したことあるでしょ。梅里設計事務所のこと。

世田谷の住宅街にあり、従業員は上田工務店より二人多いと聞いていた。

栃木に住むアケタの母親が心配して、親戚中に聞きまわってくれたのだ。その結果、遠い親戚の知り合いが経営している梅里設計事務所に辿《たど》り着いたらしい。

「そうか、アケタ、決めたんだね。だったら私も上田工務店に決めちゃおうかな」

もはや選択の余地がないのはわかっていた。上田社長が声をかけてくれたことが御の字だってことも。

とにもかくにも実務経験を積まなければ話にならない。経験もなしでは独立することも、一級建築士の試験を受けることもできないのだから。

——私はいいと思う。上田工務店。

アケタが背中を押してくれた。

——だってさ、上田工務店って北千住にあるんでしょう？　あの辺りは庶民の街だから家賃も安いし、スーパーや八百屋も安いんじゃない？　だから雅美、上田工務店の近くにアパート借りればいいよ。そしたら大手と比べて給料が安くても、物価の差額分を考えれば少しは挽回《ばんかい》できるでしょ。

「そうか、そういう考え方、いいね。大企業はみんな大手町にあるからね」

大手町の近くには、家賃の安いアパートなどない。となると、一時間以上かけての電車通勤となる。それを考えれば、給料のことだけでなく体力的にも厳しい。そのうえ満員電車に乗れば必ずと言っていいほど痴漢に遭うから、朝っぱらから神経を擦り減らし、爆発寸前のストレスが溜《た》まり、会社に着いた頃にはぐったり疲れているだろう。

上田社長は誠実で穏やかな人物だし、専務である奥さんは、営業から設計、左官までやるバイタリティ溢れる人だ。社員とアルバイト全員の昼ごはんを作ってくれるから、昼食代が浮くのも助かる。

「アケタ、私、決めた。上田工務店で雇ってもらう」

そう口にした途端、すうっと気持ちが楽になった。

15　究極の選択

昨日は心を決めたはずだった。

アケタが梅里設計事務所で働くと決心したというから、つい釣られて上田工務店に決めたと言ってしまった。だけど、今までずっとアルバイトをしてきたのだから、上田工務店での仕事の内容は知っている。それを考えると、将来性もないし、希望が見えなかった。

社長は若夫婦から一戸建ての注文が来たと言ったが、それは滅多にないことだし、そんな面白そうな仕事は社長と先輩社員が担当するのだろうから、自分の出る幕はない。たまに意見を聞かれたり、社長の背中を見て学んだりといったことはあるかもしれないが、所《しょ》詮《せん》自分が責任を持つ仕事とはならない。

給料の額をはっきり言ってくれないのも、モヤモヤの原因だった。

――学歴に見合うような給料は出せない。

――でも俺んとこは男女同一賃金だから。

だったら初任給はいくらなのか。はっきりと額を知りたかった。

それもこれも日本人の悪い習慣だ。最も大切なのは給料の額なのに、なかなか言わない。

こちらから聞けばいいことだとわかってはいるのだが、聞きにくい雰囲気があった。

男性の先輩社員二人は三十代だが、休日の過ごし方などを聞いている限りでは、かなり給料が抑えられているように感じていた。専務である奥さんの洋服などを見ても節約生活が垣間《かいま》見える。たぶん儲かっていない。もしかしたら、スーパーのレジだとかブティックの店員なんかのアルバイトの方が稼げるのではないかとまで考えてしまう。

だからまだ、上田工務店に入社します、と社長に宣言できないでいた。

本当は選択の余地などないのに、どうしても言えなかった。心の奥底で、もう一人の自分が「絶対に嫌だっ」と叫び声を上げていたからだ。

そんな気持ちを抱えながら、今日もアルバイトへ向かった。

上田工務店では、昼食の三十分前になると専務がさっと立ち上がり、奥の台所に入っていく。全員分の昼食を作るためだ。

「私にも手伝わせてください」と言いながら専務の後を追った。

「手伝ってくれるの？　助かるわあ」

「おいおい、北園さんにそんなことを頼んじゃダメだよ」と社長が言う。

「そう？　やっぱりダメよね」と、専務は私の表情を窺うように覗《のぞ》き込んだ。

「大丈夫です。私、手伝いたいんです」

上田工務店の中で、女は専務と私だけだった。たぶん家族経営の会社ならどこでも似たり寄ったりなのだろうが、社長には昼休みが一時間あるから、ゆっくり本を読んだりテレビを見たりできる。ときどき近所に住むおじいさんと碁を打つこともある。だが奥さんは昼食を作ってみんなに食べさせたあとは皿洗いが待っていて座る暇もない。夕刻になり仕事が終わったあとも、夕飯づくりや洗濯物の取り込みなどの家事が山積みで、休憩する時間がないことくらい、実際には見ていなくてもわかる。前の人生で嫌というほど経験済みだ。

それでもいつも明るく振る舞う専務を見ると、複雑な気持ちになる。若いときは、そういった年上の女性を見るたび立派だと思ったものだ。だが六十代を経験した今は違う。思いきって爆発しちゃいなよ、とけしかけたくなる。

実は、この夫婦関係を傍《はた》から見ているだけでもストレスが溜《た》まっていた。奥さんがふっと疲れた横顔を見せたときなどは、ついつい余計なお節介を口にしそうになる。

――社長もソファにふんぞり返っていないで手伝ったらどうですか。不公平でしょう？自分の妻が疲れきっているのがわからないんですか？　熟年離婚に繋がっても知りませんよ。

そう言いたくてたまらなくなる。

おっと危ないと口を閉じる。私が六十代からタイムスリップしてきたことなど奥さんは知る由《よし》もないのだから、若い女が奥さんに夫婦関係のアドバイスなんかしたら、十中八九嫌われるだろう。

休日になると、ときどき上田からアパートに電話がかかってくるようになった。彼は早々に大手ゼネコンに就職が決まり、大学の単位もほぼ取り終えたらしく、石垣島の民宿でアルバイトをしながらサーフィンを楽しんでいるという。

——もしもし、北園さん、うちの両親、すげえ厄介だろ？　大丈夫？

「厄介どころか、すごく良くしてもらってるよ」

——本当に？　だったらいいけど、嫌なことがあったら遠慮なく俺に言ってくれよな。

「ところでさ、上田くんは就職したらどんな仕事を担当するの？」

——そんなことまだわかんないよ。研修期間も長いしね。でもニュータウン開発のチームができたから、たぶんそこじゃないかって面接のときに言われたけどね。北園さんは今うちでどんな仕事してるの？

「近所に松の湯っていう銭湯があるでしょ？　あそこのタイルが剝《は》がれちゃってね。その補修工事の見積もりを任されてるの」

——北園さん、ごめん。

「何で謝るの？」

——だって俺より北園さんの方がずっと成績良かったのに、俺んちの実家の小さな工務店で働いてもらうなんて、申し訳ないよ。

「まだ上田工務店に就職するって決めたわけじゃないけど」

——うん、それは聞いてる。でももしも正式に俺んちに就職したとしても、今やってる松の湯のタイル直しと同じような仕事ばかりだと思うから、なんだか悪くて。

「私は上田くんに感謝してるよ。もしも上田工務店に就職できなかったら、路頭に迷うかもしれないんだし。それに、お昼ご飯を専務と一緒に作るのも楽しいしね」

――えっ？　まさか北園さんに昼メシ作らせてんの？　嘘だろ？　信じらんない。ごめん。今すぐ母ちゃんに電話してやめるよう言っとく。

そう言って電話を切ろうとするので、私は慌てて否定した。上田くんのお母さんと一緒に料理を作るのを楽しんでいるのだと。自分から申し出たのだと。

――それ、本当に本当の本心？　無理してんじゃないの？　しつこいようだけど、もし言いにくいことがあったら、俺から言っとくから遠慮なく教えてくれよな。

「ありがとう。でも本当に大丈夫」

――うちの母ちゃんの料理、ワンパターンだろ。炭水化物多めだし。だけどプリンや牛乳寒天だけは上手で、ガキの頃から楽しみだった。

「へえ、そうなの？　私も食べてみたいなあ」

――北園さん、話変わるけどさ、アルバイトがもう一人いるだろ？

「大熊くんのこと？」

――そう、そいつ。どうなの？　仲良くやれてる？

「うん、まあ。表面上はね」

そう言うと、上田はアハハと声を出して笑った。

――表面上かあ。だったらデートに誘われたりしてないってこと？

「デート？　それはあり得ない」

だって大熊は私を見下している。私が女だからという以外に理由は見つからない。

彼は明解大学の建築学科の学生で今三年生だ。明解大学は私も合格した。入学金の締め切り日が早く、十五万円も振り込んだが、その三日後に麗山大学の合格発表があった。私は麗山大学に進学したいと言い、母は十五万円も払ったのだから明解大学に行きなさいと猛反対だった。女が建築学科に進学したところで何になると母は思っていたから、十五万円もドブに捨てるのが許せなかったのだ。だが私は麗山大学を蹴るなんて考えられなかった。畳に手をつき、「就職したら絶対に十五万円は返します」と言って頼んだのだった。

きっと大熊は、明解大学を卒業後は大手の建設会社に就職できると思っているのだろう。

上田工務店には、衝立《ついたて》で仕切っただけの応接コーナーがある。そこで私と社長夫婦が話している声は、きっと事務所中に聞こえている。私がどこからも内定がもらえないことや、それに同情した社長夫妻がうちで雇ってやってもいいよと言ってくれていることも知っているのだ。それ以来、大熊の態度が一層横柄になった。

——もしもし？　ところで明田さんはどうなった？

「アケタは知り合いの設計事務所に決まったよ」

——それは良かった。彼女、将来独立したいって言ってたからね。

「それは、どういう意味？」

——設計だけならゼネコンなんかより色んな案件に数多く関与できるだろ？　だから早

いうちにたくさん経験を積めるから、独立にはいいと思うってことだけど？

「あ……」

たとえ零細であっても、設計事務所に勤める方が将来性があるってことらしい。上田工務店に長年勤めたとしても、独立できる可能性は少ないのだ。

クラスの中で私一人だけが取り残されてしまったのか。


その何日後か、昼食を作っているときに、何の気なしに専務に話した。上田くんが言ってたんですけどね、お母さんが作るプリンや牛乳寒天が子供の頃から大好きだったたって。

それを聞いた専務は、今まで見たこともないほど嬉しそうな笑顔になった。

そして、その翌日の昼食作りのときだ。

専務が冷蔵庫から大きなタッパーを取り出した。中身はプリンだった。それを大きなしゃもじで掬《すく》い取りながら、ガラスの小鉢に取り分けていく。

「北園さん、そこのバナナ、皮を剝いて切ってくれる？　プリンの横に添えるから。二人で一本の勘定でね」

お盆に載せたプリンを台所から運んでいくと、おおっという歓声が上がった。

「嬉しいなあ」

「おっと美味しそうじゃないですか」と、次々に声が上がる。

「ひどいんだぜ。俺だってプリン大好きなのに、専務ときたら息子が家にいるときしか作らないんだもん。息子が来年四月から社員寮に入ったら、もう二度と食えないんじゃないかって、夜蒲団に入ってから、俺毎晩泣いてたんだ」と社長が言う。

「社長、大袈裟です」

「社長、その冗談、つまらないです」

「やだわ。男のくせに」と、専務は笑いながら続けた。「こんなの女子供の食べ物でしょ」

「それはそうかもしれませんけど、男だって好きなんですよ」

「大きな声では言えませんが、俺も甘いもの大好きです」

「右に同じです」

　令和の時代になれば、男が一人で甘味処やパフェ専門店に入るのが珍しくなくなるのだ。こんな小さなことがらまで、男たちは「男らしさ」を強要されて我慢していたのだろうか。

　——ねえ、男たち。もっと自由に生きようよ。それと引き換えに、女に女らしさを強要しないでちょうだい。

　心の中でそう呟いていた。

16　高層建築は誰のため

　その日の上田工務店での昼食はカツカレーだった。

　いつもと同じように、社長と専務、男性社員二人と私、それとアルバイトの大熊の六人で大きなテーブルを囲んだ。

　カツカレーの日は、男性陣は決まって歓声を上げるのだった。これだけ喜んでもらえるのかと思うと、作った方としても気分がいい。

　社長夫婦以外の全員が独身だ。独身者にとって、ここでの昼食が一日のメインの食事となっている。私自身も、家に帰ると疲れてしまい、自分一人分の食事作りが面倒なので、ここの昼食への期待は大きかった。

　いつだったか、天ヶ瀬が夕飯には鯖《さば》の味噌煮が食べたいと思っていても、帰宅したらグラタンだったらがっかりするなどと言っていたことがあった。そのときは、夫側の視点を初めて知って同情したものだ。

　日本は戦後豊かになった。戦前や戦中の頃のように、何でもいいからお腹いっぱい食べられれば幸せというような時代はとっくの昔に終わっている。好きな物を食べたいと思って当然だ。となると、キッチンも男性が使いやすいように改良した方がいいのではないだろうか。

夫が言ったことがあった。

――誰が見たって流し台の高さは日本人女性の平均身長に合わせて作ってあるじゃないか。

そんな屁理屈《へりくつ》をつけて、夫は皿洗いを拒否したのだ。

「いただきます」

次々に機嫌の良い声がダイニングルームに響いた。

食事中はいつも、大型のブラウン管テレビが点けっぱなしだ。チャンネルはＮＨＫと決まっていて、昼のニュースが流れていた。

――池袋サンシャインビルを追い越すそうです！

アナウンサーの興奮気味の声が聞こえてきた。

見ると、広大な土地に鉄杭が何本も打ち込まれた建設現場が映っていた。

「サンシャインを追い越すってことは、六十階を越すってことだよな」と、社長が言う。

「すごいビルができるんですね。何メートルくらいになるのかな」

「次のビルも、サンシャインみたいに水族館か何か楽しい施設が入るといいなあ」

男性社員二人と大熊が口々に言う。

昭和の時代から、ビルはどんどん高く大きくなっていった。平成の時代になると、高層の建物は商業ビルだけでなく、居住用のマンションも雨後の筍《たけのこ》のように増えていったのを私は知っている。

「やだねえ」と、社長が溜め息交じりに言ってからカツを一切れ口に放り込んだ。

「ああ、やだやだ」と、専務も相槌《あいづち》を打つ。

「なにが嫌なんです？」と、大熊が尋ねた。

「高い建物が建てば日陰になる家ができるじゃないの」と、専務は憤懣《ふんまん》やるかたないといった表情で言う。

「そうさ。高ければ高いほど、大きければ大きいほど、日陰になる家が多くなるってことなんだ」と、社長も同意する。

そのとき、ふっと苦い思い出が蘇《よみがえ》ってきた。

以前の人生で初めて買った築三十年の中古マンションは、杉並区にある六階建ての五階だった。節約に節約を重ねて頭金を貯め、残りは三十年ローンを組んだ。高層マンションではなかったが、高台にあったために、天気の良い日は窓から富士山がくっきり見えた。

茶色の古い窓枠が額縁の役目を果たし、まるで絵画を見ているかのようだった。しかも絵画とは違い、四季折々の変化を見せてくれた。それを眺《なが》めつつ読書をしたり、バッハを聴いたりしたら、どんなに癒されるだろうか。不動産屋に連れられて内見したとき、そう夢想したのを今もはっきり憶えている。

いくつもの中古マンションを内見したが、その窓が購入の決め手となった。契約を済ませたあとすぐに、窓辺に置くコーヒーテーブルと椅子のセットを、あちこちの店に行って探し回った。

リサイクルショップで一目惚れしたのは、イギリス製のアンティークだった。我が家には贅沢《ぜいたく》すぎる価格だったが、目が釘付けになってしまい、その場から離れることができなかった。それを見た夫は苦笑し、「そんなに気に入ったんなら買えばいいだろ」と言った。夫が優しかったからではなく、家計を私に任せっぱなしで、物の値段にはいつも無頓着《むとんちゃく》だった。

コーヒーを淹《い》れて、旬の果物とともにテーブルに置き、肘掛け椅子に座って窓から景色を眺めた。もうそれだけで、何とも言えない幸福感に満たされたものだ。パート先で頭の悪い上司から怒鳴られたときは、この景色を見ながら悔し涙を流した。祖母が亡くなったときも、その景色を見ながら幼い日々をしんみりと思い出したりした。

この頃が、夫との会話が最も弾んだ時期だった。「富士山を見ながらお茶を飲む会」などと称して、休日になるたびに窓の外を眺めたものだ。幼い息子たちを、それぞれの膝の上に乗せていたのが懐かしく思い出される。季節ごとに異なる姿を見せてくれる景色は、どんな高価な絵画よりも価値があるねと、夫婦で繰り返し話したのだった。

だが、そんな幸せが続いたのも、マンションを購入した最初の三年間だけだった。というのも、マンションのすぐ隣にあった、見るからに由緒ありそうな古い大邸宅が取り壊され、高級感溢れる十五階建てのマンションが建ったことで、我が家の窓が完全に塞《ふさ》がれてしまったからだ。

――お宅は残念だったわね。私の部屋からは今も富士山が見えるのよ。

自慢げにそう語ったのは、同じマンションの六階の角部屋に住む初老の女性だった。

しかしその三年後には、角部屋の前にも高層マンションが建ち、五十戸あるマンションのどの部屋からも富士山を望めなくなった。

夫婦の会話が少なくなったのは、その頃からだったように思う。「富士山を見ながらお茶を飲む会」がなくなったからだ。隣のマンションを見ながらお茶を飲んだって面白くも何ともない。向こうは十五階建てだから、きっと景色はいいのだろうと思うと、見下されているような気持ちになった。彼らのベランダにはためく洗濯物すべてが高級品であるかのような錯覚に陥ったものだ。敗北感でいっぱいになり、隣のマンションの住民全員を嫌いになった。

だが、三十年ローンはまだまだ終わらなかった。

眺望の良さが、これほど重要なものだったとは、東京に出てくるまで知らなかった。実家で暮らしていた頃は、眺望というような言葉は聞いたことすらなかった。田舎には高い建物は一つもなかった。ときどき平屋を見かけたが、それ以外はすべて二階建ての戸建てだった。そのことは、令和になってからも変わっていない。

実家のある町では、どの家の窓からも山々が見えた。物干し台からは、もっと開けた景色が見えた。夜になったところで東京のような夜景もなければ東京タワーもないのだから、家を建てるときに眺望をことさら重要視する必要はなかった。

私たち家族がまだマシな方だと知ったのは、ずっとあとになってからだ。港区の海沿いにあるマンションを買った知り合いは、もっと悲惨だった。ベランダからは隅田川や東京タワーやレインボーブリッジが見え、逆側の共用廊下からは太平洋が見えるというのが売りのマンションだった。

最初のうちは不動産屋の言う通り、素晴らしい景色を堪能する日々だったようだが、数年後にはベランダ側から見えるのは隣のマンションの壁となった。だが、それだけじゃすまなかった。高層マンションの新築ラッシュによって、彼女のマンションの東西南北すべての方角が塞がれてしまったのだ。

——太平洋どころじゃないわよ。今じゃ空だって少ししか見えないの。それも、細長いのよ。引っ越したいけど住宅ローンがまだ三十年近くもある。この眺望じゃあ安く買い叩かれそうだし。

そう言って嘆いていたことがあった。

隅田川の両脇にびっしりと高い建物が隙間なく建ち並び、少し前まで漁師町だった面影は跡形もなくなった。そのせいで風の通り抜けが邪魔され、夏は更に暑くなった。だがその一方でビル風は、通行人をよろけさせるほど強烈なものになってしまった。

「東京もニューヨークみたいになるんですかね」

男性社員の声で、現実に引き戻された。

「そうかも知れねえな。戦後、日本はがむしゃらに頑張ってきた。アメリカみたいな近代的な都市を早く作らなきゃって。遅れを取り戻そうと必死だったんだ」と社長が言う。

「戦後は目覚ましい復興を成し遂げたって、祖父がよく自慢げに語ってました」

「うん、頑張りは認めるけどさ、あまりに節操がなかったと思うよ。都市計画っていう概念がなかったんじゃないかな」

「東京オリンピックが、その節操のなさに拍車をかけたのよ」と専務が言う。

「そうそう。あれで一気にコンクリートだらけになっちまったんだよ。一九六四年のオリンピックに間に合わせるために、戦後復興はラストスパートをかけたんだ」

「あ、そのときですね。新幹線を東京と大阪の間に走らせたのは」

「そうなのよ。外国人が来るからって、急げ急げの突貫工事よ」

「あの頃は、高層ビルが建つたびに見に行ったもんだよ」と、社長が懐かしそうな目をして言う。

「あの当時、日本で一番高かったビルは何だったかしら」

「霞が関ビルだったんじゃないか？　そのあと世界貿易センタービルができて、それから西新宿のビル群で、その次がサンシャイン60だ」と社長が言った。

　高度成長期の求めるものが高さであり、大きさであったのだろう。その根底には、「男らしさの証明」のような何かがあったのではないか。というのも、女でそういったものに魅力を感じる人は、そう多くはない気がするからだ。

関東地方には「富士見」と名の付く地名がたくさんある。それほど昔はあちこちから富士山が見えたのだ。それらを家の窓から愛でることができるのんびりした暮らしを、女は求めていたのではないか。大きなビルは、果たして人間を幸せにしたのだろうか。その時代から女の視点が入っていたならばと、残念でならない。

戦後の復興期だけではない。そのあとも次々に高いビルが建つ。その傾向が令和になっても続くことは、この中では私だけが知っている。そして、池袋のサンシャイン60が最も高かった時代があったなんて信じられない、などと若者は言うようになるのだ。

「駅前のコンクリート打ちっぱなしのレストラン、かっこいいっすよねえ」と、痩身の先輩社員が思い出したように言った。

「ああいうお洒落な店に彼女を連れていきたいよ」と、色白で小太りの先輩社員が言う。

「お前、彼女作ってから言えよ」と、痩身の社員がからかった。

この当時は、コンクリート打ちっぱなしのブティックやレストランが流行ったのだった。だが、永遠にお洒落であり続けるのは難しい。

今日「お洒落」なものは、明日には「ダサい」。コンクリート打ちっぱなしのマンションを見ると、貧乏臭く感じるようになる日が来る。私より下の世代となると、予算が足りなかったからコンクリートのままだと思う人もいるほどだ。

そのあとは吹き抜けや広いリビングが流行るようになる。だがそれも、いつしか冷暖房費がものすごくかかることに誰もが気づき始める。大震災やロシアのウクライナ侵攻などで電気代が爆上がりすると、光熱費が無視できなくなり、四畳半くらいの狭い部屋ならエアコンがよく効き、節約になることが知れ渡るようになる。

「俺も、ああいうコンクリ打ちっぱなしのビルを設計したいなあ」と先輩社員の一人が言った。

「そんなことよりお前ら建築士の試験はいつ合格するんだよ」

その社長の言葉で、私はびっくりして顔を上げた。大熊と同時だった。

「えっと、それって……お二人は建築士の資格を持っておられないってことなんですか？」

大熊が恐る恐るといった感じで尋ねると、二人ともむっとした顔を晒《さら》した。

嫌だったのは、私が言ったんじゃないのに、痩身の方が私を睨《にら》んだことだ。

「あ、すみません。余計なこと聞いちゃって」と、大熊が謝った。

「いいんだよ。大熊くんからも発破かけてやってよ。二人とも去年三十歳になったんだから、資格くらい取らないとね。ぼやぼやしてたら北園さんや大熊くんに追い越されちゃうよ」と社長が言った。

「いいよなあ、大熊くんも北園さんも大卒だからさ。俺たちとは格が違うよ」

今まで事務所内がこれほど嫌な空気に包まれたことはなかった。

そう言えば、社長はこう言ったのではなかったか。

――中小零細の洋服屋で働いている男は、ほとんどが高卒か専門卒か、大学を出ていたとしても北園さんみたいないい大学出ている人が少ないだろ。だから北園さんのような優秀な女の子が部下になっても、うまく使える自信がないんだよ。それ以前に強烈な劣等感や嫉妬《しっと》心がある。

それを話したのも応接コーナーだった。どう考えても筒抜けだったに違いない。社長は善人だが単純明快すぎて、周りに対する気配りが足りない。

二人とも感じのいい先輩だと思ってきたからショックだった。こんないじけた先輩たちに囲まれて、果たして自分は今後もここで働いていけるのか。社員が大勢いれば話は別だが、たったの二人なのだ。

やっぱり……ここは嫌だ。

でも、ここ以外に選択の余地はないのだった。

「社長は高層ビル建築に反対なんですか？」と大熊が尋ねた。

「反対だよ。今まであった由緒ある建物を壊して更地にして建てるんだぜ」

「社長、そんなの仕方ないですよ。東京には余った土地なんてないんですから」

「仕方ないなんてこと言っちゃあ、お終《しま》いよ。歴史ある建物や屋敷も次々に解体されていってんだから」

「そうよねえ。本当に残念だわ」

「でも、文化財保護法とかあるから……」と、大熊が言いかけたのを、専務が遮った。

「一般人の家のことよ。この辺りでも、素敵な塀に囲まれた洋館がいくつかあったし、数寄屋造りの立派な家もあったのよ。それがどんどん取り壊されて、大手デベロッパーが無味乾燥な灰色のビルに変えてしまうんだもの。悲しくなっちゃうわ」

この数年後、麗山大学の百年の歴史を持つ大学図書館が取り壊され、味けない四角いビルに変わってしまうことを私は知っている。旧館は、柱一本一本に彫刻が施され、窓にはステンドグラスが嵌《は》められていた。補修工事や耐震工事をして使い続けることもできたはずなのに、なぜそうしなかったのか。近代的な高層ビルの方がカッコいいというエライ人の判断だったのか。

ヨーロッパの美しい街並みは、何百年も前から変わらないのに。

17　上田工務店

　上田工務店に就職するかどうかをはっきり決めないまま、十二月も中旬になってしまった。

　今日の昼食メニューは春雨スープと八宝菜《はっぽうさい》だった。いつものようにダイニングルームに集まって食べていた。アルバイトの大熊は休みで、社長は組合の用事で留守だったから、社員二人と専務と私の四人だけだった。

「北園さん、年末年始はどうするの？　帰省するの？」と、専務が尋ねた。

「それが、まだ決めてなくて」

田舎では初雪が降ったらしい。年末年始は積もりそうだという。

たぶん地球温暖化はとっくの昔に始まっていたのだろうが、この頃はまだマスコミなどでもほとんど報道されていなかった。盛夏でも気温が四十度を超える地方などなかったし、シベリアの氷河が解《と》け始めているとも聞いたことはなかった。

　昭和時代は、実家のある山田町の辺りでも、冬になると毎年しんしんと牡丹雪《ぼたんゆき》が降り積もった。雪の少ない東京に住んでいると、無性に雪が恋しくなることがあった。

だが、まだ就職先が決まっていない身で、両親や地元の友人たちに会うのは億劫だった。仮に上田工務店に決めたとしても、社員三人の会社だと言えば、両親は落胆するだろう。

「北園さん、よかったら、大晦日《おおみそか》からうちに泊まりに来ない？」と専務が言った。

「えっ、大晦日に？　それも、泊まりで、ですか？」

先輩社員二人も驚いたように皿から顔を上げた。

「一緒におせち料理を作ったり、紅白を見たりしましょうよ」

専務がなぜそんなことを言うのかわからなかった。私を親戚の子か何かのように感じていたのだろうか。私はそこまでの親しみを抱いてはいなかった。昼食作りを手伝ってはいるが、あくまで雇用主と学生アルバイトとしての立場をわきまえているつもりだった。

専務は実家の母と同世代の女性だが、全く違うタイプだ。専務はさばさばとした都会的な女性だが、実家の母は世間体ばかりを気にする噂好きで教養のない田舎のおばちゃんである。二人が似ても似つかないからか、専務のことを「お母さん」のようだと感じたことは一度もなかった。

「だって北園さん、一人暮らしでしょう？　お正月に独りぼっちなんて寂しいじゃないの。昌喜《まさき》も年末年始は家で過ごすと言ってるし」

「はあ、でも……」

上田工務店は、道路に面した一階部分の四十平米ほどが店になっているが、その奥と二階は住居だ。資材や車両などは、道路を挟んだ向かいの大きな倉庫に置いてある。住居部分はダイニングとキッチンしか足を踏み入れたことはないが、たぶん奥に一部屋あり、二階は四部屋はありそうだ。

だが部屋数が多かったとしても、泊まる気などさらさらなかった。年末年始くらいはゆっくり寛《くつろ》ぎたい。社長夫婦と上田昌喜がいる家なんて気を遣うばかりだ。まさかと思うが、私に家政婦のような働きを期待しているのだろうか。

「遠慮しないでいいのよ。うちは娘がいないから、一緒におせち料理を作りたいの。上田家の味を北園さんに伝えていこうと思ってるしね」

「伝える？　上田家の味を、ですか？　私に？　なんで？」

「だって、そうなるかもしれないでしょう？」

「そうなる、とは？」

「だから、将来、ねっ？」と、専務はウィンクを寄越した。

天ヶ瀬のウィンクと違って、専務のは意味深で背筋がぞくっとした。

「へえ、そういうことだったんですか。北園さんが上田工務店の若奥さんになるとはね」

と痩身の先輩社員が言った。

「あーなるほどね。全然気づかなかった。俺としたことが」

小太りの先輩社員はそう言い、二人して顔を見合わせてにやにやしている。

「ええっ、何ですか、それ。どういうことですか？」

私はわざと大声を出した。

というのも、私はこれまで全く気づきませんでした、私の知らないところで話が進んでいたんですね、だから私に責任はありません、とにもかくにも関係ないですから、ということを、ここではっきり示しておきたかったからだ。

上田昌喜の視線がいつも私を追っていることに気づいたのは、大学一年生の頃だった。だがクラスに女子が二人しかいないので、そういう視線はよくあることだったから、気にも留めなかった。

それにしても、上田が私に色々と親切にしてくれていたのは、そういった想いがあったからなのか。私は彼を、単に性格のいいヤツだと思っていた。それもこれも、私が本当は六十代で、クラスの男子たちを男として意識していなかったからだろうか。

「昌喜は高校が男子校だったでしょう。そのうえ大学に入学してみたらクラスに女の子が二人しかいないって言うからびっくりしたわよ。だったらテニスのサークルにでも入ればって勧めたのに、囲碁サークルじゃあどうしようもないわよ。女の子が一人もいないって言うんだもの」

全身が粟立《あわだ》ってくるような感覚があった。

「それでね、北園さんは真面目だし、落ち着いていて賢いし、上田家の家風に合ってると思うの。質実剛健とでも言うのかしら」

「ああ、そんな感じっすね」と、痩身の方が口を挟む。

こんなプライベートなことを、専務はどうして他の社員がいる前で話すのだろう。彼らとは家族同然といった気持ちなのか。

「ついでに本音を言うとね、ちゃらちゃらした最近の女子学生が私、大嫌いなのよ。そこいくと北園さんは堅実でしょう？　それに頭がいいから、きっと賢い子が生まれると思うの」

　そのとき、小太りの方がぷっと噴き出した。「専務、いくらなんでも気が早いっすよ。もう孫のこと考えてるんすか？」

「何も今すぐ結婚ってことじゃないのよ。だって今はまだ学生だもの。来年三月に卒業して、昌喜だって初めて社会に出るんだし、昌喜もそこまで焦ってないとは思うんだけど」

「それはつまり、専務が焦ってるってことなんすか？」と、痩身の方が言って、何が面白いのかいきなりゲラゲラと大袈裟《おおげさ》に笑った。

「バレた？　だっていい年して独身の男が親戚に三人もいるんだもの。そのうちの一人が私の弟よ。来月五十になるんだけど、弟に彼女がいたのは高校時代だけなの。弟も今になって、あのときの彼女を離すんじゃなかった、なんて言って後悔してんのよ。だからね、チャンスは逃しちゃダメなの」

「いいなあ、俺も結婚してえ」と小太りの方が言った。

「無理だろ。だって今のきゅう……」と痩身の方が言いかけて、「この八宝菜の味付け、専務ですか？　それとも北園さん？　すごいうまいっすよ」と、ものすごい早口で話題を変えた。

今、何を言いかけたのか。

今のきゅう……つまり今の給料では結婚は無理だということか。

二人とも勤続十三年目だと聞いている。それなのに結婚できないほど給料が安いのか。

ああ、一刻も早くここを立ち去りたい。

そして、ここには二度と戻りたくない。

私が黙って俯いているのを見て、恥ずかしがっているとでも勘違いしたのか、専務は優しく微笑んで私の背中に手のひらを当てた。

背中に体温が伝わってきた。思いきり振り払いたいのを我慢するだけで精一杯だった。

「実はね、昌喜からも頼まれてたの」と、専務は声を落とした。今さら声を小さくしたところで、テーブルのすぐ向かいに座っている社員二人には筒抜けだ。

「北園さんと将来は結婚したいから、大切に扱ってくれって」

迂闊《うかつ》だった。私の就職がうまくいかない頃から、社長夫婦の私に対する態度が変わったように思っていた。社長は妙に慈悲《じひ》深いような目で私を見るようになったし、専務は距離を縮めてきた。心の距離だけでなく実際にぴったり寄り添って手を握ったり、背中を撫でたりするようになった。

今すぐ上田家と関係を絶ちたい。そんな衝動にかられていた。

アルバイトも、今日を最後にしたかった。

そのためには、どうすればいいのか。専務にどう言えばいいのか。

「お茶、お代わり要《い》る人いる？」と専務が尋ねた。

「専務、私が淹《い》れてきます」

「いいの、いいの、あなたは座ってて」

「専務が姑ならお嫁さんもラッキーですね。嫁に意地悪しようって感じゼロだし」

「でしょう？　実は私、自分でもそう思ってるの」

そう言いながら、専務は立ち上がってキッチンに引っ込んだ。

「いいなあ、北園さんは」

瘦身の方がキッチンの方を見やり、声を落として続けた。「ここに嫁に来るってことは、この家も土地も手に入るってことじゃん」

「ほんと羨《うらや》ましいよ。やっぱ女は得だわ」

「見かけによらないね。北園さんて、策士だったんだね」

「サクシって何だ？」

「お前は相変わらず教養がねえなあ」

「でも、せっかく大学出てるのに、もったいない気もするけどなあ」

「山口百恵を見てみろよ。あんなに稼ぎまくってたのに引退したんだぜ」

「それもそうだ。最後のコンサートでマイクを置く場面に、俺は感動したよ」

「やっぱ女の幸せは結婚にあるってことさ。学歴なんて女には何の役にも立たねえんだよ」

「大和撫子《やまとなでしこ》とはこういうもんだって、女の正しい生き方はこうだって、身をもって百恵は証明したんだよな」

「その通りだ。百恵のせいで時代が逆戻りしたって怒っている女がテレビに出てたけど、冗談じゃねえよ。日本の男女関係が間違った方向に行きかけてたのを、百恵は引き戻してくれたんだよ」

そのとき専務が急須を持ってキッチンから出てきた。

私は立ち上がり、食べ終えた食器を持ってキッチンに向かった。そして専務とすれ違いざまに言った。

「専務、色々とお気遣いありがとうございます。でもやっぱり帰省しようと思います。お正月は親戚も集まるし、母からも帰ってこいって電話があったばかりなんで」

まんざら嘘でもなかった。

――もしもし雅美？　あんた、もし帰ってくるなら、お土産は舟和《ふなわ》のあんこ玉にしてね。お父さんもお兄ちゃんもあれ好きやから。芋ようかんは要らんよ。せっかくの東京土産やのに芋なんて田舎臭いけんね。あんこ玉だけの詰め合わせにしてちょうだい。ほんで、帰ってくる日が決まったら早めに教えてね。お父さんが駅まで迎えに行く言うとるし、雅美の好物のブリ大根も作っとくから。

母の声を思い出したら、急に里心がついた。

「ええっ、残念。昌喜もきっとがっかりするわ。うちもお正月には親戚が集まるのよ。そこで北園さんを紹介しようと思ってたのに」

専務は私を恨《うら》めしげな目で見た。そんな顔つきを見たのは初めてだった。

上田家の存続のために、他人の気持ちを慮《おもんぱか》ることもせず、なりふり構わず突っ走っている。就職もできない女を嫁にもらってやるという恩着せがましさや傲慢《ごうまん》さに、専務自身は気づいていない。それなのに、優しい姑になれると自惚《うぬぼ》れている。

先輩社員二人にしても、もっと真面目で品のある人たちだと思っていたのはなぜだったのか。今までほとんど会話がなかったからかもしれない。

三年もここでアルバイトをしてきたのに、今日になって初めて専務も先輩社員二人も、私が思っていたような人々ではなかったことを知った。

私という人間は、六十代になった今も人を見る目がまるでないらしい。年齢を重ねるとともに、人の考えていることくらい直感的にわかるようになったなどと自負していたのは、単なる自惚れだったのか。

どちらにせよ、もうここには来たくない。

18　天ヶ瀬のアドバイス

その夜、天ヶ瀬に電話した。

誰かと話がしたかった。

アケタに電話しようかと思ったが、彼女は設計事務所に就職が決まっている。たとえ小さな会社であっても、設計の経験を積むことができるから独立に繋《つな》がる。それに、デザイン力や設計力を強みに案件を獲得できるようになれば、インセンティブを多くもらえるようになって収入がアップするらしい。そのことを上田昌喜に言われて初めて知り、クラスの中で将来の希望がないのは自分だけだと打ちのめされていた。だから今日だけは、アケタの声を聞きたくなかった。

「もしもし、天ヶ瀬くん？　今、話をしても大丈夫？」

——大丈夫だよ。北園さんの方からかけてくるなんて珍しいじゃん。もしかして初めてだよな。今すぐこっちからかけ直すよ。

「かけ直す？　なんで？」

——だって、この時代の長距離電話代、すげえ高いんだぜ。

「あ、そうだった。今まで天ヶ瀬くんが払ってくれてたんだね。ごめんね。気づかなかった。まっ、それ以前に、この電話を引けたのも天ヶ瀬くんが電電公社の電話加入権を買ってくれたからだけど」

——とにかく俺からかけ直すから、そっちもすぐ切って。

「このままでいいってば。そんなにいつも天ヶ瀬くんに負担を……」と言いかけたら電話が切れた。

受話器を置くと、すぐに電話が鳴った。

——それで、北園さん、なんかあったの？

「いや、別に何もないんだけどね。たまには声を聞きたいと思って」

——嘘つけ。何かあったんだろ。そっちから電話してくるくらいだから。

「嘘じゃないよ。声が聞きたくなっただけだよ」

——ふうん。まっ、そういうことにしとくよ。あ、そういえばどこに就職するか、まだ聞いてなかった。何ていう会社？　あれ？　もしもし？　もしもーし。北園さーん、俺の声、聞こえてますかあ。

「……うん、聞こえてる」

——どうしたんだよ。北園、大丈夫か？

「ごめん。また今度電話するよ。今日はこの辺で」

——何言ってんだ？　今かけたばっかりだろ。何か俺に話したいことがあったんじゃないのか？　おい、もしもし？　もしもーし。もしかして北園、お前、泣いてんの？

知らない間に涙が溢れていた。

八方塞《ふさ》がりで、この先、どう生きていけばいいのかわからなかった。

——何があったか吐き出しちゃえよ。なっ？　俺はこの世で唯一の同志だろ？

「……ありがと。でも、何から話していいのやら。それに、うん、たいしたことじゃないし」

天ヶ瀬に話したところでどうしようもないことなのだ。

——いま十二月半ばだよな。

「うん、そうだけど？」

——もしかして、就職がまだ決まってないとか？

返事ができなかった。

——そうなのか？　内定がもらえないのか？　もしもし？

「それもあるけどね。他にもいろいろ」

——東華女子大のコンサートに行ったときさ、明田さんの従妹《いとこ》が話してたよな。四大卒で地方出身の女子は就職できないって。

「そう、それ」

——なるほど。問題はそれだけか？　他には？　まだあるだろ？　この際だから言っちゃえ、言っちゃえ。楽になるぞ。

天ヶ瀬は誘導尋問がうまい。医師より弁護士に向いているのではないか。そんなことを、ぼんやりと考えていた。

——もしもし、聞いてんのか？　他にも嫌なことがあったんだよな？　明田さんと仲違《なかたが》いしたとか？

「それはない」

——だったらアルバイト先だ。何があった？　セクハラされたとか？

「違う」

ふっと電話代のことが頭に浮かんだ。さっき天ヶ瀬が言ったように、この時代は長距離電話の代金が非情なほど高かったのだ。だから本来はこんなにのらりくらりと話をすべきではない。実家の父は、都会に住む親戚に電話をする前には必ず伝えるべきことをメモしていたのではなかったか。法事の日程などの連絡事項だけでなく、家族の様子なども端的に伝えるために箇条書きにしてから電話に臨んだのだった。

「天ヶ瀬くん、今から全部話す」

そう言って、私はティッシュで涙を乱暴に拭った。

「あのね、まず一点目の就職のことだけど」

機関銃のような早口だったが、天ヶ瀬は頭がいいから瞬時に理解できるだろうと計算してのことだった。

彼はずっと黙って聞いていた。ときどき聞こえてくる大きな息遣いは溜め息なのか。

「次に、アルバイト先の上田工務店でのことを話します。実は、今日ね」

順を追って話した。全部聞き終えると、天ヶ瀬は言った。

――まず簡単な方から俺の考えを言うよ。アルバイト先でのことだけど。

「うん、天ヶ瀬くんが思ったこと、遠慮なく言ってほしい」

――北園って大人になりきれてないんだよ。もう六十代なのにさ。

「はあ？　何なの、それ」

やっぱり天ヶ瀬なんかに話すんじゃなかった。普通は、共感するか同情するかの二択でしょうよ。それなのに、苦しんでいる人間を非難するなんて信じられない。

――俺がお前ならさ、『アタシは上田くんなんてタイプじゃないんですよう』とか何とか明るく言って、けらけら笑って済ませるよ。

「……なるほど」

明るく笑い飛ばすなんていう芸当は思いつきもしなかった。

「北園って、まるで人質に取られたような気分になって、すぐにここから逃げなきゃって焦ったんだろ」

「よくわかるね。すごい」

――だって北園ってそういうヤツだもん。

それにしても、上田昌喜は私との関係を、両親にどういうふうに伝えていたのだろうか。相思相愛とまでは言わなくても、脈ありと感じていたのか。彼が勘違いした原因は、私が上田工務店でアルバイトを始めたことや、昼食作りを手伝っていることや、正社員になろうとしていることなどだろうか。それらは上田が誤解するには十分な材料だったのか。自分には一ミリもそんなつもりはなかったのに。

――定期入れか手帳に俺の写真入れとけよ。

「なんで？」

――なんでって決まってんだろ。俺の写真を見せて『アタシには彼氏がいるんですよう』って言うんだよ。そしたらどんな男だって速攻であきらめるよ。すんげえイケメンだし、そのうえ医学生だぜ？　恐れ入りましたって感じだよ。

「天ヶ瀬くんて、そういうこと、自分で言うんだね」

――言うさ。事実だもん。

「ありがとう。話したらすっきりしたよ。じゃあ元気で」

――おい、北園、待てよ。全然すっきりした声じゃないだろ。

「天ヶ瀬くんにはもう話さない」

――なんでだよ。

「悔しいし、余計に落ち込む」

――何だよ、それ。せっかく俺の写真送ってやろうと思ったのに。じゃあ写真は要《い》らないんだな？

「一応……送ってみてくれる？」

――で、どうするんだよ。その工務店でのバイトは。

「もう二度と行きたくない」

――だったら行かなきゃいいだろ。

「そうしたいんだけど、うっかり私物を置いて帰ってきちゃったのよ」

――バカ、どうして全部持って帰らないんだよ。もしかして、学生証とか運転免許証とかを机の中に置いてきちゃったとか？

「違う。カーディガンと定規と社内履きのサンダル」

――それだけ？

「うん、それだけ」

――そんなの要らねえだろ。捨てたと思えよ。

「だって、カーディガン三千九百円もしたし、定規だって文房具屋で売ってる小学生が使うやつじゃなくて、製図用のだから高いのよ」

――俺が買ってやるよ。カーディガンだって定規だってサンダルだろうが何だろうが買ってやる。いま俺、開業医のひとり息子の家庭教師やってるからさ、冬のボーナスがびっくりするほど出たんだ。

「さすが医学生だね」

――でも、その子の母親が色目使ってくるから気味が悪い。

「そうなの？　イケメンだと苦労するね」

――そうなんだよ。でも当分はカネのために我慢するつもり。なんせ、そのガキとはすげえ気が合うし。

「私物は古びた物ばかりだから捨てたと思うことにするよ。言っとくけど買ってくれなくていいからね。でもさ、いくらなんでも最後の挨拶はしといた方がいいと思うんだよね。三年間もアルバイトさせてもらったんだし。それに卒業式まで三ヶ月あるから、学校に行ったら上田くんにも会うだろうしさ」

――北園、お前、人が好《よ》すぎる。そのバイト、時給いくらだったんだよ。いいようにこき使われて搾取《さくしゅ》されてただけだろ。感謝の気持ちなんか捨てろ。

「あーそういう考え方かあ」

――とにかく、そこにはもう行くな。

「……わかった。そうする」

――じゃあ、これで一つ解決だな。次は就職のことだな。

「そのことはいいよ。もう忘れて。自分で何とかする」

――自分で何とかできないから追い込まれてるんだろ？　最後の手段が上田工務店だったんだろ？

「うん、まあ」

――だったら、数年はどこかでバイトして、俺が卒業するの待ってれば？

「天ヶ瀬くんが卒業するのを？　それは、どういう意味？」

――俺が医者になったら結婚しよう。俺が養ってやるよ。

「それ、本気で言ってんの？　まったくもう」

――やっぱり怒ると思った。

怒ってなどいなかった。それどころか有難くて涙が出そうだった。先が見えなくて、藁《わら》をもつかみたい思いだったのだ。

だが次の瞬間、頭の中に社会の構図がはっきり見えてきた。これまでずっと、女は稼ぎのある男に付属して生きていくしかなかったのだ。もしも同級生の男たちと同じように内定がもらえていれば、食いっぱぐれる恐怖心など味わわずに済んだはずだ。やっぱり男は頼りになるなどと錯覚しなくて済んだはずだ。

だけど現実は……。

この時代は派遣会社もなく、アルバイトの時給は五百円前後だから、地方出身で東京に家のない身には食べていくのさえ厳しい。だからといって、田舎に戻ったところで、何をして生きていけばいいのかわからない。きっと母は焦り、あちこちの知り合いに見合い話を頼んで回るだろう。

「令和の時代になると、起業する大学生が増えるでしょう？　だから、私も何かいいアイデアがないか探しているところなのよ」

心にもないことが口からするする出てくる。

――北園、正月どうする？　田舎に帰るのか？

「迷ってるところ」

――俺、来週東京に行くから、東京から一緒に帰省しよう。

「東京に来るの？　何しに？」

――この時代の東京のクリスマスってどんな感じだったっけなあって考えたら、無性に東京の街をあちこち歩いてみたくなったんだ。銀座とか日比谷とか新宿とか渋谷とか。

「いいねえ。誰と一緒なの？」

――誰って誰だよ。俺が里奈を誘うとでも思ってんのか？

「里奈さんじゃなくても、彼女の一人や二人はいるんでしょう？」

――いないよ。俺は北園雅美ひと筋だから。

「冗談やめてよ」

――そうだな。冗談はやめる。

「おい、天ヶ瀬」

――でもさ、マジで北園と一緒に街を歩きたいんだ。この時代の東京を一緒に懐かしむことができるのはお前しかいないもん。ド田舎の山田町出身者の仲間として、しみじみ昭和時代の大都会東京を堪能しようぜ。

19　天ヶ瀬は救世主か

天ヶ瀬が上京したのは、クリスマスイブの前々日だった。

この前の電話で、東京の街をあちこち歩きたいと言っていたから、スニーカーで行くことにした。

待ち合わせた渋谷のハチ公前には、人待ち顔の老若男女がたくさんいた。

「お待たせ」

背後から天ヶ瀬の声が聞こえて振り返った。

すらりとした長身に、アイボリーホワイトのダウンジャケットが似合っている。秋田から来たというのに手ぶらだった。聞けば、荷物は郵便小包でホテルに送ったという。

「俺さ、久しぶりに東急のプラネタリウムに行きたいんだけど」

「いいわね。行きましょう」

プラネタリウムのある東急文化会館は平成時代に取り壊され、三十四階建ての渋谷ヒカリエになることを互いに知っていた。建物の前に並んで立ち、名残惜しい気持ちで全体像を目の奥に焼きつけるかのように凝視した。

彼と並んでプラネタリウムを見るのは不思議な気分だった。以前の人生でも、短大時代に恋人と来場したことがある。そのときは、恋人に手を握られながら天ヶ瀬のことを考えていた。星に詳しかった天ヶ瀬のことだから、きっとここを訪れたに違いないと思ったからだ。中学時代に親しかったわけでもないし、遠くから眺《なが》めていただけだったのに、勝手に身近に感じて温かい気持ちになったのだった。

「やっぱり東京はいいね。東京には何でもある」

天ヶ瀬は、プラネタリウムを見終わって外に出るとそう言った。

ぶらぶらと表参道を歩いた後、青山通りにある洒落《しゃれ》た喫茶店に入った。

「北園さん、浮かない顔してる」

「ごめん」

「就職のことが気になってんだろ？」

「寝ても覚めてもいっときも頭から離れない」

「ハローワークに行ってみたら？　この時代は職業安定所って言うんだよな」

「職安に？　それは考えたことなかった」

「俺は行ったことがないからどんなところか知らないけど、こうなったら、手当たり次第に試してみた方がいいんじゃないの？」

「そうか、そうだね。行ってみる」

以前の人生では、何度か職安に足を運んだことがあった。子供を産んだ後、パートの仕事を探しに行った。あそこは大学生の就活とは全く異なる世界だ。大企業どころか中堅企業の正社員募集なども滅多にないだろうから、期待はしない方がいい。

だが、行ってみよう。天ヶ瀬の言う通り、何でも試してみた方がいい。

とはいえ、たぶん……徒労に終わるだろうけど。

そうなったら、主婦パートのような仕事でも構わない。それが建設関係の仕事であれば御の字だ。生きていくための最低限のお金を稼がなければ、にっちもさっちもいかない。

「何だったんだろうなあ……」

向かいに座る天ヶ瀬が顔を上げたことで、自分が知らない間に呟《つぶや》いていたことに気づいた。それをごまかすために、コーヒーをひと口飲んだ。

ホント、何だったんだろうなあ、私の人生。

何のために一生懸命頑張ってきたんだろう。

顔を上げると、天ヶ瀬が真正面から私を見つめていた。

「天ヶ瀬くん、ごめんね。久しぶりに会ったのに、どうにも気分が落ち込んでしまって」

「そのままでいいよ。自然体のままで。俺に気を遣わなくていいから」

「……うん」

「泣いてもいいよ」

次の瞬間、本当に泣きそうになったので、「バカ、泣くわけないじゃん」と言って、アハハッと笑ってみせると、天ヶ瀬は溜め息をつきながら目を逸《そ》らした。

だから、何か言わなくちゃと焦った。

「私ね、まさかこうなるとは思ってなかったんだよね」

「だろうな」

「ここまでひどい男女差別に遭《あ》ったことがなかったしね」

「だよな。北園さんから電話で聞いたときびっくりしたよ。これほど遅れた社会通念がはびこってるとは知らなかった」

「そこいくといいよねえ、男は」

「……うん、それはそうだけど、でも……」

「でも、何？　そっちこそざっくばらんに何でも話しなさいよ」

「前にもちらっと話したと思うけど、俺、銀行に勤めているとき本当につらかったんだ。先輩後輩の上下関係の厳しさが今思うと異常なほどで、後輩は奴隷状態だった」

「そうなの？」

「体力的にも限界だった。自分の仕事が終わっても先輩が一人でも残っていたら帰れなかったし、土日出勤もしょっちゅうだった」

「先輩が一人でも残っていたらって、直属の？」

「いや、部署全体。一年でも先輩なら全部先輩」

「だったら毎日帰れないじゃん」

「そういうこと」

「残業代はつくの？」

「つかない」

「バッカみたい。タダ働きじゃん。お金もらえないのに働くって意味がわからない。ボランティアだよね。でも確かにそういう時代だった」

「北園のダンナもそうだったの？」

「うちのはきっちり残業代もらってたよ。ていうか、残業代がなかったら暮らしていけなかった。都銀と違って基本給が安いもん」

「女子行員に対するセクハラもすごかったよ。社員旅行は強制参加で、熱海のホテルで宴会。そこで毎年お決まりの二人羽織をやるんだけど、新入社員の女の子と部課長クラスの男との組み合わせなんだ。大きな羽織の中で見えないからって羽交い締めにして触りたい放題。終わったあと、女の子たちは泣いてたよ。みんな見て見ぬふりしてたけど」

「えっ、天ヶ瀬も見て見ぬふりしたの？」

「もちろん」

「見損なったよ。なんで注意しないのよ」

「もしも遠回しにでも注意しようもんなら、出世が望めないだけじゃなくて、悪質な嫌がらせが始まるんだよ」

「信じられない。でも、女性の総合職が入行するようになってからは、雰囲気は大きく変わったんでしょう？」

トラック業界でも女性の運転手が増えたことで、男性運転手が徐々にこぎれいになっていったと聞いたことがある。芸能人の地方巡業でも、女性が一人加わることでギスギスした雰囲気が消えて穏やかになるとも聞いた。その紅一点は、老女だろうが不美人だろうが関係ないらしい。

「あの当時、総合職の女の人は二、三年で次々に退職していったよ。耐えられなかったんだろうな。セクハラだけじゃなくて、いろんな理不尽な慣行にさ。皮肉なことに、総合職の女より短大卒の事務職の女の方が勤続年数が長かったかもな」

男女雇用機会均等法が施行された頃は、会社の上司が女性社員をどう扱っていいかわからなかったのだ。ちゃんとした仕事を与えなかったために、女性の側がいたたまれなくなって、次々に辞めていくことが問題となった。

「青森支店に転勤になってからどうしたの？　そのあと東京に戻れたの？」

「戻れたけど、出世コースから外れた支店に配属された。一回でも外れたら二度と出世コースの支店には行けないってことを知って愕然としたよ」

「でも途中で、何行かと合併してメガバンクになったでしょう？　それからは改善されたんじゃない？」

「全く変わらず。余計にひどくなったかも」

「信じられない。あんな有名な銀行なのに？　内部ではそんなことがあるの？」

「ある」

「だって、みんな一流大学を出た人ばかりでしょう？」

「そうだけど？　だから？」

「だから、みんな頭がよくて教養があって、育ちのいい人が大多数なんじゃないの？」

「たぶん、そうだろうね。でも俺は、小学生のときでもあれほどレベルの低い意地悪を見たこともされたこともないけどね」

「そんな慣行を打ち破ろうとする人はいなかったの？」

「勤めたての頃は、いつか出世して社内の空気を正してやるって思った。俺だけじゃなくてみんな思うらしい」

「でもそのうち染まってしまうの？」

「毎日疲れ果ててどうでもよくなる。自分のことしか考えられなくなる。人間って怖いよな。それに……」

「それに？」

「俺は田舎者だから知らなかったけど、妻が美人で、妻の実家が資産家だと、その男は出世できないってのは、どの会社でも常識らしいぜ」

「は？」

「つまり、男だって大変だったってこと」

「そうはいっても就職できるからいいじゃない。私みたいに門前払いされてみなよ、どんな気持ちになるか」

「それは同情する。でもさ、毎朝、ああ今日も会社行かなきゃって、鬱《うつ》になるサラリーマンだってごまんといるんだぜ。辞められるものなら辞めたいってずっと思ってた。だから、毎年年末ジャンボ買ってたんだ。専業主婦の里奈に、こんな苦しみは理解できないだろうなあ」

「……そうか」

「例えば俺が宇宙飛行士とかプロ野球の選手とか俳優とか、つまり子供の頃からの夢が叶って仕事に生き甲斐を感じてたとしたら話は別だけど、あんなわけのわからない銀行で働きたくて子供の頃から真面目に勉強してきたわけじゃないんだよ。一生懸命頑張っていい大学いって、あのザマだ。だから、世界を旅するＹｏｕＴｕｂｅｒみたいなやつらが死ぬほど羨《うらや》ましくなったんだ」

「なるほど。だからお医者さんになって、高額バイトするんだね。でもさ、私だって、家事育児の上にパート先で働いてきたから、毎日くたくただったんだよ」

「北園さんはパート先を変えたこと、ある？」

そう尋ねながら、天ヶ瀬は冷めたコーヒーをごくりと飲んだ。

「もちろんあるよ。三十代の頃は、セクハラに遭うたび速攻で辞めたし、職場に信じられないほど意地悪な社員がいる場合もね。でも、すぐに次のパート先を探して働いたから、家でのんびりしたことなんて一回もなかったよ。家計を助けるために必死だったもん」

「ほらね」と、天ヶ瀬は言って、私を見つめた。

「何が『ほらね』よ」

「気軽にパート先を変えられるじゃん」

「うん、変えられるけど？　どこ行っても時給も大差ないしね」

「パートは気楽でいいよ」

「失礼ね。気楽じゃないよ。持ち場を少人数のパートで回している場合がほとんどだから、そう簡単には休めないし責任も重い。それにしつこいクレーマーには精神をやられそうになる。なんといっても正社員の男に見下されるし」

「だから、そういうときは嫌になって辞めるんだろ？」

「そうだよ」

「さっさと見切りをつけられるのが気楽なもんだって言ってるんだよ。男は一家を養ってるから、そうそう転職できないんだよ。それまでと同じような給料をくれる転職先なんて見つからないし、男が稼がないと一家共倒れになっちゃうし。追い詰められて自殺した同僚もいたよ」

「それは……大変だ。昭和の時代は終身雇用だったから、いったんレールに乗ると、そこから降りるのは自殺行為だったかも」

「俺からしたら、里奈が貴族で俺は奴隷みたいなもんだったよ」

「だけど、子育てだって大変だったよ。赤ん坊の頃は夜泣きで睡眠不足の極致で昼間から朦朧《もうろう》としていたし、歩けるようになったらいっときも目を離せないから追いかけるのも体力の限界だったし、それ以外に家事もあるから、私からしたら、外で働くよりずっときついと思ったけどね」

「そういった大変な時期があるのはわかるよ。だけどさ、子供が中学生や高校生や、ましてや大学生になっても大変か？　違うだろ？」

「里奈さんがパートにも出なかったって前に言ってたよね。それはつまり、子供の手が離れてからも働こうとしなかったってこと？　家計に協力する気なんかさらさらなかったってことだ」

「里奈はいつも流行を追いかけていたし、ジムにも通って友だちと豪華なランチに行ってた。子供たちが就職して家を出ていったあとも、ちょっとしたボランティアをするだけで、稼ぐどころか持ち出しばかりだった。そんな里奈のお気楽な暮らしぶりを見ていたから、俺んちは経済的余裕があるもんだと思ってた。定年退職したときに預金ゼロって言われたときのショック、北園さんにわかる？」

「それは可哀想。生まれも育ちも違うから、金銭感覚も違うんだろうね。だけど、豪華なランチといっても月に数回のことなんだろうし、昼ならそれほど高くはないでしょう？」

「うん。だからこそ、妻にその程度の贅沢《ぜいたく》もさせられないような男は情けないって俺自身が思ってたんだろうな。だから何も言わなかった。やっぱり俺の頭の中もかなり古かったんだな。それに、恋愛感情はなくなっても家族愛みたいなのはあるつもりだった」

「つもりだった？　過去形で言うの？」

「そうなんだよ。これが過去形なんだよなあ。自分でもびっくりだよ。タイムスリップして人生をやり直せるチャンスをもらえたと思ったとき、もう結婚はしたくないってはっきり思ったんだ。里奈に対する未練が全くなかった。俺って薄情なのかな？　北園さんは、ダンナさんに未練ある？」

「全くない。やっぱり大嫌い」

そう言うと、天ヶ瀬は嬉しそうに笑って言った。「良かった。俺と同類だね。俺たち冷血人間だよな」

男も女も晩年になると人生を振り返る。

そして、後悔ばかりの人生を、誰かのせいにしたくなる。

――自由に生きられなかった。

誰しもそんな思いが心のどこかにある。

仕方がなかったのだ。

余裕がなかったのだから。

時間がなかったのだから。

お金がなかったのだから。

「そろそろ出よう。俺、新宿にも行ってみたいんだ。まだつき合ってくれる？」

「もちろん」

店を出て、電車に乗って新宿を目指した。

新宿駅を出ると、アルタの大型ビジョンが目に飛び込んできた。

そういえばいつだったか、新宿通りの雑踏の中で、思わず立ち尽くしたことがあった。向こうから歩いてくる男の子が天ヶ瀬に似ていたからだ。そのとき自分はとっくに中年になっていたのに、男の子は中学生くらいだった。人知れず苦笑いをしたが、心の中は、耐え難いほどの寂しさに襲われていた。

天ヶ瀬が私立高校を卒業してから東京の大学に進学したことは、ケメコから聞いて知っていた。いつか会えるかもと期待していたが、東京は広すぎて一度も見かけたことはなかった。それなのに、今こうして並んで歩いているのが不思議だった。

「あれ？　ここ知ってるぞ。確か里奈と来たことがある」

そう言って、天ヶ瀬は全面ガラス張りの間口の広い店の前で立ち止まった。

いくつものシステムキッチンが並んでいるのが見えた。

「結婚前の里奈は広い台所に憧れていて、こういったショールームに来るのが好きだったんだ。だからてっきり料理上手だと思ってたら、全然違った」

そう言いながら天ヶ瀬が店に入っていくので、私もその後に続いた。

「いらっしゃいませ」

店の奥から声が飛んできたが、別の客の対応で忙しいらしく、店員は近づいてこなかった。それをいいことに、壁に並んだ様々なシステムキッチンを、二人で順に見ていった。

「これよ、これ。こういうことなのよ。ああ、嫌だ」

私は店員に聞こえないよう小さな声で続けた。「どのシリーズも女の身長に合わせて作ってあるのよ。これが元凶よ。料理は女がするものだと思ってる。設計者はきっと男の人よ。台所仕事なんてほとんどしたことがない人間が設計するから使いにくいのよ」

店内をざっと見渡すと、浴室もいくつか陳列されていたので、そちらに足を向けた。

「そうそう、これこれ。掃除しにくくてたまらないやつ。きっと主婦を暇人だと思っているのよ。そうじゃなければ、こんなに掃除に時間のかかる代物を設計するわけがないもん。それにね、設計者は暮らしの中で使ってみたことがないに決まってるのよ。実際に使ってみたら、どれだけカビに悩まされるか、掃除するたびにどれだけ腰を痛めるかがきっとわかるはず。そしたら改良するはずだよ」

壁際には、床や外壁の建材や、断熱材の見本がずらりと並んでいる。

「日本の家って断熱材をもっと使うべきなのよ。窓も二重にすべきなの。そうすれば夏は涼しく冬は暖かい家になって、光熱費もうんと節約できるし、地球温暖化防止にも寄与できると思うの。なんでそうしないんだろうね。そういうことをきちんと説明したら、ちょっとくらい建築費が高くなっても、お客さんは納得すると思うんだけどね」

自分ばかりがしゃべっていた。

天ヶ瀬は何も言わずに聞いていたが、ふっと私を覗き込むようにして言った。

「だったら、こういった住宅設備のメーカーに就職すれば？」

「えっ？」

「北園さんが、この会社に就職して不満点を改善していけよ」

「えっ、メーカーに？」

自分はこれまで大手ゼネコンをはじめとする建設会社や、財閥系のハウスメーカーや、有名な設計事務所だけをターゲットとしてきた。それらが全滅だったから、アケタと一緒にアパレル業界の面接を受けに行った。今考えても、その方向転換はあまりに極端だった。だが、まさかアパレルからも内定がもらえないとは思っていなかったから、この世の終わりのように落ち込んでしまったのだ。

「北園さんから就職で苦労していることを電話で聞いたときに思ったんだけど……いや、やっぱり何でもない」

「何よ。言いかけたら言いなさいよ」

「気を悪くしないで聞いてほしいんだけど」

「わかった。言って」

「大手を狙いすぎじゃないかと思ったんだ。この時代は厳然と男女差別があるんだから、大学の同じクラスの男と同じような会社に就職するのは、そもそも無理なんじゃないか？」

そのときだった。

「何かお探しですか？　よろしければ無料でお見積もりいたしますが」

そう言いながら、制服を着た若い女性店員が近づいてきた。

「この会社は業界何位ですか」と、天ヶ瀬はいきなり尋ねた。

「は？」と女性店員は一瞬戸惑うように目を泳がせたあと言った。「私どもの会社はまだ業界六位ですが、社員一丸となって頑張っております。埼玉と栃木に工場がございまして、フル稼働しております」

「ふうん。儲《もう》かってんだね」と、天ヶ瀬は言った。

「はい、お蔭様で。最近は住宅設備にこだわりを持つ方が多くなりましたので」

「あのう、関係ないことを聞いて悪いんですが」と私は切り出した。

「どうぞ、何でもお尋ねください」

「こういった業界って、地方出身の四大卒の女性でも就職できるんですか？」

いきなりこんな質問をされて嫌な顔をするかと思ったら、意に反して彼女は満面の笑みを浮かべた。「まさに私がその最悪条件でした」

そして周りをさっと見渡したかと思うと、声を落として続けた。「実はどこからも内定がもらえなくて困っていたときに、ここを職安で紹介されたんです」

思わず天ヶ瀬と目を見合わせていた。

店を出たあと、中村屋でカレーを食べてからホテルに戻ると言う天ヶ瀬と別れ、私はその足で新宿の職業安定所に向かった。

この時代はパソコンが導入されていなかったから、閲覧用のファイルを開いて、紙の求人情報を片っ端からめくっていった。

あった。

大洋リビング。住宅設備メーカーだ。

それも、正社員募集だ。たった一名の募集だから欠員が出たのかもしれない。すぐに窓口に行き、面接を受けたい旨を相談すると、中年の男性職員は電話をかけて問い合わせてくれた。

電話を切ったあと、彼はにっこり笑ってこちらを見た。

「履歴書を会社に郵送してください。建築学科だと言ったら、良い感触でしたよ。書類審査が通ったら、年明けに面接をすると言ってました」

私は丁寧に礼を言ってから職安を出た。

速足で駅へ向かったのは、気持ちが高ぶっていたからだろう。

落ち着かねば。

鼓動を鎮《しず》めるために途中で足を止め、ビルの陰で深呼吸した。

これまでの経験から言っても、採用される確率が低いのは明らかなのだ。

いつごろからか、自分に対して糠喜《ぬかよろこ》びするのを厳に戒《いまし》めるようになっていた。ダメだとわかったとき、自分のような人間は生きている価値がないとまで思い詰めてしまうからだ。

だから予防線を張っておく。ダメでもともとだと何度も自分に語りかける。

社会の風潮に対する怒りは、もちろんある。だがそれ以上に、自信喪失の積み重ねが習い性となり、生涯に亘って心配性や小心やおどおどした態度が女の身体に染みついていく。

そんな連鎖を断ち切りたかった。
落ち着かない気持ちのまま電車に乗り、どこにも寄らずアパートに帰った。

20　一緒に帰ろう

天ヶ瀬と一緒に山田町に帰った。

駅の改札を出ると、父が迎えに来てくれていた。私が男連れであることに気づくと、父はまるで見てはいけないものを見てしまったかのように、目を逸《そ》らして宙に泳がせた。だから私はすぐに父に駆け寄り、天ヶ瀬が中学と高校時代の同級生だと説明しなければならなかった。

「初めまして、天ヶ瀬良一と申します」

「天ヶ瀬さんって、もしかして、あの司法書士のお宅の？」

「そうです。そこの息子です」

「お宅のお父さんに何度かお世話になったことがありますよ」

「そうでしたか。今後ともご贔屓《ひいき》にお願いいたします」と、天ヶ瀬はソツがない。

「ねえ、お父さん、天ヶ瀬くんも家まで送ってってあげてよ」

「ああ、もちろんだ」

「すみません。助かります」

私は助手席に乗り、天ヶ瀬は後部座席に乗り込んだ。

川沿いを走っているとき、父は後部座席に聞こえないよう小声で私に尋《たず》ねた。

「改札口で偶然出会ったんか？　それとも東京から一緒に帰ってきたんか？」

「東京から一緒だよ」

「東京駅で偶然、出会ったってことか？」と、父はしつこい。

「違うよ。東京駅で待ち合わせて帰ってきたの」

「ほう、そうなんか。ほんで、天ヶ瀬くんは何をしとる人だ？　学生か？」

「医学部の学生よ」

「医学部？　ってことは将来、医者になるんか？」

「そりゃ医学部なんだから、そうなるでしょうね」

そう答えた途端、父の表情が一変した。それまでの心配顔から安心顔になった。何か勘違いしたらしい。

だがこれで、天ヶ瀬から実家の家電《いえでん》にかかってきたとしても、父は快く取り次いでくれるだろう。高校時代は交換日記で連絡を取り合ったものだが、今もまだ携帯電話がないから不便で仕方がなかった。家電には子機がないから電話機のある茶の間で話すしかなく、受け答えからだいたいの会話の内容が家族に知られてしまう時代でもあった。

このあと平成になり、老若男女に携帯電話が普及すると、人間関係も心の持ちようも劇的に変わっていくのを私は知っている。同じ家に暮らす家族でも、自分だけの電話を持つことで、互いのプライバシーが見えにくくなり、配偶者に隠れて浮気するのも容易になる。メールを使うことで、遠く離れた人とも気軽に連絡が取れるようになったのに、人々の心の距離が縮まったりはしなかった。それどころか声も聞かず、会うこともせず、メールだけで用事を済ませることが多くなり、その文章のせいで誤解が生まれ人間関係をこじらせることも増えた。

「雅美、これから買い物に行くけど、一緒に来て荷物持ちして」

母はせかせかとコートを着て出かける用意をしている。昨日やっと大掃除が終わったので、今日は母とおせち料理を作る予定だ。父はと見ると、半紙で紙垂《しで》を作って神棚に供えたり、玄関に注連縄《しめなわ》を飾ったりと忙しそうだ。兄のレストランは、年末年始は書き入れどきだから、実家でのんびりする暇はないらしい。

大晦日になった。

紅白歌合戦が終わった頃、天ヶ瀬が車で迎えにきた。二人で初詣に行く約束をしていた。外に出ると、除夜の鐘が聞こえてきた。

天ヶ瀬の顔を見るとほっとした。この世でわかり合えるのは彼だけなのだ。彼の、安心したような微笑みからも同じ気持ちを感じ取った。

天ヶ瀬はわざわざ車から降りてきて、玄関先まで出てきた母に挨拶《あいさつ》した。

「こんばんは。夜分遅くすみません。お嬢さんと初詣に行かせていただいてよろしいでしょうか。なるべく早くちゃんと送り届けますので」

親が心配せずに済むよう気遣っている。さすが年の功だ。親の気持ちを知っている。

「いっつも娘がお世話になっとるようで、ありがとうございます」と、母は満面の笑みで言いながらも、抜かりなく天ヶ瀬を上から下までじろじろ観察した。

「ほんなら、行ってらっしゃい。気をつけて」

「行ってきます」

天ヶ瀬が車に乗り込もうとすると、母は私の袖を引っ張り、「やったね」と耳元で囁《ささや》いた。「あんたの人生、大成功やわ。逃さんようにしなさいよ」

そう言って、母は私の背中を叩いて送り出した。

こんな夜中に男の車で出かけるのだ。高校生のときだったら大反対だっただろう。いや、大学四年生になった今だって、誘いに来たのが医学生でなければ、母はこれほど気持ちよく送り出したかどうかわからない。

上田工務店の先輩社員たちも、私が上田昌喜と結婚すると勘違いしたとき、母と同じような態度を見せた。うろ覚えだが、先輩たちはこう言った。

――やっぱ女は得だわ。

――見かけによらないね。北園さんて、策士だったんだね。

世間とはこういうものだ。

自分の娘が、経済力のある男の付属物になって初めて親は安心する。他人にしても、女の背後にいる男の素性を知って初めて女を信用するのだ。

田舎の夜道は暗かった。

雲に隠れているのか、月明りもなかったが、ぼんやりと白い雪明りはあった。

この時代の山田町では、初詣は元日の朝にするのが一般的で、夜中に行く人はほとんどいなかったから、自分たち以外に車は一台も走っていなかった。街灯もなく、雪明りが途絶えるとすっぽりと闇に包まれ、まるで宇宙の暗闇に浮いているような気持ちになった。するといきなり不安感が押し寄せてきて、シフトレバーを握る天ヶ瀬の手に触れたくなって困った。

クリスマスに天ヶ瀬と昭和時代の街を歩いたのを思い出した。ジングルベルの鳴る街は、きっと華やかだろうと思っていたが、令和時代の青一色の何万個ものＬＥＤ電球が光り輝くのと比べたら、昭和時代は色とりどりではあっても豆電球の光は地味で、侘《わび》しさを覚えたのだった。それでも真っ暗闇の田舎道に比べたら、東京の夜は比べようもなく煌《きら》びやかだった。

神社に近づいてくると、参道の道なりに置かれた灯籠《とうろう》に蠟燭《ろうそく》が灯されているのが見えてきた。それを見てほっと息がつけた。

「あとちょっとで新年だ」

ハンドルを握った天ヶ瀬が、前を向いたまま独り言のように言った。

「年が明けたと同時に令和時代に戻った、なんてことになったりしてね」

「北園さんは戻りたいと思ってるの？」

そう問われて、以前の生活をぼんやりと思い浮かべた。

色々なことがあった。ワンオペ育児家事、住宅ローンに苦しみ、節約を重ねて子供たちの学費を貯めた。六十歳を過ぎてもなおパートに出なければならない家計、いつかそのうちと思い続けてきた「暮らすように旅するイタリア二週間」も死ぬまで叶わない。そして、私を見下し、私を軽んじる夫。

だけど、そんな生活は、どこにでもある平均的な女の人生だった。母の時代に比べたら、女は自由を手に入れたと言えるだろう。祖母の時代とは比べようもないほどだ。

セクハラやパワハラという言葉もない時代は、「教育」やら「指導」やらの言葉のもと暴言や暴行が横行していて、男女ともに耐え忍んで生きる人々が多かった。

だがスマートフォンの普及で録音や録画が手軽になり、悪行が明るみに出ていく。昭和時代にスマートフォンがあったならば、令和時代の何十倍、何百倍もの被害が露《あら》わになったに違いない。しかし昭和時代のセクハラ事件ならば、マスコミは女の被害者を下世話な興味で取り上げるだけで、社会問題にまで発展しなかった可能性は高い。

そういうことを考えると、弱者にとって令和は昭和よりずっとマシな時代になったと言える。戻れるものならば令和時代に戻りたい。とはいえ、あの夫と再び一緒に暮らすのかと思うと、暗い気持ちになる。

神社の駐車場に着き、天ヶ瀬がバックで車を入れようとしたときだった。

ラジオから聞いたことのある曲が流れてきた。

――これが僕の家内です
――四角い部屋を丸く掃く
――これが僕の家内です
――得意な料理は目玉焼き
――それでもこいつに惚《ほ》れたのは、シャンプー上手と聞いたから
――初めて惚気《のろけ》るこの気分　牛乳シャンプースペーシャルー
「この曲、憶えてる。懐かしいなあ」
嬉しそうに言った天ヶ瀬の横顔を、白けた思いで見つめた。
「私、今すぐにでも令和時代に戻りたいよ。こんな曲を平気で流していた時代にはもう住みたくない。令和の方がずっとマシだよ」
――どうして？　どういう意味？
などと問うだろうと思ったが、天ヶ瀬は「確かに」と低い声で言ってから続けた。「男は本当に女をバカにしてる。ＤＮＡに染み込んでいるとしか思えない。俺も昭和時代には、そのことに気づけなかった。うちの親父も親戚や同級生の男どもも、一人残らず女を下に見ていて、それを当たり前だと思ってた。でも女の人はとうの昔からフェアじゃないことに気づいていて毎日傷つきまくってたんだよな」
私はせかせかと財布から賽銭《さいせん》を出すふりをして涙をこらえた。

故郷で数日間を過ごしたあと、東京に戻った。

天ヶ瀬も、秋田へ帰っていった。

七草粥《がゆ》を食べる頃、大洋リビングから面接する旨の連絡があり、スーツを着て新宿の本社に出向いた。

糠《ぬか》喜びしないようにと朝から自分を戒めていたのだが、採用担当の中年男性の表情を見た途端、これはイケるかもしれないと思った。歓迎されているとまでは思わなかったが、今までのように、女を見下している雰囲気はなかったし、かといって採用する気もないのに形だけ面接するといった慇懃《いんぎん》無礼な態度でもなかった。それ以前に、仕事の途中でなんとか抜け出してきたといった様子で、かなり忙しそうだった。

私は「東京のお嬢さん」のように品よく微笑むことだけに全神経を集中させた。仕事内容がお茶汲みだろうがコピー取りだろうが頭の悪い男のアシスタントだろうが何でもいいから、とにもかくにも正社員として採用されることだけを願っていた。

簡単な質疑応答のあと、採用担当者は言った。

「だいたいわかりました。では、採用させていただきたいと思います」

「えっ？」

その場で言われるなんて思ってもいなかった。

「どうでしょうか。入社していただけますか？」

次の瞬間、私はバネ仕掛けの人形のように立ち上がり、深々とお辞儀をしていた。

「ありがとうございます。よろしくお願いいたします」

帰り道、ひとりで祝杯を挙げようと、タカノフルーツパーラーに入る贅沢《ぜいたく》を自分に許した。清水の舞台から飛び降りる気持ちでメロンジュースを注文した。

美味しかった。


卒業式の日が来た。

卒業証書の他に様々な書類を渡され、その中に交友会の申込書が入っていた。入会するのに一万円も取るらしい。

「どうする？　アケタ、入会する？」

「するわけないじゃん。こんな大学、私、大っ嫌いだもん」と、アケタは吐き捨てた。

充実した四年間ではあった。

入学式の日からアケタとともに生きてきた。女子トイレの防犯ベルに驚いた日が懐かしい。私は六十代のおばさんだがアケタは若いから、たくさん恋をして、振ったり振られたりの騒ぎもあり、青春そのものの日々だった。私はあちこちの建築物を見学に行き、本を読みまくり、アルバイトに明け暮れ、課題やゼミに真剣に取り組んだ四年間だった。

だから充実していたし、いい思い出もたくさんある。だが肝心の就職活動は苦労続きだった。行く先々で歯噛《はが》みしたくなるほど悔しい思いをし、最後の頼みの綱である就職課も親身になってくれなかった。

就職課で知り合った文学部の女子学生が語ったことにも引っかかっていた。

——文学部といえば、ほとんどの大学の八割方が女子だけど、うちはなぜか女子が二割に満たないのよ。クラスの女子は優秀な人が多いけど、男子はなんで入学できたのか不思議に思えるような人が多くてね。

そのとき私はピンときたのだった。令和時代に医学部入試で女子差別があったことを思い出したからだ。だが言わなかった。言ったところで誰が信じてくれるだろう。様々なことが秘密裏に行われ、隠蔽《いんぺい》された時代だった。

就職活動は、大学生活四年間の集大成だった。それなのに嫌な経験が積み重なってしまい、それまでの楽しかった数々の思い出が、社会や大学への恨みで塗り替えられてしまった。

「よう、北園、お前、就職やっと決まったんだって？」

そう言いながら、ソッタラが近づいてきた。

「大洋リビング？　聞いたことねえなあ。いったい何の会社？」

いきなり腹の底からどす黒い憎しみが込み上げてきた。

「おお怖っ、その目つき。そう睨《にら》むなよ。せっかく心配して聞いてやってんのにさ」

そのとき、アケタが「行こう」と言って私の袖を引っ張った。

「ソッタラみたいなバカを相手にすんのも今日限りだね。せいせいするよ」

アケタは周り中に聞こえる大声で言った。

強い視線を感じて振り返ると、上田昌喜が私を見ていた。

最後に挨拶くらいはしておいた方がいいかと考えた。上田工務店でアルバイトをさせてもらったことで、ケーキ屋のセクハラや立ち仕事から解放された。天ヶ瀬にはお人好しだと言われそうだが、専務にも親切にしてもらった。

そう思って上田の方へ一歩踏み出したとき、上田はわざとらしく目を逸らし、くるりと背中を向けた。そしてすぐに振り返り、ちらりと私を睨んだ。

「何なのよ、あの上田の態度。勝手に雅美をヨメ候補に仕立て上げたくせに」とアケタは怒っている。

だが私はほっとしていた。私との結婚を家族ぐるみで企てていたことに対して頭にきていたものの、自分では気づかないうちに思わせぶりな態度を取っていたのかもしれないと思うこともあったからだ。

しかし、彼は最後の最後に私を睨んだ。まるで汚いものを見るような、それまで見たことがない嫌な目つきだった。

去り際に人間の真価が問われるのは昭和も令和も変わりない。

——北園さん、ごめんね。僕の勝手な思い込みで不快な思いをさせちゃって。

それくらいのことを言ってくれたなら、私も謝ろうと思っていたのだ。そして気持ち良く笑顔で別れる……そんなことを想像していた私は、天ヶ瀬が言う通り、相当なお人好しらしい。

三月になると、卒業旅行に行く学生が多かった。天ヶ瀬からも秋田に遊びに来いと何度も誘われていたが、就職が決まってから始めたスーパーでのフルタイムのアルバイトを休むわけにはいかなかった。母から電話があり、「卒業したんだから、もう仕送りはせん」と冷たく申し渡されていたからだ。

21　大洋リビング

入社式の日が来た。

広い会議室に通されると、新入社員と思われる女性たちが部屋の隅に集まっていたので、私もその輪に入れてもらった。

みんな晴れやかな笑顔だった。明るくて優しそうな女性ばかりだったからか、初対面なのに和気藹々《わきあいあい》とした雰囲気になり、同期として長くつきあっていけそうな気がした。なんとも幸先《さいさき》がいい。

「みなさん、ご着席ください。ただいまから入社式を行います」

新入社員は全部で二十人で、そのうち女性は私を含め五人だった。

社長はまだ四十二歳で、潑溂《はつらつ》とした笑顔からはヤル気が漲《みなぎ》っていた。その外見からして、たぶん女にモテるタイプだろう。だからこそ女という生き物のことをよくわかっているのではないか。女で四大卒で地方出身者という最悪条件である私を雇ってくれるくらいだから、女も一人の人間だとわかっている少数派の男の一人であるような気がした。

式が終わると、配属先が発表された。

女性五人のうち、受付が二人、庶務が二人で、私は設計部に配属された。

設計部と聞いた途端、嬉しくて、思わず声が出そうになったので両手で口を押さえた。そのとき、視界の隅から鋭い視線を感じて周りを窺うと、人事部の若い女性が私をじっと見ていた。その表情から推察するに、私のしぐさが彼女の神経を逆撫《さかな》でしたようだった。

彼女は田丸路子《たまるみちこ》と言い、二十代後半くらいだろうか、入社手続きをするときに世話になった。

その路子に連れられて、女性五人はロッカールームに集められた。

「制服を試着してサイズを決めてください。今日中に注文しますから」と、路子は言った。

長机の上に、Sから3Lのサイズの紺色のベストスーツが置かれていた。

制服があるのは女性だけだったが、それを男尊女卑だと言って目くじらを立てる気はなかった。そんなのは些末《さまつ》なことだと思うことにした。

考えようによっては、通勤用の洋服を買わなくても済む。自宅通勤ではないのだから、アパート代や光熱費などの出費も嵩《かさ》む。だったら制服があるのはラッキーじゃないかと前向きに捉えることにした。この時代、いちいち男尊女卑ではないかと心に引っかかりを持ってしまうと、その場面があまりに多くて疲れ果ててしまうのを私は知っていた。

「私はMサイズでいいみたいです」と、一人が言った。

「はい、あなたはMね」と、路子はてきぱきとメモを取る。

「私はSでもぶかぶかですけど……」

「仕方がないわ。それ以上小さいのはないから、あなたはSサイズにしてね」

全員がサイズを決め終えたとき、ふっと緩《ゆる》んだ空気が流れた。

「北園さんてすごいわね。設計部に配属されるなんて」と、新入社員の一人が言った。

「え、私？　いや、だって、設計部でお茶汲みをするのかもしれないし」

「それはないわ」と、路子はきっぱり言ってから、怒ったような顔のまま続けた。「去年の暮れに給茶機が備え付けられたのよ。部長だろうが課長だろうが、飲みたい人が自分でお茶を淹《い》れることになったの。最近はどこの会社でも、それが当たり前になりつつあるのよ」

だったら、私も男性と同じように設計をさせてもらえるのだろうか。知りたかったが、聞ける雰囲気ではなかった。

「もしかして、北園さんて四大卒とか？」と、Sサイズの彼女が尋ねた。

「そうよ。北園さんは四大卒よ」と、私より先に路子が答えた。

「あーそういうことだったんですね」

「なるほど。女で四大卒の人がいるとは思わなかった」

「私が受付嬢だなんて……ブスのくせに自惚《うぬぼ》れてるって言われそうで怖いわ」

「私も絶対言われる。普通なら美人がやる仕事なのに、なんでお前がって」

「顔は関係ないの。あなたたち二人は高卒だから受付嬢なのよ。庶務の二人は短大卒よ」

路子は個人情報を次々に暴露していく。

「北園さん一人だけが設計部なんて、なんか嫌な感じ」と、Sサイズの彼女が言った。

入社早々なのに、既に仲間外れになる予感がした。その一方で、それがどうしたという強い気持ちもあった。

「同じ女なのに差別よね」

驚いたのは、誰も反論しなかったことだ。それどころか……。

「女を学歴で差別するなんておかしいよね」と、路子までが言った。

女の社会性のなさが露呈《ろてい》した瞬間だった。男性なら学歴別に職種が分かれるのを常識として知っている。官公庁だけでなく民間企業でもキャリアとノンキャリアでコースが分かれている。男性なら当然のことが、女性だけはまぬがれて皆「女枠」の中で平等におさまるべきだと思っている。

女は、あくまでも女、女ならみんな同じ。「女枠」からはみ出せば、ずるいと言われる。学生時代の仲良しのノリだ。

年齢の割に幼すぎやしないか。

世間知らずにもほどがありはしないか。

長年に亘って様々な機会を奪われてきた女たちは、社会人として大きく出遅れている。

「北園さんて、もしかして、もう二十二歳？」と、一人が遠慮がちに尋ねた。

「うん。私、いま二十二歳」と、私は答えた。今回は、路子が先に答えることはなかった。

「あ、四大卒の人って、もう二十二なんだ。ってことは、今年二十三になっちゃうんだね。

私は早生まれだから年内はずっと十八だけどね。未成年だから新人歓迎会でもお酒は飲めないのよ」と、受付の彼女が誇らしげに言う。

「いいなあ。十代ってフレッシュな感じがするよね。まだ十代だって言うと、男性社員が喜ぶって聞いたことある」と、短大卒の女性が言う。

新入社員の女性たちは、私が二十二歳の「年増」だとわかった途端に、勝者の顔つきに変わっていた。数分前までは、一人だけ設計部に配属されてずるいと思っていたはずなのに。

会話が途絶えて静かになった一瞬、路子の持っていたメモ用紙が、かさりと音を立てたので、みんな一斉に路子を見た。

路子は、微動だにせず不機嫌そうな顔で突っ立っていた。

この人、何歳なんだろうと、路子を見る全員の目が語っている。

そのとき路子は、「はい、はい」と威勢よく手を叩きながら言った。「みんなの制服サイズはわかったわ。じゃあそれぞれ配属先に向かってください、場所がわからない人は私が案内するから」

路子はそう言って、さっさとロッカールームを出た。

22　対立

直属の先輩社員は二十七歳の独身の男性で、宮武学《みやたけまなぶ》といった。

この会社ではOJTという言葉はまだなかったが、先輩社員がマンツーマンで新人を育成する指導体制ができていた。

最初の一週間で、私は宮武を大嫌いになった。

——ウザいっ。

その一言に尽きる。プライベートなことを遠慮なく根掘り葉掘り聞き出そうとするし、社員食堂では当然のように隣に座ってくる。暑気払いの飲み会のときでも、同期の男性の隣の席が空いていたから座ろうとすると、「ダメだよ。君はこっちだろ」と、宮武は私の腕を強引に引っ張って、自分の隣に座らせた。何を勘違いしているのか、私が他の男性社員と話しただけで、途端に機嫌が悪くなるのだった。

まるで恋人気どりだった。

私は同期の男たちに好感を持っていた。入社したばかりだということもあるが、みんな希望に燃えていて、家造りに情熱を燃やす仲間だった。

だが、宮武はことあるごとに私に言った。

――あいつには気をつけた方がいいよ。女たらしだと評判だよ。

私が親し気に会話を交わしただけで、誰でも宮武の言う「女たらし」と認定された。

宮武は、私の身体を触るといったような直接的なセクハラはしなかった。だから誰にも訴えようがなく、ストレスの溜《た》まる日々を送っていた。

退職理由で最も多いのは、男女ともに「直属の上司に耐えられないから」だというアンケート結果を見たことがある。仕事そのものが嫌になるのならまだしも、人間関係に我慢ならなくなって辞めるのだ。いったい会社とは何なのだろう。仕事をする集団ではなく、屈辱を売ってナンボの集団なのか。

そういう私も、会社を辞めたいと思うほど宮武が嫌いだった。

ときおり天ヶ瀬が言ったことを思い出す。

――北園さんはパート先を変えたこと、ある?

そのときの私は、当然のように「ある」と答えた。すると天ヶ瀬は言った。

――パートは気楽でいいよ。

あのとき私は猛烈に反発したのだった。それでも天ヶ瀬は尚も言った。

――さっさと見切りをつけられるのが気楽なもんだって言ってるんだよ。男は一家を養ってるから、そうそう転職できないんだよ。

天ヶ瀬の言ったことは正しかったと、今ならわかる。

自分は大洋リビングを辞めるわけにはいかない。ここを辞めたら二度と就職できない可能性が高い。この時代は新卒だけが重宝され、そのうえ終身雇用だったから、誰しも定年退職まで身動きができなかった。そんな中でサラリーマンたちは耐え続けたのだ。なんと厳しい時代だったかと思う。

「北園さん、どう？　頑張ってる？」

そう声をかけてくれたのは、設計部第一課の星川アヤメ課長だ。

アヤメは三十半ばの既婚者で子供が二人いると聞いた。彼女は私にとって希望の星だった。ほとんどの女性が寿退社する昭和時代に、アヤメは結婚後も出産後も正社員として働き続けていた。そして、社内で唯一の女性課長なのだ。彼女の頑張りを思うと、宮武がウザいという理由で会社を辞めるわけにはいかなかった。そんな些末なことで弱音を吐いている場合じゃない。

「はい、なんとか頑張っています」と、私は答えた。

アヤメは「その調子よ」と言って、にっこり笑ってから去っていった。

次の瞬間、隣席の宮武が椅子に座ったまま、キャスターを滑らせてこちらに突進してきた。私は素早く自分の座る椅子ごと反対方向へ滑らせた。それまでに何度も、宮武は勢い余ったふりをして身体をぶつけてくることがあった。「やめてください」と言っても、宮武は偶然だと言い張る。それどころか、こんなことくらいで目くじらを立ててどうかしていると、私を非難することもあった。

こういった当事者にしかわからないセクハラは、令和になってからも見過ごされ続け、女たちは我慢を重ねている。

だが今日は咄嗟《とっさ》の判断で私が動いたので、宮武はあらぬ方向へ滑って行き、私の椅子の背をがしっとつかんで止まった。

「いったい何なんです？」

私は思いきり顔を顰《しか》めてみせた。最初の頃のように愛想笑いはできなくなっていた。

「アヤメさんはね、パーフェクトウーマンと言われてるんだよ。美人だしファッションセンスも抜群だろ？　そのうえ仕事もできるんだ」

そのことなら何度も聞いた。宮武は自分のことのように自慢するのだ。

そのあと宮武は建築物の写真集を私の机の上に置き、高価な本だったが自腹で買ったのだと自慢げに言った。そしてページをめくって指を差し、「ほら、この建物、すごいだろ。一度でいいから住んでみたいよ」と言った。

キューブ状の箱を積み重ねた形の有名なマンションだった。

「ああ、これなら知ってます」

「かっこいいよね。老朽化したら箱ごと取り換えるっていう発想がプロだよね」

「取り換えられるわけないじゃないですか」

「は？　何言ってんの？　君はまだ新入社員だからわからないんだよ」

「配管はどうするんです？」

「そんなことはちゃんと建築家が考えて設計してるに決まってるだろ」

私が黙ったのを言い負かしたと思ったのか、宮武は笑顔になった。それも、バカな女を慈《いつく》しむような類いの笑顔だったので、思わずぞっとして目を逸《そ》らした。

その建物が、どうやっても補修のしようがなくて、結局は令和の時代に取り壊されることを私は知っている。

家は人が暮らす場所だ。寛《くつろ》げて、丈夫で長持ちで修繕が容易であってほしいと願うのが、一般的な感覚だ。

家とは誰のためのものなのか。

住む人のためのものだ。女なら誰でも知っている。住む人が満足する家を造らなければならないのに、建築家の自己陶酔や自慢のために造っているのではないか。平成、令和と時代が進むにつれて、東京が庶民にとってどんどん住みにくい街になっていく。女性の感性が無視され続けてきた悔しさを、あらためて噛み締めていた。

午後からはシステムキッチンの新シリーズの設計会議があり、新入社員も傍聴させてもらえることになっていた。十人ほどの先輩社員たちがコの字型に配された机を囲んで座り、新入社員は壁際に並べられたパイプ椅子に座った。

設計図のコピーが全員に配られた。

「ほう、これは立派な流し台だ。さぞや世の奥様方も喜ぶだろうね」

白髪交じりの部長が言うと、設計者は「そうなんですよ」と、嬉しそうに笑った。

主婦経験の長い自分からすると、大きすぎる流し台と立派なガスレンジのせいで、調理台のスペースがほとんどないのが不便極まりなかった。

「女性も嬉しいだろうね。北園さんの感想は？」と部長がこちらに振る。

「えっ、私、ですか？」

壁際にずらりと座っている新入社員は、全員が設計部の仲間だ。その十一人のうち女は自分一人だけだ。

突然名指しされて戸惑った。本音を言ってもいいのだろうか。苦労の末にやっと就職できた会社なのだ。波風を立てたくない。

こういう場面では忖度《そんたく》が必要だ。先輩社員が喜ぶような感想を言うべきなのだ。

「遠慮しないで、北園さん、女性代表として忌憚《きたん》のない意見を聞かせてくれよ」

尚も部長は、鷹揚《おうよう》な態度で笑みを浮かべて私を見た。

「大変申し上げにくいのですが……」

そう言った途端、正面のホワイトボードの前に立っている設計者が不機嫌になったのが遠目にもわかった。真顔で私をじっと見つめてくる。

「思ったことを言ってくれて構わないよ。今はあくまで設計段階なんだから、いくらでも直しがきくんだ」と、物わかりが良さそうなことを言う部長からも笑みが消えていた。

言うべきでない。ここは掛け値なしに褒め讃えるべき場面なのだ。

だって私は新入社員であるだけでなく、「女」なのだ。生意気な女だと噂が立つのが手に取るようにわかる。だから、空気を読むべきなのだ。

だけど……。

「この設計では食材を切ったり混ぜたりするスペースもないですし、料理はしづらいと思います」

全員の視線が突き刺さる中、語尾が消え入りそうになった。

「それは、北園さんが田舎育ちだからだよ」

設計者がそう言って笑った。話したこともないのに、私が地方出身であることをなぜか知っているらしい。

そのとき会議室の後ろのドアから、社長がふらりと入ってきた。そして、新入社員と同じように、壁際に置かれたパイプ椅子に静かに腰を下ろした。

全員が気づいて、社長の方を見た。

「あ、俺のことは気にしないで。邪魔してごめんね。さあ、続けて」と、社長は穏やかな笑みを浮かべて言った。

「新入社員の北園さんから、調理スペースがないから困るという意見が出ました。で、設計者の河野くんの意見はどうかな?」と、部長が尋ねた。

「ですから、田舎は土間なんかがあったりして、だだっ広いんです」と、河野は話を始めた。「僕も見学したことがあるけど、ああいうところは確かに料理がしやすいとは思う。でも都会は地価が高いから台所が狭いのは仕方がないことです。だからこういう設計になるわけよ。北園さん、理解できた？」

「でも、こんなに大きな流し台やガスレンジがあるのなら、その分を削《けず》ればいいと思いますが」

私の質問には何も答えず、「他には意見、ありますか？」と、河野は会議室を見回した。

誰からも意見は出なかった。

よせばいいのに私は黙っていられずに再び手を挙げてしまった。

「はい、どうぞ」と、設計者の河野はうんざりした顔で私を指した。

「システムキッチン自体が低すぎると思うんです。これは女性の平均身長を参考に作られていると聞きましたが、男性が使うと腰が痛くなる人もいるんじゃないかと思います」

「男は料理なんかしないから関係ないだろ」と、どこからか声が飛ぶ。

「たまの休みにインスタントラーメンを作る男もいるかもしれないけど、そのときのためだけに高くしたら、奥さんが普段使いにくいよ」

「そうだよ。気が向いたときに料理する男のためだけに高くできないよ」

「でも今後、共働きも増えると思いますし」と、私は抵抗を試みた。

「うん、わかるよ、北園さんの言いたいこと」と言ったのは司会役の部長だった。「君の気持ちはわかるけどね、でもさ、時期尚早じゃないかな」

——時期尚早って、いったいいつまで言ってんの？

そう言いたいのを呑み込んだ。それを言ったら、決定的に会社に居づらくなる。

そのとき、アヤメが「はい」とよく通る声とともに手を挙げた。

ああ、やっと味方が現れた。自分以外に女性がいてよかった。

「どうぞ、アヤメ課長」

「高さの話が出たついでに言うとね、私はもっと低くしてほしいのよね」

「アヤメ課長、それはどうしてですか？　腰が痛くなりませんか？」

アヤメは女性の中では背が高い方だ。一六五センチはあると思う。

「うちの母は一四三センチなのよ。だから踏み台を使って料理してるんだけど、なんだか危なっかしいの。料理を作るときって台所の中を動き回るでしょう？　冷蔵庫や食器棚の間を行ったり来たりするし、そのたびに踏み台に乗ったり降りたりして」

「なるほど。戦前生まれの女性には高いかもしれませんね」

設計者が打って変わって同情的な目になってアヤメを見た。

「アヤメさんのお母さんの作った弁当、すごく豪華ですよね」と一人が言った。

「毎日作ってくれるなんて羨《うらや》ましいです」

「僕の分もお願いしまあす」と、おどけた声が飛んだとき、新入社員以外の全員が一斉に笑った。温かな雰囲気だった。

「アヤメさんの子供さんたちの分もお母さんが毎日作ってくれてるんだろ？　立派なお母さんだよなあ。アヤメさん、感謝しなよ」と、部長がからかうように言う。

「もちろん母には感謝してますってば」

「それに、実家の広い敷地に家を建ててもらって住んでいるって聞いたぞ。保育園の送り迎えもご両親が引き受けてるんだろ？」

「そりゃそうですよ。そうじゃなければ残業できないですもん」

アヤメの明るさと反比例して、私はどんどん気分が沈んでいった。実家の母親に家事育児を手伝ってもらうのが悪いとは思わない。男性社員にしても、家のことはすべて妻がやってくれているのだから同じことだ。だが、一瞬にして希望が萎《しぼ》んでしまった。やはり、女は実家の母親の手助けがなければ働き続けられないのだろうか。

「でしたら選べるようにしたらどうでしょうか、父子家庭もあるでしょうし」

こういう提案の方法なら、きっと反対意見は出ないはずだ。車椅子の人のためには更に低いものを作るべきだろう。

そのときだった。

「お前、ちょっと黙ってろよ」と、怒鳴り声が飛んできた。

びっくりして声の方を見ると、声の主は宮武だった。私を睨《にら》むように見ている。

「よっ、出た出た、もう亭主関白かよ、気が早いなあ」

囃《はや》し立てるような声が聞こえてきた。まるで私と宮武が恋人同士であるかのような言い方ではないか。全員が興味津々と言った目で私を見つめている。

「大丈夫？」と、呟《つぶや》くような小さな声がすぐ隣から聞こえてきた。

隣に座っているのは同期の中森だった。中森の指導担当は、風太郎《ふうたろう》と呼ばれている男だった。中森と風太郎は馬が合うらしく、いつも楽しそうに仕事をしていた。休日には二人で住宅展示場巡りをしたり、都内にある古民家や重要文化財に指定された洋館などを見て回ったりしていると聞いたことがある。中森も風太郎も見るからに聡明そうで、仕事に対する意気込みが感じられた。自分の指導者も、風太郎のような先輩だったらどんなによかっただろうと思うと、運のなさに溜め息が漏《も》れた。

「もしかして、もうヤッちゃったとか？」

「やだなあ、先輩、そんなの秘密に決まってるじゃないですか」

宮武の上機嫌の声が聞こえたあと、ヒューヒューと口笛が鳴った。

「それにしても手が早いなあ」

ああ、もうこんな会社辞めたい。

自分がセクハラに加担しているという認識は誰一人として持っていないのだろう。この時代の日本は、こういった雰囲気がここかしこにあった。

「おい、宮武、いい加減にしろっ」

大声でそう言ったのは社長だった。

「北園さんにはレッキとした彼氏がいるんだよ」

私を救うためにハッタリを言ってくれたらしい。助かることは助かるが、その方法はズレている。

「えっ、お前、彼氏いたのか？」と、宮武が素《す》っ頓狂《とんきょう》な声を出した。

宮武は私を見つめ、私が答えるのを待っている。

そんなプライベートなことを会議の場で答える必要があるだろうか。

だがこれはチャンスかもしれない。二度と変な虫が寄ってこないようにするために。

「はい、いますけど?」と、私は平然と答えた。

「二股かけてたの?」と、別の先輩社員が尋ねた。

「は? 何をおっしゃってるんですか? 私は宮武さんとは全く関係ありません」

「そうなの? 何だよ、宮武、思わせぶりな言い方しやがって」

「だいたいお前が女にモテるわけないんだよ」

宮武が私を恨めしげにじっと見ているのが気になった。きっと逆恨みされる。

だったら私はどう答えればよかったのか。

どうやったら女はセクハラされずに安心して生きていけるのか。


その夜、社長に誘われて居酒屋へ行った。

社長が指名したメンバーは、私とアヤメ課長と風太郎だった。

乾杯が終わるとすぐに、「北園さんは、どういう家造りを目指しているの?」と社長が尋ねた。正面切って聞かれたからには正直に答えようと思った。

「私は女性が一人でも安心して住める家を設計してみたいんです。家自体もそうですが、台所も浴室も、家事をしない男の人が考えたものは使いにくいし、掃除もしにくいんです」

「実は俺もね、流し台が低すぎて腰を痛めたことがあるんだよ」と、社長が語り出した。

それによると、社長は母親と二人暮らしで、妻が娘を連れて家を出ていって一年になるという。当初は母親が張りきって家事をやっていたが、転んで大腿骨《だいたいこつ》を骨折してから介護が必要になり、今は家政婦さんに来てもらっている。だが土日は来てくれない日が多いらしく、社長自ら台所に立つらしい。

「お袋が絶対に施設にだけは入りたくないって涙ながらに訴えるんだよ」

「へえ、そうだったんですか」と、風太郎も知らなかったらしい。

「アヤメさんのお母上とうちのお袋とは大違いだよ。お母上に感謝しろよ」

「はいはい、だから感謝してますってば。今日みたいに会社帰りに自由に居酒屋に寄れるのも、母が家で子供たちの面倒を見てくれているからですもん」

「すみません、ちょっと仕事の話していいですか?」と風太郎が遠慮がちに言った。「昨日の書斎の内装のことなんですけど、本棚は作り付けにした方がウケがいいと思うんです」

「賛成。俺もあれから同じこと考えてた」

社長がそう言うと、風太郎は嬉《うれ》しそうに笑い、ウーロンハイをひと口飲んだ。

「北園さんは、書斎についてはどんなイメージ？　男の城って感じかな？」

「こんなこと言っていいかどうか……」

「言って言って。遠慮なく言ってよ」と社長が言う。

「……はい、私は書斎という言葉が嫌いです」

「え、なんで？」

風太郎が不思議そうに私を見た。

「自分一人になれる空間が欲しいと心底願っているのは妻の方だと思うんです」

しんとなった。

平成になると、「男の隠れ家」なる言葉が流行《はや》るのを私は知っている。それを知ったとき、隠れて一人になりたいのは妻の方だよと大声で叫びたかった。子供を育てている女は一人になれる時間が皆無なのだ。会社が終わると急いで保育園に迎えに行かなければならない。だが夫は、会社帰りに自由にあちこち行くことができる。

「書斎とは夫のものではない。妻こそ一人になりたいと切望しているってことだね」

社長は気を遣ってくれたのか、取ってつけたようにそう言った。アヤメは何も言わず、枝豆を食べている。同じ女性であっても、境遇が違い過ぎて共感できないのだろう。

それどころか、厄介な新入社員が入ってきたと思われた気がした。


翌朝、目を覚ました途端に、今日も会社かと思うと気分が暗くなった。

目覚まし時計が恨めしい。

のろのろと蒲団から出た。

会社でコピー機の前に立ち、会議用の資料をコピーしていると、宮武が音もなく近づいてきた。

「北園さん、次の日曜日、何か用事ある？」

こういうときは正直に答えてはいけない。尋ね返すのが王道だ。

「えっ、日曜日？　どうしてですか？」

「映画でもどうかなと思って」

呆気《あっけ》に取られていた。昨日の会議でのことを、なかったことにしようとしているのか。みんなの前で私を怒鳴ったことを、私が気にも留めていないとでも思っているのか。それに私には彼氏がいると言ったはずだ。それとも私の嘘を見抜いているのか。

「その日は用事があるので、すみませんが」

後輩の立場にいる女は、先輩男性に誘われたら断りづらい。断った途端に手のひらを返したように仕事を教えなくなる男をパート先で何度も見てきた。それは社員の男女のこともあったし、若妻パートに対する既婚男性社員の誘いのこともあった。パート先を転々とする働き方をしていたから、いろいろなパターンを見てきた。プライドを傷つけられたときの男の復讐は恐ろしい。

「どんな用事があるの？」と、宮武はじっと私の目を見つめてくる。嘘をついたら許さないぞという気迫があった。

「彼とデートなんです」

コピーを取り終わったので、自分の席へ戻った。宮武もぴったり後ろからついてくる。

「デート？　本当に彼氏いるの？」

「本当ですよ。写真、見ますか？」

「おお、見せてもらおうじゃん」

私は手帳に挟んでおいた天ヶ瀬の写真を見せて言った。「医学生です」

「北園さん、冗談はやめましょう」

「どういう意味ですか？」

「こんなハンサムな医学生が北園さんに惚《ほ》れるわけないじゃん。北園さんが一方的に憧れてただけなんでしょう？」

「もう一枚あるんですけど、見ます？」

去年のクリスマスのときに、東京タワーの前で撮った写真だった。天ヶ瀬が私の肩に手を回し、ぴったりと寄り添っている。

この写真を撮ろうと言い出したのは天ヶ瀬だった。これほど写真が役立つ日が来るとは、天ヶ瀬も考えていなかっただろうが、とにもかくにも助かった。

「こんな男、ダメだよ。女にモテすぎて浮気し放題だ。北園さんは、僕みたいなのがちょうど似合ってるんだよ」

ここまでしつこいとは想定外だった。

「北園さんて高円寺に住んでるんだよね？　西友の近くでしょ」

個人情報保護法のない時代で、住所が記載された社員名簿は全員に配られていた。上司に年賀状を出すためにも必要だった。

「この前の日曜日にね、暇だったからアパートの前まで行ってみたんだよ。ピンクのカーテンはやめた方がいいよ。女の子が住んでいることが道路からもバレバレだから危ないよ」

絶句した。

そこにふらりと風太郎がやって来た。

「おい、宮武、油売ってんじゃねえよ」

「そんなあ、風太郎さん、誤解ですよ。僕は北園さんの指導係なんですから、打ち合わせに決まってるでしょ」

「へえ、そうは見えなかったけどな」

遠くからずっと見ていたのだろうか。

「宮武、お前は単なる指導係にすぎないんだぞ」と、風太郎は言った。

「え？　それって、どういう意味で？」と宮武が不思議そうな顔で風太郎を見る。

「どういう意味かわかんないの？　どうしようもねえ男だな。指導係は仕事を教える係なんだよ。北園さんの彼氏じゃないんだよ」

そう言って、風太郎は去っていった。

「ここだけの話、風太郎さんって変わってるって評判なんだよ。あの人の言うことなんか気にしなくていいからね。北園さんは僕の言うことだけ信じていればいいから」

この男から逃れられる方法はないものか。

こういう場合は、社長に直訴《じきそ》してもいいのだろうか。


会社から真っ直ぐ家に帰るのが嫌で、途中で喫茶店に寄った。

次の日曜日はデートだと言ってしまったが、天ヶ瀬は秋田にいる。まさかと思うが宮武は私がデートするのが本当かどうかを確かめるために、早朝からアパートを見張りに来るんじゃないだろうか。

ああ、嫌になる。

私の人生、やっぱりうまくいかない。

もがいてばかりの人生だ。

これから私はどうすればいいのだろう。

どこに向かって行くべきなのか。

あの日、自宅近くのカフェで、マンダラチャートに何を書き入れたのだったか。

確か真ん中に書いたのは……。

——女性が胸を張って生きられる世の中にする。

そして、その周りには……。

——家庭内の設備は、家事に熟練した人間が設計すること。

マスを一つ埋めたことで勢いがつき、次から次へと乱暴な字で書き入れていった。

――偏見に満ちたコマーシャルを全部排除すること。

――偏見に満ちた発言をするアナウンサーを馘《くび》にすること。

あのとき書いたことは、何一つとして達成できそうにない。

偏見に満ちた作詞家や、女子中高生に悪い影響を与える有名人などに、是正してくれるよう手紙を送ってきた。だが返事をくれた人は一人もいなかった。

ああ、虚しい。

土台無理な話だったのだ。

私一人の力で世間の風潮が変わるわけないじゃないの。

だけど……世間は変わらずとも自分一人の人生くらいは変えられると思っていた。

喫茶店を出て、アパートに帰る途中もずっと考え続けた。その結果わかったことは、私という人間は、人生を何度やり直したところで大差ないという厳しい現実だった。そもそも優秀な人間ならば、一回目の人生で成功を収めているはずだ。私のような平凡な人間は、いまだにどんな生き方が正解なのかさえわからないのだ。

その日は深夜になってもなかなか寝つけなかった。

ベッドから壁の時計を見上げた。

早く寝なくちゃ。行きたくないけど、明日も会社に行かなきゃならない。早く寝ようと思えば思うほど、宮武の顔がぽっと思い浮かんで苛々《いらいら》が募った。

水でも飲もう。

起き上がってキッチンに行き、立ったまま水を飲んだ。

テーブルの上に、弁当屋の広告チラシがあった。郵便受けに投げ込まれていたものだ。

それを裏返してみると、光沢のある真っ白な面が現れた。電灯が反射して眩《まぶ》しい。じっと見つめていると、遠近感がおかしくなってくる。

椅子に座り、チラシの裏にボールペンで碁盤《ごばん》目の線を引いてみた。

あのとき、本当は真ん中に何を書くべきだったのだろう。

どんな目標なら達成できたのだろう。

碁盤目の真ん中にペン先を置き、穴のあくほど見つめてみたが、何の答えも思い浮かばなかった。

そのときだ。

マンダラチャートの中心が台風の目のようになり、周りのマス目がぐるぐると回り始めた。

既視感があった。

令和時代から昭和時代にタイムスリップしたときに経験したのと同じだ。

マンダラチャートがぐるぐる回っているのに、眩暈《めまい》はしないし、気分も悪くならないし、意識もはっきりしている。何もかもあのときと同じだった。

まさか、またタイムスリップするとか？

顔に風を感じた。
玩具の風車か、それとも小型の扇風機を間近で見つめているような感覚だった。
ああ、気持ちがいい。
目を閉じてみた。
会社でのストレスを忘れられそうなほど爽快な気分だ。
次の瞬間だった。
マンダラチャートの中心のマス目に全身が吸い込まれていった。
声を上げる間もなかった。

23 令和時代

気がつくと、見覚えのあるカフェにいた。

目の前のコーヒーカップを覗いてみると、三センチほどコーヒーが残っている。その隣には食べかけのトーストサンドがあった。

息を詰めて、そっと周りを見渡してみた。どこからか甲高い声が聞こえてきた。声の方を見ると、自分と同世代と思われる女性の二人連れだった。

「私ね、最近また太っちゃったのよ。ほら、ここ。肉がついちゃって。だから私ね、先週からダイエットに励んでるのよ」

太ったと嘆く女性は、高そうなツイードのジャケットを羽織っている。

「いやだ、あなた十分スマートじゃないの。痩せる必要なんてないわよ」

「だって私、いつまでもきれいでいたいんだもの」

ああ、やっぱりあのときのままだ。ここから彼女らのご近所さんの噂話が始まるのだ。

他人の不幸は蜜の味そのままの話が続くはずだ。

「北村さんが訪問ヘルパーのお仕事をお始めになったんですってよ」

「あら、あの噂、やっぱり本当だったのね。ご主人が株で大損なさったって」

ああ、何も変わらない。作詞家に手紙を書いたくらいでは、日本社会はびくともしない。

目の前にあるカップを持ちあげて、残っているコーヒーを飲み干した。

冷めていて苦かった。

「山崎さんちの息子さんが会社を辞めて家に引きこもっているの、あなた、ご存じ？」

「本当？　知らなかった。山崎さんもたいへんね。息子さんが麻布から東大に合格したときは、あんなに自慢なさってたのに」

「あの人、自慢しすぎなのよ。罰が当たったのかも」

あのとき書いたマンダラチャートはどこにあるのだろう。

肩から斜め掛けにしたポシェットに手を突っ込んでみると、紙片が出てきた。

――鶏ささみ、きゅうり、練り胡麻《ごま》、ラップ小、果物
紙を裏返してみると真っ白だった。マンダラチャートは跡形もなく消えていた。

入口の方から声がして、大学生らしき男性三人が店に入ってきた。

彼らは次々にカウンターで飲み物を注文すると、私のすぐ隣の丸テーブルに陣取った。

この後の展開は、はっきり覚えている。ショックを受けたからだ。聞きたくなくて、目の前の冷めきったトーストサンドにかぶりつきながら、心の中で歌を歌った。

「うそっ、信じらんねえ。お前、あんなブスにおごってやったの？」

「俺だって後悔してんだよ。ブスと結婚するくらいなら一生独身の方がマシだよ」

声が大きすぎるのよ。

聞こえてしまったじゃないの。

この気分の悪さ、どうしてくれるのよ。

世の中は、こういった低レベルの連中で溢れている。

だが、人は見かけじゃわからない。中年女性二人にしたって、普段は上品で教養のある奥様然としているのだろうし、男子学生三人も就職活動となればスーツを着て礼儀正しく聡明そうな瞳の青年に変身するに決まっている。

あ、天ヶ瀬は？

天ヶ瀬は、今どうしてる？　彼もこの時代に戻ってきたのだろうか。

そうだ。高校生のとき、天ヶ瀬の提案で携帯電話の番号を交換したのだった。

手許《てもと》にあったスマートフォンを開き、「連絡先」を見てみた。

……ない。

何度見てもなかった。

そういえば、天ヶ瀬は互いに暗記しようと言ったのではなかったか。思い出せるだろうか。

記憶を呼び起こそうと、目を閉じて集中した。

あ、たぶん……わかる。忘れないうちにスマートフォンに番号を打ち込んだ。

これで合っている、と思う。

一刻も早く静かな場所で天ヶ瀬に電話をかけたい衝動にかられ、次の瞬間、椅子をガタンと言わせて立ち上がっていた。あまりに急激な動作だったのか、中年女性二人と男子学生三人が、驚いたように顔を上げて私を見た。

かまわずトレーを返却口に戻してから、小走りで家に帰った。

玄関ドアを開けるとき、夫が家にいたら嫌だなと思った。

だが家の中は静かだった。どの部屋も覗いてみたが、夫はいなかった。リビングの壁にかかったカレンダーを見ると、今日のところに「ゴルフ」と書かれている。

自分の部屋に入り、ドアをきっちり閉めた。そしてすぐ天ヶ瀬に電話をかけたが、何度呼び出しても出なかった。

もしかして、まだタイムスリップせずに大学生のままなのだろうか。秋田のアパートの家電の番号はすらすら出てきた。携帯電話のない時代は、いちいち番号を押さねばならなかったから、いつの間にか覚えてしまっていた。

——おかけになった電話番号は現在使われておりません。

二度と会えない予感がした。

試しにもう一回だけ携帯電話にかけてみよう。ダメなら天ヶ瀬の実家にかけるしかない。呼び出し音が鳴るということは、この番号は存在するということだ。だけど、やっぱり出ない。あきらめて切ろうとしたとき、相手が出た。

——もしもし？

天ヶ瀬の声だった。

「あーよかった。やっと出てくれた。今どこにいるの？」

——もしもし？　おかけ間違いだと思いますが。

「えっ、でも……」

向こうがいきなり電話を切ってしまった。

番号を間違えたのだろうか。天ヶ瀬の声だと思ったが、確信はなかった。

登録した番号を、一桁目から声に出して読んでみた。合っているのか間違っているのか、わからなくなってきた。でも、やっぱり天ヶ瀬の声だったように思う。

もう一度だけ、あと一回だけかけてみよう。

——もしもし、だから違います。かけ間違いですよ。

「本当にすみません。何度もすみません。でも……」

——何度もかけてますよね。着信記録、ものすごい回数ですよ。

「申し訳ありません。だけど、でも、あのう、しつこくてすみません。だって声がよく似てるし……でも、違うんですよね。あなたは天ヶ瀬良一さんではないんですよね？」

一瞬、間が空いた。相手は黙ったままだ。

「もしもし？　聞こえてます？」

——聞こえてますよ。僕は天ヶ瀬ですが、あなたはどちら様ですか？

電話を通して、「誰からの電話なの？」と女性の声が聞こえてきた。

「やっぱ天ヶ瀬だよね？　私だよ、私。北園雅美だよ」

――北園さん、ですか？　えっと、どちらの？

「どちらのって、何言ってんの。同級生の北園だよ。山田町の公民館の隣の家の北園だよ」

――はあ。山田町の北園さん、ですか？

「そうだよ。その北園雅美だよ。いったいどうしちゃったのよ」

――どうしたって言われても。えっと、中学が同じだった北園さん、ですか？　確かバスケット部だった？

そのとき、鳥肌が立った。

自分だけだったのだ。自分だけが令和の時代に戻ってきたのだ。

いま電話に出ている天ヶ瀬は、以前の人生を生きている。天ヶ瀬から見た私は、話したことなどほとんどない単なるクラスメイトで、しかも印象に残らない類いの人物なのだ。

「天ヶ瀬くん、会えない？」

――え？

「ごめん。びっくりするよね。でも一回、会って話がしたいんだけど」

――話って何の？

「何って、いろいろ」

――悪く思わないでほしいんだけど、僕は生命保険ならもう十分入ってるし、乗り換えるつもりもないんだよ。

「生命保険？　何の話？　ええっ、まさか私が生命保険の勧誘をするとでも思ったの？」

――違ったんならごめん。失礼なこと言ったかな。でもさ、北園さんが俺に何の用があるのか見当もつかなかったから。

「警戒心でいっぱいってことだね。わかった。この電話のこと、忘れてちょうだい」

そう言って、すぐに電話を切った。

涙が滲《にじ》んだ。

孤独だった。

「……寂しい」

誰もいない部屋で壁に向かって呟《つぶや》いた。


いつの間にか眠ってしまったらしい。

目が覚めてからも頭がぼうっとしていた。ぐっすり寝た後のすっきり感がまるでない。タイムスリップすると、どうやら体力を使い果たしてしまうらしく、身体が鉛のように重かった。

ベッドから身体を起こして窓の外を見ると、もう暗くなっていた。

近所のカフェでモーニングを食べてから家に帰ってきたのだから、お昼近くからずっと眠りこけていたことになる。

スマホで久しぶりにＹｏｕＴｕｂｅを見てみると、向井千秋氏がアップで映っていた。日本人女性初の宇宙飛行士になったときのニュースだった。四十年近くも前の映像だ。誇らしげで、目がキラキラと輝いている。

なんて美しい表情なのだろう。

そう思った次の瞬間、ハッと思い出した。以前の人生では、彼女を美しいと感じたことはなかったことを。

田舎の中学生みたいな髪型で、そのうえスッピンで日に焼けていたから、バランスの取れていない女性だと即断したのを憶えている。その当時、私が考えていたバランスの取れた女性とは、仕事も一生懸命やるが、お洒落も目いっぱい頑張る人のことだった。化粧も髪型も服装もお洒落に保ち続けるのは「女の常識」であり、「女のたしなみ」であると固く信じていたのだ。

――最低でも眉毛くらい描いたらいいのに。

――いくらなんでも口紅は塗らなきゃ。テレビに映ってるんだよ？

そう思った当時の私は、骨の髄までルッキズムに毒されていた。向井氏のそれまでの凄《すさ》まじい努力や成果よりも、外見に注目したことが今では恥ずかしい。

眉毛を描く暇もなければ興味もない。そんなつまらないことより夢中になれるものが私にはある、なりふり構っていられないほど自分に賭けている……そんな人生を、私は送りたかった。

振り返ってみれば、外見を飾るために、どれほどの時間とお金を無駄にしてきただろう。歳を取って時間の大切さがしみじみと身に染みるようになり、それと同時にルッキズムの風潮の罪深さを思った。長い人生を振り返ってみると、自分が思っていた以上に、それらは時間泥棒だった。人生を邪魔されていた。だが、それに気づいたときは六十歳を過ぎていた。

夫は朝起きたら顔を洗って着替え、朝ごはんを食べ、昨日と同じか、似たようなスーツを着てさっと家を出る。だが私は化粧をして髪型を整え、昨日と違う洋服を見繕《みつくろ》ったりするから、家を出るまでに時間がかかるだけでなく、貴重な資源である脳ミソを朝から浪費してしまう。そして休日になるとファッション雑誌のページをめくり、洋服を買いに出かけ、通販で飽きることなく洋服を何時間も眺《なが》めたのだ。

人生の時間が有限だってことは子供の頃から知っていたはずなのに。

……つらい。苦しい。

後悔の念に襲われ、気が晴れる間もない。

そのとき、ガチャリと玄関ドアが開く音がした。夫が帰ってきたのだろう。

足音がこちらに近づいてくる。

ここは私の部屋だ。二人の息子が独立して部屋が空いたとき、夫婦の部屋を分けた。息子が使っていたベッドと学習机をそのまま使っている。四畳半しかないが大きな窓があるから快適で、私だけの城だった。誰にも侵食されたくない空間だった。

それなのに、勝手にドアが開けられた。

「何だよ。寝てたのか？　まさか、まだメシ作ってないのかよ」

腹の底から嫌悪感が噴き出し、今にも叫び出しそうになっていた。

いや、叫ぶべきなんだ。

ほら、自分、叫べよ。

「あなた、今日はゴルフに行ってたんだよね？」

自分でも意外だったが、落ち着いた声が出た。

「そうだけど？」

「つまり遊んできたんだよね」

「遊びっていうか、ゴルフだけど？」

夫は訝《いぶか》しげな目で私を見ている。

「接待ゴルフでも何でもない、好きで行ったんだよね」

「だったら何だよ。鬱陶しい女だなあ」

「なんで私があんたの夕飯を作らなきゃならないの？」

「は？　今日はえらく機嫌が悪いんだな。更年期ってやつか？」

そう言って、夫はからかうような顔を向けた。更年期の体調不良に同情するならわかるが、からかうとはどういうことか。

こんな男に対して愛情を持ち続けろと言う方が無理ではないか。

「もういいよ。ラーメンでも食ってくるから」

「ちょっと待ってよ。その前に、この時間までベッドで横になっていた私に言うことはないの？」

「言うことって？」と、夫はぽかんとした顔で私を見た。

「どこか具合が悪いんじゃないかとか、大丈夫か、とか」

「何言ってんだよ。怠けてるだけだろ」

夫はそう吐き捨てて、ドアをばたんと閉めた。

建築学科の四年生のとき、ふと思い立って夫の実家の近くまで行ってみたことがあった。それというのも、天ヶ瀬が若き日の里奈を見て結婚は間違いだったと冷静に分析したからだ。大っ嫌いだから会いたくないと思っていたが、自分は夫を見てどう感じるのかを知りたくなったのだった。

夫の実家は、下町の商店街の近くにある小さな一戸建てだった。最寄りの駅で待ち伏せしたが、そう都合よく夫が改札口を出てくることはなかった。それでも朝に夕にと時間帯を変えて行ってみた。自分のアパートから大学までの途中駅だったので、通学定期を使えたからだ。

何回目かのある日、夫が駅から出てきた。

若かった。スリムで髪も多く、精悍《せいかん》な顔つきをしていた。

知り合いを通じて夫と初めて会ったのは、短大を出て社会人になり三年目の頃だった。

だから私は大学時代の夫を知らなかった。思わずじろじろ見てしまいそうになり、慌てて目を逸《そ》らして手許の文庫本に目を落とし、いかにも誰かと待ち合わせしている風を装った。

そのとき、腰を屈《かが》めたお婆さんが夫に話しかけるのが視界の隅に入った。

顔を上げると、夫はお婆さんに何やら熱心に説明している。たぶん道を聞かれたのだろう。「途中まで一緒に行きましょう」と言う夫の声が聞こえてきた。「大丈夫ですか？　荷物、持ちましょうか？」と尋ねている。

私は呆然と突っ立っていた。こんなに親切な男が、どうしてあんな冷たい男に変身してしまったのか。

私は夫を尾行した。夫は交差点でお婆さんと別れ、自宅に向かって歩き出した。夕焼けが消えて辺りは暗くなり、帰路を急ぐサラリーマンや学生、夕飯の買い物帰りの主婦などで通りは混雑していた。見失いそうになったが、実家の場所は知っているから慌てる必要もなかった。

夫は途中で左に折れ、細い通りを入っていった。私は何食わぬ顔ですぐ後ろを歩き、夫の実家の向かいにある古めかしい純喫茶に入った。窓際の席に着き、コーヒーを飲みながら夫の実家を眺めた。一階からも二階からも灯りが漏れている。姑は台所仕事に勤《いそ》しんでいる頃だろうか。

そんなことを考えながら、壁に飾られたジャズのＬＰレコードのジャケットをぼんやり見ていたからか、向かいの家から夫と姑が出てくるのを見逃したらしい。ドアのカウベルの音で入口に目を向けると、二人が入ってきたのでびっくりした。

家の向かいだから顔なじみなのだろう。「今日はどうしたの？」とマスターが親しげに話しかけている。

――聞いてよマスター、学校から帰ってきたらまだ夕飯もできてないんだもん。主婦のくせに何やってんだか。

――ごめんね。頭が痛かったもんだから横になったらいつの間にか眠っちゃって。

――今日は、親父さんは？

――親父は九州に出張中。親父がいないと、この人すぐ怠けるんだよ。まったく呆れちゃうだろ？　俺は生姜《しょうが》焼きとココア。

――奥さんは何にします？

――私は紅茶だけでいいわ。食欲ないから。

狭い店内での会話は筒抜けだった。見回すと、常連客らしき老人数人と、中年の男性二人、そして学生カップルがいた。

夫と義母を見て苦笑している客が多い中、女子学生だけは怒ったような顔で夫の横顔を凝視していた。こんな思いやりのない男とは決して結婚しないと、自分の将来を思い浮かべて決意しているのだろうか。もしそうならば、若き日の自分の男を見る目のなさに絶望するしかない。

そのとき玄関で物音がして、ハッと現実に引き戻された。

私は部屋を出て玄関まで走っていき、夫に向かって言った。

「私はこき使っても壊れない家政婦ロボットじゃないのよ。私が料理をしたところで、どうせ文句つけるくせに」

夫はちらりとこちらを見てから、「うるさい。ヒステリーばばあ！」と言い捨てて、玄関を出ていった。

ばたんとドアの閉まる音が耳の中で何度もこだました。

これからも夫と暮らしていくしかないのか。

お金が欲しい。

お金がなかったら身動きできない。父が亡くなったとき、まとまったお金を相続したが、そのことは夫には言っていない。だが今後の長い老後を考えると、それだけでは全然足りそうにない。

人生はお金がすべてじゃないという人がいるが、今の私には必要だ。お金さえあれば自由を手に入れられる。

あの日、私はマンダラチャートを書いた。

なぜそのことを夫に言いたくなかったのか。言えば冷笑が返ってくることがわかっていたからだ。だけど、天ヶ瀬には言えた。

あの日……。

——そんなこと絶対に他人《ひと》に言うなよ。頭がおかしいと思われるぞ。大谷選手と自分を比べて落ち込む主婦なんて滑稽《こっけい》だよ。こっちまで恥かくよ。

そこまで言われても、まだここに留まるのか、自分。

夫婦だとか家族だとかいう以前に、夫とは友人にすらなれないではないか。

私を軽んじ舐《な》めきっているような人間なんかと金輪際一緒にいられない。

でも……お金がないから家を出ていけない。

そのうえ天ヶ瀬はこの世にいない。いや、いることはいる。だけど、私と交換日記をした天ヶ瀬ではない。

孤独だった。

24　再会

私が令和時代に戻ってきてから、三ヶ月が経った。

朝九時に家を出て大手通販会社の電話受付のパートに行った。テレビで商品が紹介されると一斉に電話がかかってくるから気が抜けない。

やっと昼休憩の順番が回ってきて、家から持参したおにぎりと茹《ゆ》で卵を食べているときだった。スマホを見ると、ショートメールが届いていた。

天ヶ瀬からだった。「電話してください」とある。

今さら何の用だろう。あの日の彼は、私の電話を保険の勧誘と決めつけ、警戒心丸出しだった。それを思い出すたび、うまく息が吸えなくなる。

それとも、もしかして……。

いや、まさか……。

それでも一縷《いちる》の望みにかけて電話してみると、相手はすぐに出た。

――もしもし？　北園さん？　今、どこにいる？

ああ、天ヶ瀬だ。私が知っている天ヶ瀬だ。挨拶もなく、いきなり私の居場所を尋ねるほど親しい間柄の天ヶ瀬だ。

「天ヶ瀬くん、令和時代に戻ってきたんだね？」

――そうだよ。よかった。連絡がついて。

「今、パート先の休憩時間。天ヶ瀬くんは？」

――家の近くの遊歩道。里奈にはジョギングしてくるって言って出てきたところ。

「会いたい。すぐにでも」

――俺も今すぐ会いたいけど、なんだか疲労感がすごくて。

「私もそうだった。タイムスリップしたばかりのときは無理しない方がいい」

――来週あたりどうかな。あとで場所と時間をメールする。

休憩室から職場に戻る廊下で、向こうから同年輩のパート仲間が歩いてきた。

「何かいいことあった？」と尋ねながら、からかうように顔を覗き込んでくる。どうやら満面の笑みを浮かべて歩いていたらしい。

途中で化粧室に寄って、大きな鏡に映った自分を見た途端、奈落の底に突き落とされた。

天ヶ瀬は二十代前半までの私の姿しか知らないのだった。六十三歳の私を見て、どう思うだろう。待ち合わせをしても、誰だかわからなくて通り過ぎてしまうのではないか。

六十三歳の天ヶ瀬がどんな風貌になっているのか想像がつかなかった。中年太りで髪が薄くなっているかもしれない。どんなにショックを受けても、決して顔には出さないようにしなければならない。そんなことで彼を傷つけたくない。

待ち合わせ場所は、麗山大学近くにある老舗のカフェだった。

約束の時間の十分前に着き、重厚なドアを押し開けて入ると、奥の方で手を振っている男性が見えた。恐る恐る近づいていく。

「良かった、会えて。北園さん、だよね？」

天ヶ瀬は髪が白くなって皺《しわ》が増えていたが、それ以外は、びっくりするほど若いときと変わりがなかった。

向かい側に腰を下ろして言った。「天ヶ瀬くんて、すごいね。こんなにダンディになっていたとはね」

「そうなんだよね。つまりイケオジってやつだね」

「天ヶ瀬くんて、そういうこと、自分で言っちゃうんだね」

「事実だから仕方ないだろ。それより、この時代に戻ってきて、北園さんはどう思ってる？嬉しい？」

「希望が見えなくてつらい。昭和時代よりはマシだけど」

「つらいって、どういうところが？」

「あの夫と添い遂げるのかと思うと、お先真っ暗って感じ」

「……そうか」

「天ヶ瀬くんは令和時代に戻ってきてがっかりしたでしょ。医師の高額バイトで稼いで世界中を旅する計画だったもんね。その夢に向かって順調に歩んでたのに残念だったね」

「それが、そうでもない。研修医になった先輩たちを見ていたら想像以上に過酷で、そのうえ安月給だし、まるで奴隷状態。パワハラもすごいし、かといって開業医になるには金が要《い》るから身動きできない。鬱《うつ》病になって自殺する先輩もいて、あのままだったら俺も同じ目に遭ってたと思う」

どうやっても長時間労働からは逃れられないらしい。昭和時代から「時短」が叫ばれていたのに、令和になっても長時間労働やパワハラの問題は解決されていない。いったい人は何のために生きているのかと思う。

コーヒーが運ばれてきた。

伊万里焼のコーヒーカップがアンティークな内装にマッチしていて、琥珀《こはく》色の液体が特別に美味しそうに見えた。

「だったら天ヶ瀬くんは、令和時代に戻れてよかったと思ってる?」

「この時代もつらい。この先も軽薄なアイツの贅沢《ぜいたく》のために働くのかと思うと、やってられない。だから先週、家計の管理は俺がやると宣言した」

「そうなの?　それで、里奈さんは何て?」

「ものすごく怒ってた。でも、俺は絶対に譲らない」

余所《よそ》の夫婦のことに口出しするのはよくないと思い、私は黙ってコーヒーカップに口をつけた。火傷《やけど》するかと思うほど熱かったので、もう少し経ってから飲もうと思い、そのままテーブルに戻した。

顔を上げると、天ヶ瀬の視線が私の全身をくまなく観察していることに気がついた。見られたくなかった。私は老けたし太ったし、全く恥ずかしい。

そのとき、宇宙飛行士のニュース映像を思い出した。彼女から生き様を学んだはずなのに、いまだに私はルッキズムに囚われている。私は今まで一生懸命生きてきた。いつだって全力投球だった。何を恥じることがあるだろう。そう思い、私は背筋を伸ばして天ヶ瀬を見た。

天ヶ瀬は、視線の動きを私に気づかれたとわかっても、慌てて目を逸《そ》らすこともなく、視線をゆっくりと私の身体から、横に置いた斜め掛けのショルダーバッグに移し、そのあと私が縫ったトートバッグをじっと見つめた。

あ、そういえば……忘れないうちに渡さなきゃ。

私はトートバッグの中から紙包みを取り出し、テーブルの上に置いた。

「これ、うちの近所の和菓子屋のどら焼きなの。すごく美味しいから食べてみて」

そう言って差し出すと、天ヶ瀬は、もうこれ以上耐えきれないといったように噴き出した。

「失礼じゃない？　どうせ私はオバサン臭いですよ。要らないならあげない」

そう言うと、天ヶ瀬は素早く手を出して紙包みを自分の方に引き寄せ、「ありがとう。もらっとく」と言った。

「いいね、北園さんて」

「いいって、何が？」

「好きだよ」

「……ありがとう」

天ヶ瀬の言った「好き」というのは、たぶんこういうことだ。高級ブランド好きの里奈と違って、布の袋を手作りする節約家の田舎出身のオバサンは好ましい、という意味だ。

「どの時代でも苦労はあるけど、でも仕方ないよね」

私は知らない間に結論めいたことを口にしていた。

何の結論なのか、人生の結論なのか。自分でもよくわからなかったが、生きるというのは、あきらめの積み重ねだとしか思えなくなっていた。

「だって私たちもう六十三歳だし、この先どうなるってもんでもないし」

「二人で逃げようか」

「逃げる？　なに言ってんの。今の、冗談だよね？」

「本気だよ。北園さんはいつだって人生に真摯《しんし》に向き合ってるし、努力家だから信頼できる。一緒にいるとほっとするんだ。だからずっと一緒にいたい」

「そう言われると嬉しいけど……」

「北園さんは、どんな人生が勝ち組だと思う？」

「そんなこといきなり聞かれてもね」

「俺はね、毎日わくわくする人生を送ってるヤツが勝ち組だと思う」

「毎日なんて、そんなの無理でしょ」

「じゃあ言い直す。一生のうちでわくわくした回数が多い人間が勝ち組」

「それは人それぞれじゃない？　穏やかで落ち着いた暮らしが好きな人も多いじゃん」

「そういう人もいるだろうけど、でも俺は違う。死ぬまでわくわくし続けたい」

「まあそりゃ私だって天ヶ瀬くんと同じタイプだけどさ」

「北園さんは、離婚できそう？」

「えっ？」

驚いて天ヶ瀬を見た。「天ヶ瀬くんの方が無理じゃない？　里奈さんが納得しないよ」

「そうでもない。全財産を渡すって言ったら、ちょっと考えてみるって」

「まさか、もう言っちゃったの？　離婚したいって」

「うん、言った。家計をどちらが管理するかでもめたときに言った」

「意味わかんない。全財産を里奈さんに渡して、一文無しになってどうやって食べてくの？」

「なんとかなると思う」

「ならない。絶対にならない。なんとかなるっていうお気楽な言葉はね、人間関係を修復するときなんかには使ってもいいけど、お金は違う。お金はなかったらどうにもならないよ。それにさ、これから私たちどんどん老化していくんだよ？」

「だったら目先の五年だけを考える。先のことはわからない時代になったから」

「具体的にはどうするつもり？」

「まず、それぞれが今の配偶者と離婚する。相手が渋ったら財産は全部相手にくれてやるから離婚してくれと頼む。それでもダメなら黙って家を出る。そのあとは二人で生きていこう」

「二人で生きていくって、どうやって？」

「里奈に内緒で株で儲けたカネがあるから、それでひとまず外国を旅したいんだ。北園さんが一緒なら心強いよ」

私と同じように天ヶ瀬も、配偶者に隠しごとがあるらしい。それも、夫婦という共同体において最も大切な金銭に関してだ。なぜ秘密にするのか。相手を信頼していないから、いざというときに自分の身を守るためだ。つまり、結婚して数十年経っても、いまだ「家族」になれず、心は他人同士のままだったのだ。

「旅かあ、いいね」

大聖堂や立派な博物館なんかじゃなくて、世界中の庶民の台所を見て回りたかった。台所には女たちの創意工夫と苦難の歴史が詰まっている。それをブログやＹｏｕＴｕｂｅで発信したら、いつか出版社の目に留まり、「写真集を出しませんか」などと声がかかるかもしれない。

いやいやいや、そんなにうまくいくわけないでしょ。

でも……あきらめたら終わりだ。

あれ？　人生とはあきらめの積み重ねだと悟ったのではなかったか。

いや、そうじゃない。他人の評価なんか関係ない。ただ単に、純粋に、いろいろな台所を見て回りたいのだ。だけど……。

「やっぱり私、目先の五年だけというのは不安だよ」

「先の見えない人生は不安でもあるけど、楽しみでもあると思う」

「天ヶ瀬くん、いつから楽天主義者になったの？」

「いざとなったら、うちに来ればいいさ」

「うちって、どこの？」

「山田町の俺の実家。両親ともに死んで空き家になってる」

「うちの実家も同じだよ」

「俺んちは北園の実家と違って町から外れているから家の裏には畑もある。いざとなったら、じゃがいもを植えて生きていこう。ときどき海までドライブしたりして」

目の前にいるのは夢見る少年ではない。

人生経験の浅い青年でもない。

思慮深く聡明で努力家で……そして愚かで大胆な大人だ。

「北園、なんで黙ってんだよ。嫌なのか？」

「違うよ。いま私、ものすごくわくわくしてる」


（了）

〈参考文献〉隈研吾『建築家になりたい君へ』（二〇二一年二月、河出書房新社刊）

『Ｗｅｂ　ＢＯＣ』二〇二三年十一月〜二〇二四年八月掲載

垣谷美雨

2005年『竜巻ガール』で小説推理新人賞を受賞し、デビュー。映画化された『老後の資金がありません』のほか、『夫の墓には入りません』『希望病棟』『代理母、はじめました』『もう別れてもいいですか』『墓じまいラプソディ』など著作多数。

JASRAC 出2407697-401

マンダラチャート

2024年11月25日　初版発行

著　者　垣《かき》谷《や》美《み》雨《う》

発行者　安部順一

発行所　中央公論新社

〒100-8152　東京都千代田区大手町1-7-1
電話　販売 03-5299-1730　編集 03-5299-1740
URL https://www.chuko.co.jp/

DTP　平面惑星
印　刷　大日本印刷
製　本　小泉製本

Published by CHUOKORON-SHINSHA, INC.
Printed in Japan　ISBN978-4-12-005852-3 C0093